孩子读得懂的诗经

杨胡平 著

青鸟童书 绘

北京理工大学出版社
BEIJING INSTITUTE OF TECHNOLOGY PRESS

图书在版编目（CIP）数据

孩子读得懂的诗经 / 杨胡平著 ; 青鸟童书绘. -- 北京 : 北京理工大学出版社, 2023.8
ISBN 978-7-5763-2439-6

Ⅰ. ①孩… Ⅱ. ①杨… ②青… Ⅲ. ①《诗经》—儿童读物 Ⅳ. ①I222.2

中国国家版本馆CIP数据核字（2023）第096562号

出版发行 / 北京理工大学出版社有限责任公司
社　　址 / 北京市海淀区中关村南大街 5 号
邮　　编 / 100081
电　　话 / （010）68914775（总编室）
（010）82562903（教材售后服务热线）
（010）68944723（其他图书服务热线）
网　　址 / http: //www.bitpress.com.cn
经　　销 / 全国各地新华书店
印　　刷 / 三河市金元印装有限公司
开　　本 / 787 毫米 × 1092 毫米　1/16
印　　张 / 28.5
字　　数 / 501千字
版　　次 / 2023 年 8 月第 1 版　2023 年 8 月第 1 次印刷
定　　价 / 169.00元

责任编辑 / 申玉琴
文案编辑 / 申玉琴
责任校对 / 刘亚男
责任印制 / 施胜娟

写给孩子的“悄悄话”

亲爱的小读者，你好！很高兴能与你一起翻开《孩子读得懂的诗经》。让我们穿越千年，寻找中国诗歌的源头，探索美丽神秘的“诗经世界”吧！

在这本书中，你将读到国风、雅、颂中的110首诗歌，每一首都是脍炙人口的名篇。每首诗都配有著名青年插画师绘制的国风美图，还有冰心奖作家根据诗意原创的小故事（一部分是根据资料编创的历史故事；一部分是根据诗意想象的故事），以及诗中趣科普、冷知识、热考点的细致解读，满足你阅读诗歌的“好胃口”，回答你离奇古怪的“为什么”。

感谢青年插画师白蝶、蚊子wennzi、晏朝夕、长安、萱离祭玉、梦西JMQ、夏聆聆、啊呜wuuu、甘草的画园为本书提供精美画稿。感谢捕梦星球为本书提供博物、历史、文化知识的细致讲解。

《孩子读得懂的诗经》全体编委

目录

国风·周南

国风·召南

国风·邶风

国风·唐风

国风·秦风

国风·陈风

国风·桧风

国风·曹风

国风·豳风

雅·小雅

目录

雅·大雅

颂·周颂

关雎

关关雎鸠[1]，在河之洲。窈窕淑女[2]，君子好逑[3]。

参差荇菜[4]，左右流之。窈窕淑女，寤寐求之[5]。

求之不得，寤寐思服。悠哉悠哉，辗转反侧[6]。

参差荇菜，左右采之。窈窕淑女，琴瑟友之。

参差荇菜，左右芼之[7]。窈窕淑女，钟鼓乐之[8]。

注释

①雎（jū）鸠：一种水鸟。②窈窕（yǎo tiǎo）：美好文静的样子。

③好逑（hǎo qiú）：好的配偶。

④参差（cēn cī）：长短不齐的样子。荇（xìng）菜：一种水生植物，根生在水底，叶浮在水面上，可以食用。

⑤寤寐（wù mèi）：指日夜。寤指醒着，寐指入睡。

⑥辗（zhǎn）转反侧：翻来覆去，不能入眠。

⑦芼（mào）：采摘。⑧乐：使她快乐。

译文

关关和鸣的雎鸠，相伴河中的小洲。美丽贤淑的姑娘，是君子的好配偶。

长短不齐的荇菜，从左到右去采它。美丽贤淑的姑娘，日夜都想追求她。

愿望美好难实现，日夜都在思念她。剪不断的思念啊，叫人辗转难睡下。

长短不齐的荇菜，从左到右去摘它。美丽贤淑的姑娘，弹琴奏瑟亲近她。

长短不齐的荇菜，从左到右去拔它。美丽贤淑的姑娘，鸣钟击鼓使她乐。

河边的偶遇

春秋时期，在今天河南省南部的一个小镇里，有一位叫子期的青年，他家门前有一条大河。有一天早上，子期像往常一样来到河边散步。在河水中间的小洲上，有一对名字叫雎鸠的水鸟，一雄一雌，正在“关关”地鸣叫着。

这时，他看到一位身材苗条的漂亮姑娘正在河边洗衣服。姑娘洗完衣服离开时，对着子期轻轻一笑。子期目不转睛地打量着姑娘，心想：这不正是我心中理想的另一半吗？

潺潺的河水向东流淌而去，长在河水里的荇菜随着水波来回摇摆着。望着姑娘远去的背影，子期心里久久不能平静，脑海里全是这位漂亮姑娘的笑容和倩影。子期很想托一位媒婆去这位姑娘的家里提亲，可又担心对方不同意这门亲事。

从这以后，子期每天思念着这位姑娘，为此吃不下饭，睡不好觉。过了几天，子期的一位朋友来访，他一见子期憔悴的样子，吓了一跳，忙问：“你怎么了？生病了吗？”

子期只好将自己的心事如实告诉了朋友。朋友听了哈哈大笑，说：“我有一个办法，准保你能得到这个姑娘的芳心。”

第二天早上，霞光满天，子期按照朋友说的，将小船划到长满了绿油油的荇菜的地方，一边采摘一边等待着姑娘的出现。没过多久，姑娘来到河边洗衣服，子期马上弹奏起了琴瑟，悦耳的声音引起了姑娘的注意。子期将小船靠近她，用悠扬的曲调唱道：“**关关雎鸠，在河之洲。窈窕淑女，君子好逑。**”

姑娘果然被优美的琴瑟声和动人的歌声吸引住了，她放下衣服，微笑地看着子期。

当机会来临时要努力争取，这样才能获得属于自己的幸福。

诗经懂博物

“关关”叫的雎鸠，到底是什么鸟？

在《关雎》中，“关关”鸣叫的雎鸠引起了男主人公的情思，但是雎鸠到底是什么鸟呢？《毛诗传》说：“雎鸠，王雎也，鸟挚而有别。”在古代，“挚”和“鸷”常常是通用的，所以很多学者认为雎鸠是“鸷鸟”——也就是鱼鹰。

不过鱼鹰的模样凶巴巴的，怎么可能让男主人公联想到“窈窕淑女”呢？所以一部分学者认为，“挚”应该不是指鸷鸟，而是“情意至深”的意思。诗中的雎鸠应该是一种类似于现代鸳鸯的成双成对的鸟，羽毛艳丽、形态优美，所以唤起了男主人公对“窈窕淑女”的情思。

诗经知文化

钟鼓乐器——西周贵族的标配

在西周时期，只有贵族阶级才能使用“钟、鼓”这类乐器，平民要想听歌，只能一边击缶，一边自己哼唱了。一是因为钟、鼓这类乐器是用青铜铸造的，十分昂贵；二是因为西周有着十分严格的“礼乐制度”，“钟鼓之乐”只有贵族可以享受，要是士大夫和平民偷偷使用了，可是杀头的重罪！所以说，《关雎》中的男女主人公应该还是贵族呢！

诗经学考点

奇妙的“使动用法”

在“窈窕淑女，钟鼓乐之”一句中，动词“乐”运用了特殊的“使动用法”。“使动用法”是动词的一种特殊形式，我们不能直接把上句中的“乐”翻译成“快乐”，而要翻译成“使……快乐”。所以，“钟鼓乐之”就不能翻译成“用钟鼓乐器快乐她”，而要遵循使动用法，翻译成“用钟鼓乐器使她快乐”。

同样，成语“惊天地泣鬼神”中的动词也运用了“使动用法”，你知道是哪两个动词吗？又应该怎么翻译呢？

葛覃

葛之覃兮[1]，施于中谷[2]，维叶萋萋[3]。黄鸟于飞，集于灌木，其鸣喈喈[4]。

葛之覃兮，施于中谷，维叶莫莫。是刈是濩[5]，为絺为绤[6]，服之无斁[7]。

言告师氏，言告言归。薄污我私，薄浣我衣。害浣害否，归宁父母[8]。

注释

①覃（tán）：蔓延。②施（yì）：蔓延。中谷：山谷中。③维：发语词，无实义。
④喈（jiē）喈：鸟鸣声。⑤刈（yì）：割（葛藤）。濩（huò）：煮（葛藤）。
⑥絺（chī）：用细葛织的布。绤（xì）：用粗葛织的布。⑦斁（yì）：厌倦。
⑧归宁：出嫁后的女子回娘家探望父母。

译文

葛藤粗壮藤蔓长，蔓延长在山谷中，叶子碧绿又茂盛。谷间黄莺齐飞翔，轻轻落在灌木上，叫声婉转又悠扬。

葛藤粗壮藤蔓长，蔓延长在山谷中，叶子浓密又茂盛。割它回来煮锅中，细布粗布都织成，穿上葛衣乐无穷。

回去告诉我女师，我要告假看父母。先把内衣洗干净，再把外衣洗去污。洗与不洗分清楚，赶回娘家看父母。

回家的盼望

春秋时期，在今天的河南省西部一座绵延的青山脚下，住着零散的几户人家。

其中一户姓鲁的人家，儿子刚娶了媳妇。媳妇的名字叫罗织，她非常贤惠和勤快。这不，天刚放亮，丈夫去田里劳作了，罗织也早早起了床。她带着镰刀和绳子，走出家门，步行了几里路，来到了一片山谷前。山谷里长满了葛藤，茂盛的叶片就像是一道绿色的瀑布。一阵风儿吹过，发出“沙沙”的声音。

突然，山谷中飞起几只漂亮的黄莺，它们轻轻地落在了不远处的灌木丛里，发出“啾啾”的叫声，婉转悦耳，仿佛一支动听的歌。

望着面前这些长势茂盛的葛藤，罗织开始挥动镰刀，收割它们。割好一捆葛藤后，罗织沿着长长的山路，将它们背回了家。

罗织割回来这些葛藤当然不是烧柴用，而是要用来织布的。罗织将它们剥去外皮，然后浸泡、水煮。待一切处置妥当，她会用葛藤里的纤维织成一匹匹细布和粗布，然后裁剪成衣服穿在身上。这是罗织第一次干这种活儿，不过经验丰富的女师耐心地教她这项技艺。

女师又拿来了一盆衣服，罗织这时开口对她说：“老师，我想向你请个假，回娘家看看。”

女师想了想，然后点点头说：“你的确很久没回去了，父母一定很想你。我们一起洗完这些衣服，然后你就准备出发吧！”

女师说着，便开始教罗织如何用草木灰水来洗内衣和外衣上的油污，还和罗织一起将已经洗过和没有洗的衣服分开来整理好。罗织一边干着活，一边想着自己很快就能见到多日不见的父母了。她擦拭掉额头上的汗水，脸上浮现出了笑容，情不自禁地小声哼起歌来：“**薄污我私，薄浣我衣。害浣害否，归宁父母。**”

诗经懂博物

如何用葛做衣服?

古代人用什么做衣服呢?在原始社会,人们用兽皮做衣服,后来逐渐有了养蚕缫丝的工艺。不过蚕丝太贵,普通人家根本穿不起,于是就像《葛覃》中说的一样,聪明的劳动人民采来葛藤,取出里面的纤维,做成了便宜又耐穿的“葛衣”。

制作葛衣主要有六大步骤:采葛、浸葛、煮葛、晒葛、绩葛、织葛。

每年5~6月份,人们会采来还没成熟的葛藤,剥掉它厚厚的外皮;接着,将藤条劈成两半,放在水沟里浸泡5~7天;再将这些葛藤放入大锅中,加入石灰、草木灰“咕嘟咕嘟”煮,这样葛藤就会变得柔软多了;最后,将葛藤中的纤维一根根抽出来,捻成长长的丝线,放在太阳下晒干,就可以用来织布、做衣服啦!

诗经知文化

“归宁”到底是什么?

“归宁”的原意是指出嫁后的女儿回娘家看望父母,就像《葛覃》中说的那样,后来慢慢演化成了一种婚后的重要礼节——回门。

“回门”习俗指的是,在新婚之后的第三天,新郎要带着礼品,和新娘一起返回娘家,拜访新娘的父母和亲属。新娘的家人会在这天准备好丰盛的宴席,宴请新郎和宾客。等这项礼节完成之后,新婚夫妇才算是彻底完成了婚礼的全部过程。

诗经学考点

没有实义的“发语词”

古文中有一类很特殊的词——发语词,它们位于句首,没有实际意义,只是用来提示读者:我要开始发表议论、阐述观点了,注意听!

古文中的发语词有很多,比如《葛覃》中“维叶萋萋”的“维”,这句诗的意思是“(作者认为)葛藤的叶子十分茂盛”。但实际上,葛藤的叶子是否真的那么茂密,谁也不知道!

除此之外,“夫”“且”“盖”等也是常见的发语词,在今后的学习中,你一定会见到它们的!

卷耳

采采卷耳，不盈顷筐。嗟我怀人，寘彼周行[1]。

陟彼崔嵬[2]，我马虺隤[3]。我姑酌彼金罍[4]，维以不永怀。

陟彼高冈，我马玄黄。我姑酌彼兕觥[5]，维以不永伤。

陟彼砠矣[6]，我马瘏矣[7]，我仆痡矣[8]，云何吁矣[9]。

注释

①寘（zhì）：同“置”，放置。彼：代词，指顷筐。周行（háng）：指大道。
②陟（zhì）：登上。崔嵬（wéi）：高且不平的山。
③我：女子想象中丈夫的自称。虺隤（huī tuí）：因疲劳而生病。
④金罍（léi）：用青铜做的酒器。⑤兕觥（sì gōng）：用野牛角制的酒杯。
⑥砠（jū）：有土的石山。⑦瘏（tú）：病。
⑧痡（pū）：因过度劳累而不能走路。⑨吁（xū）：忧愁。

译文

遍地卷耳采呀采，半天不满一小筐。思念我的心上人，将筐丢在大路上。
想他登上土石山，马儿疲惫又颓丧。他将酒杯来斟满，诉说思念与忧伤。
想他登上山脊梁，马儿憔悴毛黑黄。他将酒杯来斟满，只为喝醉忘悲伤。
想他攀登乱石冈，马儿累坏倒一旁，仆人精疲力又竭，无奈愁思聚心上。

遥远的想念

在西周时期，常有西边的蛮族前来偷袭边境上的村庄。于是，西周的君主便派兵前去镇守边关。

有一位叫阿福的女子，她的丈夫是一名军中小将，这次也去了千里之外的边塞防御敌人。

丈夫已经离开好几个月了，阿福非常思念丈夫，每天晚上都会梦到他。这天早上，阿福背着一只用藤条编织的小筐，来到了一片山坡上采摘卷耳。这里长满了茂盛的卷耳，可是阿福采摘了半天，只采摘了小半筐。阿福长长地叹了一口气，再没有心情采摘卷耳了，她干脆将小筐丢在大路边，坐在路边一块光滑的石头上面休息，开始思念起远方的丈夫来。

阿福低头抱着自己的双臂想：丈夫这会儿在干什么呢？他这时一定非常想念自己吧？他也许正骑着马，爬上了高高的土石山，跑了很多路的马儿显得非常疲惫。丈夫叹了口气说："我姑酌彼金罍，维以不永怀。"他往酒杯里倒满了酒，以解心中的思念与忧伤。

丈夫骑马向前跑去，登上了高高的山岗。不堪重负的马儿倒在一边，大口喘着气；一路跟随的仆人也累得精疲力尽，上气不接下气。丈夫望着家乡的方向，再次陷入了对妻子的思念当中。

保家卫国的将士都是可敬的人，他们为了国家的安宁，和亲人天各一方，在思念中度过每一天。

诗经懂博物

古代的名马

马是古代人出行、打仗的重要工具，也被人们载入史册。其中，以下几匹马最为著名。

①乌骓马。这是一匹全身乌黑的马，四只蹄子却洁白如雪。它是“西楚霸王”项羽的坐骑，传说在项羽自刎乌江后，忠于主人的乌骓马也跳江而死。

②飒露紫。这是一匹紫色的骏马，动作灵活如同飞燕。它是“昭陵六骏”之一，是李世民东征洛阳时的坐骑，在战场上中箭而死。

③的卢马。这是一匹头上有白色斑点的马，奔跑速度飞快。它是三国时期刘备的坐骑，曾载着刘备跳过檀溪，救了他一命。

④赤兔马。这是一匹赤红色的骏马。它一开始是吕布的坐骑，后来被赏赐给关羽。关羽被杀后，赤兔马思念旧主，绝食而死。

诗经知文化

玄黄——从颜色变成天地的代称

《千字文》的开篇是“天地玄黄，宇宙洪荒”，但“玄黄”的本义是指颜色，怎么就和“天地”联系在一起了呢？

“玄黄”的本义是黑色和黄色。《易经·坤》中说：“夫玄黄者，天地之杂也，天玄而地黄。”这句话的意思就是：“玄和黄是天和地的颜色，天是黑色的，地是黄色的。”从这开始，人们就慢慢地将“玄黄”作为“天地”的代称，并出现了“天地玄黄”这个词。

诗经学考点

诗中常用写法——从对面写起

在《卷耳》中，女主人公想象丈夫的一举一动，认为他一定在想念自己，这就是古诗中的一个常用写法——从对面写起。“从对面写起”就是诗人明明在怀念别人，但是却不“实话实说”，非要通过想象，写那个人在怀念自己。这种写法可以将这种思念加倍，达到“情感大爆发”的效果。

这种写作方法来源于诗经《卷耳》，被后世的诗人发扬光大。杜甫《月夜》中的“遥怜小儿女，未解忆长安”就是最典型的例子啦！

桃夭

桃夭

桃之夭夭[①]，灼灼其华[②]。之子于归，宜其室家。

桃之夭夭，有蕡其实[③]。之子于归，宜其家室。

桃之夭夭，其叶蓁蓁[④]。之子于归，宜其家人。

注释

①夭（yāo）夭：花朵怒放的样子。②灼（zhuó）灼：花朵色彩鲜艳的样子。华：同“花”。③蕡（fén）：果实多而硕大的样子。④蓁（zhēn）蓁：树叶茂盛的样子。

译文

桃花盛放千万朵，色彩明艳红似火。姑娘今天要出嫁，喜气洋洋去夫家。

桃花盛放千万朵，果实硕大又繁多。姑娘今天要出嫁，早生贵子后嗣旺。

桃花盛放千万朵，绿叶茂盛永不落。姑娘今天要出嫁，齐心携手家和睦。

出嫁的祝福

春风吹过，万物复苏，鸟语花香，到处是一片生机勃勃的景象。

在西周的一个普通小山村里，桃园里的桃花盛开了，远远望去，就像是一片粉色的彩云。

今天是一个天气晴朗的好日子，也是一个大喜的日子，村里一位叫春花的姑娘要出嫁了。按照习俗，亲戚和好友们要来到春花家里，为她送上祝福。可由于这是临场发挥，大家想不出美好的句子，脑门都快要被挠破了，才想出几句干巴巴的祝福语。

这时，春花的闺蜜苏苏来了。苏苏不仅会干家务，而且很有才华，能写一手好诗。众人见苏苏来了，就对她说："你的闺蜜春花今天要出嫁了，你赶快为她写一首诗，送上祝福吧！"

苏苏看着春花满是红晕的美丽面孔，想到了桃园怒放的桃花。美丽娇嫩的桃花和春花的脸儿多像呀！

"有了！"苏苏眼珠一转，顿时思如泉涌，立刻吟诵出了一首诗，"**桃之夭夭，灼灼其华。之子于归，宜其室家。**"大家听了，纷纷鼓掌叫好。

这时，迎亲的队伍到了村里，春花坐上花轿，带上亲人和好友的祝福，向新郎家而去。

诗经懂博物

如何区分桃花和梅花?

春天到了，公园里的花都开了，人们也要进入“桃花、梅花分不清”的时候了！教你几个方法，让你一眼就能分清它们。

❶看花叶：梅花的叶片一般是卵形或椭圆形，桃花的叶片一般是椭圆状披针形。

❷看花期：以北京地区为例，梅花一般2~3月就开始开花了，桃花在3月中旬才开花。

❸看花瓣：梅花花瓣多而厚重，桃花一般有5个花瓣。

诗经知文化

古代女子出嫁的习俗

中国是“礼仪之邦”，有着各种各样的习俗，在女子出嫁方面更是如此。

在出嫁当天，新娘要先“开脸”，然后把头发全部盘到头顶上去，在脑后梳一个发髻。假如是在富贵人家，还要戴上“凤冠霞帔”，以示荣耀。接着，要在新娘头上蒙一块大红绸缎，称为“红盖头”，这块盖头要在洞房时由新郎亲自揭开。接着，新娘要坐上花轿，轿顶上插上喜鹊、凤凰等物，迎风招展。

坐花轿到新郎家里后，新娘要在进门之前象征性地坐上马鞍，“鞍”与“安”同音，寓意生活平安长久。新娘还要跨过一个火盆，寓意婚后的日子红火兴旺。接着，新娘进入大厅，开始婚礼仪式。首先是拜堂（一拜天地，二拜父母，夫妻对拜），然后是喝交杯酒，最后，新人还要“结发”，就是互相剪一些头发放在一起。

诗经学考点

《诗经》的特色之一——起兴

什么是起兴呢？朱熹说，“起兴”就是“先言他物以引起所咏之辞”，也就是说在诗歌中，先说其他事物，再说要说的事物。比如在《桃夭》中，本来是想祝福出嫁的新娘，但开篇却说“桃之夭夭，灼灼其华”，由美丽的桃花引入。

为什么不能“有话直说”，非要“起兴”一下呢？这是因为诗歌需要“气氛”，需要“委婉”，先用美丽的桃花烘托一下气氛，再引到新娘身上，不是更加自然、更加婉转吗？

芣苢

芣苢

采采芣苢[①]，薄言采之。采采芣苢，薄言有之。

采采芣苢，薄言掇之[②]。采采芣苢，薄言捋之[③]。

采采芣苢，薄言袺之[④]。采采芣苢，薄言襭之[⑤]。

注释

①芣苢（fú yǐ）：一种野生植物，可以食用，也能入药。《毛诗传》认为是车前草。

②掇（duō）：拾取，摘取。③捋（luō）：从茎上成把地采取。

④袺（jié）：提起衣襟兜东西。⑤襭（xié）：把衣襟扎在腰带上兜东西。

译文

遍地茂盛的芣苢，快把它们采回来。遍地茂盛的芣苢，一片一片摘下来。

遍地茂盛的芣苢，快把它们拾起来。遍地茂盛的芣苢，一把一把捋下来。

遍地茂盛的芣苢，提起衣襟兜起来。遍地茂盛的芣苢，掖住衣襟兜回来。

采呀采呀采芣苢

西周君主周宣王年少有为，在贤臣尹吉甫的辅佐下，社会安定，百姓安居乐业，到处一片繁荣的景象。

春天来了，天气慢慢变暖，几场“滴答”“滴答”的春雨过后，小草和树木也开始抽出嫩芽，山林里的动物也多了起来。

有一天，周宣王对尹吉甫说：“不如我们一起外出打猎吧！”

尹吉甫觉得这个主意不错，便答应了。他们骑着马，带着随从，来到了都城的郊区，正准备打猎时，看到一群妇女正在采摘芣苢。

尹吉甫望着眼前的景象，就对周宣王说：“如果我们打猎，一定会影响她们采摘芣苢的。你看，这些芣苢长得这么茂盛、鲜嫩，不如我们同百姓一起采摘吧！”

周宣王爽快地答应了。

周宣王、尹吉甫和随从们拴好马后，加入妇女的队伍中，同她们一起采摘芣苢。妇女们看到君主为了她们而放弃了打猎，都十分高兴，唱起了当地的歌谣：“采采芣苢，薄言采之。采采芣苢，薄言有之。”

周宣王和随从们学着妇女们干活的样子，有人将芣苢一片一片地摘下，有人干脆一把一把地直接捋下来。不过，他们出门时没有带竹筐和篮子，随着芣苢越采摘越多，一时可犯了难。

有个随从想从妇女们那里借只竹筐来，周宣王担心打扰她们干活，便阻止了。尹吉甫想了一个好办法，他提起衣襟将芣苢兜起来，于是大家都学起了他的样子。最后，周宣王、尹吉甫和随从们兜着今天的战利品——满满一衣襟芣苢，回到了宫里。

一心为百姓着想的君主，一定会受到百姓的爱戴，他的国家也必然繁荣强大。

诗经懂博物

“采采芣苢”，采的到底是什么？

在《芣苢》中，你能体会到妇女们集体劳动时的欢快心情。不过，“芣苢”到底是什么呢？

《毛诗传》认为，芣苢是车前草。车前草是一种野生的药材，具有利尿效果。这一观点也得到了郭璞、朱熹等大文学家的支持。

不过，仔细想一想：古代的采药和现在去药店买药是一样的，有什么可高兴的呢？所以近代学者闻一多、宋湛庆等人认为，芣苢可能是“薏苡”，也就是薏仁米。薏仁米的谷穗很漂亮，煮粥又美味，还可以入药，可以说是“身兼多职”，好看又好吃。此外，古人常把“薏苡”和“生育”联系起来，而生育又是最让古代妇女们高兴的事情之一……这就能解释她们为什么那么欢天喜地了。

诗经知文化

春天来“采诗”

相传，周代设有“采诗官”。每年春天，采诗官就摇着木铎来到民间，收集民间传唱的歌谣。这些歌谣大多是劳动人民创作的，有的欢快动人，有的反映人民疾苦，是很重要的文学财富。

采集完成后，采诗官会将这些歌谣交给负责音乐的“太师”，由他们谱曲，并演唱给周天子听。这样，周天子就能了解人民的真实生活，并有针对性地制定政策啦！

诗经学考点

重章叠句魅力大

不知道你发现了没有，《诗经》中的诗都有一个明显的特点：它们大多分成几段，每一段的格式十分相似，只是变换一些词罢了。这就是著名的“重章叠句”写法。

在《芣苢》中，重章叠句被发挥到了极致。全篇都是由“采采芣苢，薄言（　）之”构成，只变换了动词，就打造出了极致的重章叠句效果。

这种手法有什么好处呢？最重要的好处是增加了诗歌的节奏感和音乐感，形成一种回环往复的美。要知道，诗歌在古代是用来歌唱的，就和现在的“流行歌曲”一样。回忆一下，你最喜欢的歌曲是不是也有这种“重章叠句”呢？

汉广

汉广

南有乔木，不可休思。汉有游女[①]，不可求思。汉之广矣，不可泳思。江之永矣，不可方思。

翘翘错薪[②]，言刈其楚[③]。之子于归，言秣其马[④]。汉之广矣，不可泳思。江之永矣，不可方思。

翘翘错薪，言刈其蒌[⑤]。之子于归，言秣其驹[⑥]。汉之广矣，不可泳思。江之永矣，不可方思。

注释

①汉：汉水，长江支流之一。

②翘（qiáo）翘：高高的样子。错薪：杂乱的柴草。

③刈（yì）：割。楚：荆条。④秣（mò）：喂马。

⑤蒌（lóu）：蒌蒿，也叫白蒿，嫩时可食，老则为薪。

⑥驹（jū）：小马。

译文

南有大树枝叶高，树下休息难做到。汉江有个好姑娘，想追求她却徒劳。浩荡汉江多宽广，不能游渡心惆怅。浩渺汉江多漫长，木筏怎能渡过江。

柴草杂乱密又高，砍柴就要砍荆条。姑娘如愿嫁给我，我要将马喂个饱。浩荡汉江多宽广，不能游渡心惆怅。浩渺汉江多漫长，木筏怎能渡过江。

柴草杂乱密又高，砍柴就要砍蒌蒿。姑娘如愿嫁给我，我将马驹喂得好。浩荡汉江多宽广，不能游渡心惆怅。浩渺汉江多漫长，木筏怎能渡过江。

江边的樵夫

西周时期，一个富庶的小山村坐落在高耸的南山脚下，村边有一条叫汉江的河流过。

由于南山上长满了又高又大的树木，所以经常有樵夫前来砍柴，“咔嚓——咔嚓——”的砍树声经常在山林里回响。在这些樵夫当中，有一位叫万岩的年轻人，他经常到南山砍柴，再挑到集市上卖掉，买一些米面油盐回来，以此为生。

有一天，万岩像往常一样来到了南山。山坡上杂草丛生，万岩用砍柴刀分开草丛，割断荆条。

挑着两捆荆条下了南山后，万岩靠着一棵大树休息。这时，他看到汉江对面的岸边有位正在骑马游玩的美丽姑娘。江边开满了紫色和粉色的小花，那位姑娘身穿杏黄色衣服，就像一朵盛开在江边的花儿。

万岩这时好想游过江面，去和这位姑娘打招呼，可是江面很宽，江水滔滔，怎么能游过去呢？

“如果游不过去，能撑小船过去也好啊！”万岩自言自语道，“就是让我只停留片刻，为这位姑娘的马儿割一捆青草，我也愿意呀！”只可惜江水那样湍急，“哗哗”地向东流去，就算他乘着小船也无法渡过去。

正当万岩望着汉江对面的姑娘出神时，一位年长的樵夫走过来告诉他：“那位姑娘明天就要出嫁了，如果你有什么心里话，要趁早对她说。”

万岩叹了口气说：“**汉有游女，不可求思。**”

说完，万岩坐在江边，望着滚滚的江水，心里充满了惆怅。

诗经懂博物

汉江知多少？

汉江是长江最长的支流，在历史上也有着非常重要的地位，常与长江、淮河、黄河并称“江淮河汉”。它主要流经现在的陕西、湖北两省，在今天武汉市汉口的龙王庙汇入长江。

汉江的不同流段在古代有着不同的称呼。在流经沔县（今陕西省勉县）的地方称“沔水”，流经汉中附近称“汉水”，自安康至丹江口段古称“沧浪水”，襄阳以下别名“襄江”“襄水”。这些名字经常出现在古文、古诗中，在今后的阅读中要格外注意哟！

许多文人墨客也在汉江留下了不朽的诗作，其中最耳熟能详的要数唐代诗人宋之问的《渡汉江》：“岭外音书断，经冬复历春。近乡情更怯，不敢问来人。”

诗经知文化

什么是“风”？

首先要知道，在《诗经》中，“风”指的可不是自然界中刮的大风，而是指“十五国风”。

翻一翻目录，你就知道是哪十五国风了。其中，“周南”是周公所治理的地区，“召南”是召公所治理的地区，其他十三国是周朝的各诸侯国。在所有的“风”中，属“豳风”产生的年代最早，特别是《七月》一篇，一般认为其产生于西周初年。

十五国风中的诗被认为是《诗经》中造诣最高的，它反映了西周、春秋时期人们真正的生活状态，生活气息浓厚，情感强烈、动人。

诗经学考点

“之”字大变身

在《汉广》中，有一个拥有“多重身份”的神秘字——之。在“之子于归”中，“之”翻译成“这”；在“薄言采之”（《芣苢》）中，“之”又翻译成“它”。这就是古诗文中的常见现象——一词多义。

在今后的学习中，你还能看到“之”的更多身份呢！比如，在古文《陈涉世家》中，“之”还会翻译成“去、到”。希望你在今后的学习中，能找到“之”字的更多身份呀！

行露

行露

厌浥行露[①]，岂不夙夜[②]？谓行多露。

谁谓雀无角！何以穿我屋？谁谓女无家[③]，何以速我狱？虽速我狱，室家不足！

谁谓鼠无牙，何以穿我墉[④]？谁谓女无家，何以速我讼[⑤]？虽速我讼，亦不女从[⑥]！

注释

①厌浥（yì yì）：潮湿的样子。行露：道路上的露水。

②夙（sù）夜：指早起赶路。

③女（rǔ）：同“汝”，你。无家：没有成家。

④墉（yōng）：高墙。⑤讼（sòng）：诉讼。⑥女从：听从你。

译文

道上露水湿漉漉，我怎不想早赶路？只怕露浓难行路。

谁说麻雀没有嘴！怎么啄穿我房屋？谁说你还未娶妻，为何害我蹲监狱？即使让我蹲监狱，你也休想把我娶！

谁说老鼠没有牙，怎么打通我墙壁？谁说你还未娶妻，为何逼我打官司？即使逼我打官司，我也坚决不嫁你！

发火的姑娘

西周时期，在召公管辖的地区，有一位叫季姜的姑娘，不仅外表端庄漂亮，还非常贤惠勤快，人们一提起她，都是赞不绝口。

男大当婚，女大当嫁。这不，季姜也到了出嫁的年龄。前来季姜家里提亲的媒人不少，但没有一个让季姜感到满意的，她在耐心等待着心上人的出现。

在一个秋天的早晨，季姜早早起床，扛着锄头去田里干活。当季姜走到半路时，才发现路边的小草和树叶上面挂满了晶莹剔透的露珠，当她路过时，露珠打湿了衣裙。

正当季姜打算回到家里，等太阳出来露珠散了后，再去菜园里干活时，隔壁村的男子郑三迎面走了过来，发出“啪嗒”“啪嗒”的脚步声。郑三见四下无人，便不怀好意地凑了上来，嬉皮笑脸地对季姜说：“漂亮的姑娘，不如你嫁给我吧！你嫁给我后，就不用这么起早贪黑地干活了。”

郑三是附近有名的无赖，明明已经结婚，可他仗着家里有几个钱，在外面到处拈花惹草。季姜非常讨厌这种人，她非常生气地说：“你已经有了家室，不要再来打扰我！”

郑三见季姜姑娘不肯就范，就威胁说：“我劝你还是识相点儿。如果你不答应我的要求，我有办法将你抓进官府坐牢！”

季姜态度坚决地说：“虽速我讼，亦不女从！就算你将我抓进官府坐牢，我也不会嫁给你这种坏人的！”说完，季姜抡起锄头，就朝郑三脚下锄了过去，吓得郑三落荒而逃。

诗经知文化

中国古代其实是“一夫一妻制”！

你也许听过“三妻四妾”这个词，是不是以为在古代的封建制度下，男人有好多妻子？其实根本不是这样的！在一般情况下，我国古代实行的其实是“一夫一妻制”！

古人对妻子是很重视的，通常都要“明媒正娶”“门当户对”。而且我国古代有“嫡长子继承制度”，只有妻子生的大儿子才能继承父亲的爵位。妻子虽然只能有一个，但是妾却可以有多个。对古代的男人来说，妾的地位比仆人高不了多少，和妻子根本不是一个等级的。妾所生的孩子称为“庶子”“庶女”，他们的地位也和正妻的“嫡子”“嫡女”相差甚远！

诗经讲历史

召伯与《甘棠》

召伯是周武王姬发的异母兄弟。武王灭商后，把召伯封在北燕。召伯的封地内有一棵茂盛的棠梨树。三月花如白雪，八月果实累累，秀丽迷人。召伯到民间巡视的时候，经常在这棵棠梨树下裁决狱讼案件，很多案件都在这里得到昭雪，无辜的人获得了清白。

他这种爱民行为深受人们爱戴，人们把这棵树看成是召伯的象征，并且作诗赞美它。这些诗歌中的一首被收录在《诗经》中，名为《甘棠》：

蔽芾甘棠，勿翦勿伐，召伯所茇。

蔽芾甘棠，勿翦勿败，召伯所憩。

蔽芾甘棠，勿翦勿拜，召伯所说。

诗经学考点

有话非要“倒着说”

在《行露》中，有一个很奇怪的句子：“亦不女从。”这句话如果按字面直接翻译出来就是：“也不你听从。”这是什么话呢？根本不成句！其实，这是个“倒装句”，就是把话“倒着说”了，按照正常的顺序应该写成“亦不从女”，翻译为“也不听从你”。

古人真奇怪！为什么好好的语序不用，非要“倒着说”呢？其实倒装句有个很重要的作用，就是强调、加重语气。在巧妙的倒装下，透过短短四个字，女主人公愤怒的样子就跃然纸上啦！

羔羊

羔羊之皮，素丝五纶[①]。退食自公，委蛇委蛇[②]。

羔羊之革，素丝五緎[③]。委蛇委蛇，自公退食。

羔羊之缝，素丝五总。委蛇委蛇，退食自公。

注释

①五纶（tuó）：指缝制细密。五，通“午”，交错的意思；纶，古代计算丝缕的单位，这里是缝合的意思。

②委蛇（wēi yí）：悠闲自得的样子。③緎（yù）：缝。

译文

身穿一件羊皮裘，素丝缝合真考究。吃饱喝足已退朝，逍遥踱步慢悠悠。

身穿一件羊皮裘，素丝密缝真精巧。逍遥踱步慢悠悠，酒足饭饱已退朝。

身穿一件羊皮裘，素丝交错真巧妙。逍遥踱步慢悠悠，吃饱喝足已退朝。

退朝回家

春秋时期，有个名叫百里奚的人，他曾经是虞国的大夫，后来晋国灭掉了虞国，并抓走了虞国的国君和一群大臣，其中就包括百里奚。

晋国的国君晋献公并没将百里奚当一回事，当时正好有一位公主要嫁给秦国的国君秦穆公，就将他当成陪嫁的奴隶送到了秦国。秦穆公得知百里奚很有才华，非常重视，就让他做了秦国的大夫。

当时的秦国是一个国力很弱的小国家，百里奚做了秦国的大夫后，根据自己以前在虞国的经验，再结合秦国的情况，给秦穆公写了一封公文，对秦国落后的农业技术提出了一些改进建议。秦穆公看了公文后，连喊："妙计！"并非常高兴地采纳了百里奚的建议，还召他进宫。

百里奚穿着羔羊皮革做的衣袄，上面用白色的丝线交错缝制。秦穆公赏赐了百里奚一些珠宝，并鼓励他："你以后可要多为秦国出谋划策呀！"百里奚激动地拱手说："为国君分忧解难是臣子的本职工作，我一定会为您和秦国全力以赴。"

接着，秦穆公邀请百里奚吃饭。百里奚美美地吃了一顿大餐，才退朝回家。在回去的路上，百里奚的心情就像当天的天气一样非常好。树上的小鸟"叽叽喳喳"地叫着，百里奚迈着轻快的步伐，完全不像一位七十多岁的老人。他一边走一边高兴地想着："**退食自公，委蛇委蛇。**吃饱喝足后退了朝，我是多么悠闲自得呀！"

由此可见，当贤臣碰上明君时，才华才能得到充分施展。

诗经知文化

古代大臣怎么上朝?

不同的朝代、不同的皇帝有不同的上朝方式。让我们来看一看西汉时的大臣们是怎么上朝的吧!

公元前68年，汉宣帝明确规定，采取“常朝”和“大朝”两种形式。常朝五天一次，大朝一年一次。

常朝在凌晨开始，俸禄二千石以上的大臣进入大殿内，二千石以下的大臣站在大殿外。大臣上朝时不能佩剑，也不能穿鞋，走路的时候必须小步快走，以示对皇帝的尊敬。

大朝是一个隆重的活动，在年初举行，相当于大臣给皇帝拜年，顺便吃顿饭。这次上朝时，大臣席地而坐，先听一次宫廷音乐，然后吃皇帝赏赐的饭，饭后再听一次宫廷音乐，就可以离殿回家啦。

诗经学考点

是赞美，还是讽刺?

我们都知道，《羔羊》这首诗写了大臣们退朝时的情景，赞美他们有着羔羊皮一样洁白的品德。但是有人却发出了反对的声音，觉得这首诗其实是讽刺这些大臣的。

牟庭在《诗切》中说：“《羔羊》，刺饩廪俭薄也。”他认为，诗人看到大臣们“退食自公”，想到了那个时代的饥民和穷苦的人，因此对他们的悠闲自得产生了厌恶之情。

到底是赞美诗，还是讽刺诗?这大概只能问这首诗的作者了。现在大多数学者认为，《羔羊》应该是一首赞美大臣的诗。对此，你怎么看呢?

诗经读笑话

大姨和小姨

在明代作家浮白斋主人的《雅谑》中，有这样一个小故事:

从前有个教小孩读书的老学究，教到《诗经》的《羔羊》一篇时，说：“‘委蛇委蛇’句，‘蛇’字读作‘姨’，切记!”

第二天，他的学生看到路边有人耍蛇，看得入了迷，导致上学迟到了。老学究责问缘由，学生说：“刚才在路上碰到有人弄姨（蛇），我便驻足观看，只见他弄了个大姨（蛇），又弄了个小姨（蛇），故误了上课。”

摽有梅

摽有梅[①]，其实七兮。求我庶士[②]，迨其吉兮[③]。

摽有梅，其实三兮。求我庶士，迨其今兮。

摽有梅，顷筐塈之[④]。求我庶士，迨其谓之。

注释

①摽（biào）：坠落。

②庶（shù）士：众多男子。

③迨（dài）：趁。吉：好日子。

④塈（jì）：取。

译文

树上梅子纷纷落，树上还剩下许多。追求我的小伙子，这般良辰别错过。

树上梅子纷纷落，树上还剩下不多。追求我的小伙子，今日良辰别错过。

树上梅子纷纷落，拿着竹筐来收获。追求我的小伙子，快快开口莫疑惑。

盛夏的等待

春秋时期，有一位叫黄梅的姑娘。她家的院子里有一棵黄梅树，她又正好是在梅子成熟的季节出生，所以父母给她取了这个名字。

转眼间，黄梅从一个牙牙学语的小婴儿，出落成了一位亭亭玉立的大姑娘，并和一个小伙子订了婚。不过，就在去年夏天，黄梅的未婚夫跟着父亲去外地做生意了，整整一年全无音讯。

又是一个梅子成熟的季节，“啪——”“啪——”，熟透了的梅子不停地从树上落下。正在家里纳鞋底的黄梅，抬头看了看落在窗外地上的梅子，心里默默地想：“**摽有梅，其实七兮。**想要娶我的小伙子，请不要再耽误良辰了。”

时间一天天过去了，树上的梅子“啪——”“啪——”纷纷落地，枝头上的梅子剩下不多了。正在院子里给手帕绣花的黄梅，心里有些不安，都这么久了，还是没有未婚夫的消息。她内心不安地想：“想要娶我的小伙子，不要再等下去了呀！”

时间一天天过去了，树上的梅子全落在了院子里的地面上。黄梅拿着筐，捡着院子里的梅子。她一边捡着梅子，一边朝院门口张望，可是怎么也看不到未婚夫的身影。她的内心有些焦急地想：“想要娶我的小伙子，你快点儿回来呀，不要再这样等下去了！”

就这样，黄梅等待了整整一个夏天，也没有等到未婚夫的消息。就在秋天的第一片黄叶落下时，黄梅终于收到了未婚夫的来信，信里说他要在这个秋天回家，举办婚礼迎娶黄梅。黄梅紧皱的眉头终于舒展开了。

诗经懂博物

蜡梅竟然不是“梅”？

说到梅花，你一定不陌生吧？假如你的博物知识再多一点点，一定也听过“蜡梅”这个名字。很多人会觉得蜡梅应该是梅花的亲戚，但实际上，它们却是“八竿子打不着”！

李时珍的《本草纲目》中记载：“蜡梅，释名黄梅花，此物非梅类，因其与梅同时，香又相近，色似蜜蜡，故得此名。”看，古人早就给这两种花“划清了界限”！蜡梅比梅花早开两个多月，花朵是蜜蜡一样的黄色。而且经实地勘测，蜡梅的香味要比梅花浓得多！所以，等到初冬的时候，看到在公园中盛开的“小黄花”，就给爸爸妈妈讲一讲蜡梅的“真实身份”吧！

诗经知文化

从食果到观花

梅花是中国的代表性花卉，古人对它也钟爱有加。梅花与兰花、竹子、菊花一起被称为“花中四君子”，与松树、竹子并称为“岁寒三友”，是高洁、坚强、谦虚的象征。

但是在先秦时期，梅花虽然已经出现，但却“嗅不到花香”，而是“吃货最爱”。例如在《摽有梅》中，以梅的果实起兴；《尚书》中说“若作和羹，尔惟盐、梅”。可以看出在这个时候，梅的唯一作用就是——吃。就这样，梅被一直“吃”到了魏晋南北朝时期，才出现了写梅花的名诗：“折梅逢驿使，寄与陇头人。江南无所有，聊赠一枝春”。从此，梅花开始和“春天”关联起来，成为“报春”“识春”的古代名花。

诗经学考点

实数和虚数

你发现没有，在古诗和文言文中，总是有数字出现。例如曹操《短歌行》中的“绕树三匝，何枝可依”，李白《秋浦歌》中的“白发三千丈，缘愁似个长”。真的有会绕树三圈的乌鹊和长达三千丈的头发吗？

当然不是！因为这里的“三”和“三千”都是虚数。在文言文里，数字的指示有时是很宽泛的，“一、二”常指数量极少，“三、七、九、百、千、万”等常指数量极多，它们都是虚数。

不过，在阅读中也要看古文或古诗中的具体情况。比如在《摽有梅》中，就用“三”来表示数量少，用“七”来表示数量多。怎么样，你被绕晕了没有？

小星

嘒彼小星[①]，三五在东[②]。肃肃宵征，夙夜在公[③]。寔命不同[④]！

嘒彼小星，维参与昴[⑤]。肃肃宵征，抱衾与裯[⑥]。寔命不犹！

注释

①嘒（huì）：星光微小而明亮。

②三五：形容星星稀少。

③夙（sù）夜：早晚。公：公家。

④寔（shí）：是。命：命运。

⑤维：是，此。参（shēn）：二十八宿之一。昴（mǎo）：二十八宿之一。

⑥衾（qīn）：被子。裯（chóu）：被单、床帐。

译文

星星闪烁着微光，零零散散挂东方。天还未亮就赶路，公事繁重奔波忙。命运不如别人那样！

星星闪烁着微光，参宿昴宿挂天上。天还未亮就赶路，抱着被子和床帐。命运不如别人那样！

小吏的抱怨

在西周的周武王时期，有一位名叫熊仲的人，他是一位不起眼的小吏。

由于熊仲的家离上班的地方有些远，所以他每天不得不早早起床去赶路，这样才能按时上班，要不然就会迟到。

这是一个冬天的早上，熊仲像往常一样早早起床了。由于冬天夜长昼短，当熊仲走出家门时，外面还是黑乎乎的一片。东方的天空只有三三两两的小星星在闪烁，散发出微弱的光芒。刺骨的北风“呼呼”地刮着，吹在人脸上就像针扎一样疼。熊仲缩着脖子，“咯吱——咯吱——”地踩着脚下的积雪赶路。

熊仲想道：“最近一段时间，我每天天没有亮就要出门，等晚上进门时天已经黑了，而那些大大小小的贵族们可以一觉睡到天亮，真是不公平啊！”想到这里，他忍不住叹了一口气。

这时，旁边一位赶路的樵夫听到了熊仲的叹息声，问道：“你为什么要叹气呢？”

熊仲抱怨道：“**肃肃宵征，夙夜在公。寔命不同！**我每天都是天没亮就起床上班，一天工作那么久，可真累人！看来是我的命运不如别人好呀！”

樵夫听了，大笑着说：“你看，我比你的年龄大得多，我也是天没亮起床，去山上砍柴，然后挑到集市上换成米面带回家中。这样算下来，我每天工作的时间比你长得多，难道你在官府的工作还能比我上山砍柴辛苦吗？”

听了樵夫的话，熊仲惭愧地低下头，加快了脚步。

诗经知文化

二十八星宿

二十八星宿是我国古代天文学家为观测天象而划分的28个星区，和西方的“星座”有些类似。古人将这28个星区按照东、南、西、北分为4组，每组七宿。后来，人们又将“青龙、朱雀、白虎、玄武”4种动物与4个方向融合，就变成了今天史书中记载的星宿——

东方青龙七宿：角宿、亢宿、氐宿、房宿、心宿、尾宿、箕宿；

南方朱雀七宿：井宿、鬼宿、柳宿、星宿、张宿、翼宿、轸宿；

西方白虎七宿：奎宿、娄宿、胃宿、昴宿、毕宿、觜宿、参宿；

北方玄武七宿：斗宿、牛宿、女宿、虚宿、危宿、室宿、壁宿。

找一找《小星》中所说的“参宿”和“昴宿”在哪个方向吧！

诗经讲历史

“分封制”大揭秘

在《小星》中，作者感慨“寔命不犹”，他对比的应该是自己和当时的贵族。

西周时期有一个重要的制度——分封制。分封从周天子开始，具体的形式是：周天子的位置由他的嫡长子继承，剩下的儿子封为“诸侯”；各个诸侯的位置又由他们的嫡长子继承，剩下的儿子封为“卿大夫”；卿大夫的位置又由他的嫡长子继承，剩下的儿子封为“士”；士的位置也由他的嫡长子继承，剩下的儿子则不再是贵族。这些贵族就是当时西周时期的统治阶级，享有无上的权力，而当时的大多数人属于被统治的平民阶级，还有生活十分悲惨的奴隶。

诗经学考点

小词语，大学问

看到“夙夜”这个词，你的第一反应是什么呢？感觉它也没什么大不了的吧！不过，这个词可有大学问！它是由一种“联合形构词法”构成的。什么是联合形构词法呢？就是说一个词中的两个字意义相近或相反，并且可以互为说明。举个例子，像“狠毒”“帮助”这种词，“狠”与“毒”、“帮”和“助”的意思是相近的，它们组成词后，意思和本身差不多。不过，像“夙夜”“东西”这种词，“夙”与“夜”、“东”和“西”的意思是相反的，它们组成词后，意思就发生了很大的改变。

野有死麕

野有死麇

野有死麇[①]，白茅包之。有女怀春，吉士诱之。

林有朴樕[②]，野有死鹿。白茅纯束[③]，有女如玉。

“舒而脱脱兮[④]！无感我帨兮[⑤]！无使尨也吠[⑥]！”

注释

①麇（jūn）：獐子，比鹿小，无角。②朴樕（sù）：小木，灌木。

③纯（tún）束：捆扎，包裹。④舒：慢慢地。脱（tuì）脱：动作文雅、舒缓。

⑤感（hàn）：通假字，通“撼”，动摇。帨（shuì）：佩巾。

⑥尨（máng）：多毛的狗。

译文

打死獐子在荒郊，快用白茅包裹好。少女春心刚萌动，青年来把话头挑。

砍下朴樕当柴烧，打死小鹿在荒郊。快用白茅包裹好，少女如玉容颜妙。

“请你走来静悄悄，别扯我的佩巾掉，别让狗儿汪汪叫！”

送给姑娘的聘礼

西周时期，有一位名叫申勇的小男孩，他天天跟着父亲去森林打猎，因此练得一身好武艺。

十年过去了，申勇长成了一位勇猛无比的小伙子，可以一拳打断树枝，也能一箭射中百步之外的猎物。

很快，申勇到了该娶亲的年龄，他喜欢上了附近的一位姑娘。

父亲知道这件事后，对申勇说："按照风俗，你要独自前往森林里打猎，捕杀一头獐子和一只鹿，作为聘礼送给你喜欢的姑娘。"

申勇带着猎狗，背着干粮、弓箭和一把砍柴刀，走进了森林。申勇走了一段路，来到了一片长满杂草和灌木丛的开阔地带。他发现了一头野猪。

"可惜不是獐子和鹿！"他嘟囔了一句，只得继续往前走。

突然，申勇在草丛中发现了一只正在吃草的獐子。他悄悄地摸了上去，拉弓射箭，只听"嗖"的一声，獐子应声倒地。

申勇在附近找到一些白茅草，将这头獐子包了起来。他扛着这头獐子，继续寻找猎物。很快，申勇又发现了一只正在小溪边喝水的小鹿，他瞄准目标，拉弓射箭，小鹿也倒下了。申勇在附近拔了一些白茅草，裹在小鹿身上，然后扛着猎物，欢欢喜喜地走出了森林。

申勇带着獐子和鹿来到心仪的姑娘面前，对她说："**白茅纯束，有女如玉。**我要将这用白茅包好的獐子和鹿，献给像玉一样漂亮的你。"姑娘羞涩地接受了申勇的聘礼，他们幸福地走到了一起。

诗经懂博物

“麇”到底是什么？

“麇”是古代人们对獐子的称呼，它是一种小型鹿科动物，有着大大的耳朵，四肢细小而发达。最有趣的是它的短尾巴，几乎完全被臀部的毛遮盖，所以常常被人误认为是一只断了尾巴的鹿。

“麇”的习性也和其他鹿科动物有很大不同，它们一般独居，或者顶多3~5只一起活动，跑动的时候用的是“窜跳式”，一蹦一跳的，十分灵动可爱。《本草纲目》中说麇“秋冬居深山，春夏居泽”，意思是它们在秋冬天气寒冷的时候躲进避风的山里，春夏天气炎热的时候生活在沼泽、水塘边。

诗经知文化

打猎必备——弓箭

《野有死麇》中，年轻的猎手将自己亲手猎到的獐子和鹿作为礼物，送给心爱的姑娘。不过，想一想，他是怎么打猎的呢？不会是用大木棒或者是猎枪吧？其实，这位猎手最有可能用的，是古代常见的狩猎武器——弓箭。

弓早在原始社会就出现了，主要用来捕获大型猛兽。到了春秋战国时期，开始流行“复合弓”，工艺十分复杂、讲究。在文学作品中，我们经常能看到“角弓”一词，例如岑参的名篇《白雪歌送武判官归京》，就有一句“将军角弓不得控”，其实“角弓”就是“复合弓”的一个别名。在使用弓的时候，人们往往将牛角制成薄片，粘在弓臂面对射手的一面，这样可以增加弓的弹性。相传，一对上好的牛角，价格顶得上一头牛呢！

诗经学考点

有话直说的“直接引语”

“直接引语”是直接引用别人的原句，一般会用冒号和引号。与它相对的是“间接引语”，是用自己的话来转述别人的话，且不能用冒号和引号。举个最简单的例子，小亮说：“我是一个小学生。”你要把这件事告诉其他人，就有两种表达方式。

第一种是“小亮说：‘我是一个小学生。’”；第二种是“小亮说，他是一个小学生”。怎么样，看出两种引语的不同了吧！

在《野有死麇》中，也有一处直接引语，姑娘对猎人小伙子说：“舒而脱脱兮！无感我帨兮！无使尨也吠！”这样表述，是不是让我们更身临其境呢？

柏舟

汎彼柏舟[①]，亦汎其流。耿耿不寐[②]，如有隐忧。微我无酒，以敖以游。

我心匪鉴，不可以茹[③]。亦有兄弟，不可以据。薄言往愬[④]，逢彼之怒。

我心匪石，不可转也。我心匪席，不可卷也。威仪棣棣[⑤]，不可选也。

忧心悄悄，愠于群小[⑥]。觏闵既多[⑦]，受侮不少。静言思之，寤辟有摽[⑧]。

日居月诸，胡迭而微？心之忧矣，如匪浣衣。静言思之，不能奋飞。

注释

①汎（fàn）：浮动，漂流。②耿（gěng）耿：心中不安的样子。

③茹（rú）：容纳。④薄言：语助词。愬（sù）：同“诉”，告诉。

⑤棣（dì）棣：雍容娴雅的样子。⑥愠（yùn）：恼怒，怨恨。

⑦觏（gòu）：遭受。闵（mǐn）：患难。

⑧辟（pì）：捶胸。摽（biào）：捶、打。

译文

柏木小舟荡悠悠，河中顺水任漂流。内心焦虑难入睡，深深忧愁在心头。不是家里没有酒，只想乘舟去遨游。

我心并非青铜镜，岂能美丑都照见。虽有亲人兄与弟，可惜兄弟难依凭。去向他们诉苦难，正遇发怒尚未平。

我心并非溪中石，不能随水任转移。我心并非软草席，不能轻易被卷起。举止雍容有尊严，不能任人苦欺瞒。

心中忧愁难排除，小人恨我真可恶。碰到灾祸数不清，遭受凌辱更无数。静下心来仔细想，抚心拍胸忽醒悟。

天上明亮日和月，为何明暗相交迭？不尽忧愁在心中，好似脏衣未清洁。静下心来仔细想，无法奋起高飞跃。

公孙信的烦恼

春秋时期，卫国有一个叫公孙信的读书人，在家排行第二，他有一个哥哥和两个弟弟。公孙信为人正直，而且很有才华，可是一直没有机会施展自己的抱负。怀才不遇的他一直很苦闷。

一天晚上，为了散心，公孙信来到江边，顺流乘船而下。

已经是深夜，内心忧愁的公孙信躺在草席上，大睁着眼睛，怎么也睡不着觉。

这种失眠已经持续很久了。公孙信曾经向家里的哥哥和小弟吐露过自己的心声，谁知他的话还没说完，就被哥哥和小弟粗暴地打断了："都老大不小的人了，还成天游手好闲、胡思乱想，也不去找点儿正经的事做！"

公孙信之前一直相信，凭借自己的才华，一定能成就一番事业，可他生性耿直，为人处世方面不知道变通，处处被小人算计，处处碰钉子。时间慢慢过去了，公孙信由于一事无成，经常被附近的人嘲笑，他也渐渐变成他人口中"不务正业"的人。

公孙信躺在顺水漂流的小船上，望着窗外的明月回忆着过去。自己所受的磨难已经够多了，为什么还看不到时来运转的希望呢？

白天有太阳，晚上有月亮，白天和黑夜的交迭是那么自然，为什么只有自己的生活一直不如意呢？公孙信叹了口气，喃喃自语道："**我心匪石，不可转也。我心匪席，不可卷也。**"

夜更深了，公孙信迷迷糊糊地睡着了。他做了一个长长的梦，梦见自己成了一个耿直清白的大官。在睡梦中，公孙信的脸上露出了笑容。

诗经懂博物

小舟与大船

在《柏舟》中，我们仿佛能看到诗人在小舟上顺水漂流的场景。下面，就让我们把视野放大，来看一看历史上的一艘“无敌大船”吧！

这艘大船就是明朝时期郑和下西洋时乘坐的“宝船”。《明史·郑和传》中记载，这艘船有“44 丈长、18 丈宽”。这究竟有多大呢？根据考古发现，明朝的计量单位一尺，大概等于现在的 31.3 厘米，一丈是十尺，也就是说“宝船”长约 137 米，宽约 56 米，甲板面积相当于一个足球场的大小，是当时海上无可争议的“巨无霸”！

诗经知文化

“诗”到底有什么用？

你有没有想过这样的一个问题：古人为什么要写诗呢？中国古代文论家对此给出了一个答案：因为“诗言志”！

在《尚书·尧典》中有这样一段话：“诗言志，歌永言，声依永，律和声。”在这里明确地提出，诗人写诗的目的是表达自己的思想、抱负、志向，就像这首《柏舟》一样。不过这种说法也有一定的片面性，我们知道，有些诗作并不是写诗人的志向，而是宣泄情感的。按照“诗言志”的观点，难道说这种宣泄情感的诗，就不能算是“诗”吗？

《毛诗序》中有这样的说法：“诗者，志之所之也，在心为志，发言为诗，情动于中而形于言。”在肯定了“诗言志”的前提下，也强调了“情感”的重要性，这是比较中肯而客观的说法。

诗经回忆录

看到《柏舟》中的“如匪浣衣”一句，你有没有一种似曾相识的感觉呢？没错，在《葛覃》中，有“薄浣我衣”句。其中的“浣”和“衣”的意思，你还记得吗？

这里提示一下，“衣”的意思可不是简单的“衣服”，而是某种特定的衣服，和“私”的意思相对，你能想起来吗？

假如想不起来的话，赶快翻到《葛覃》一篇，去一探究竟吧！

绿衣

绿兮衣兮，绿衣黄里。心之忧矣，曷维其已[①]！
绿兮衣兮，绿衣黄裳[②]。心之忧矣，曷维其亡[③]！
绿兮丝兮，女所治兮[④]。我思古人，俾无訧兮[⑤]！
絺兮绤兮[⑥]，凄其以风。我思古人，实获我心！

注释

①曷（hé）：怎么。维：语气助词。已：止息，停止。
②裳（cháng）：下衣，形状像现在的裙子。③亡：通"忘"，忘记。
④女（rǔ）：你。治：纺织。⑤俾（bǐ）：使。訧（yóu）：过失，罪过。
⑥絺（chī）：细葛布。绤（xì）：粗葛布。

译文

绿色的衣裳啊，黄色的里子。心中的忧伤啊，何时能停止！
绿色的衣裳啊，黄色的下裳。心中的忧伤啊，何时才能忘！
绿色的丝线啊，你亲手缝制。思念的亡妻啊，规劝我过失！
粗细的葛布啊，凉爽又透气。思念的亡妻啊，事事知我意！

对妻子的思念

西周时期，有位叫吕进的人，他和妻子的感情非常好，在他们婚后的三年时间里，从没有争吵过一句。

可是天有不测风云，吕进的妻子后来生了重病，一病不起。吕进为了治好妻子的病，遍访各地名医，可妻子最后还是不治身亡。

自从妻子去世后，吕进整天闷闷不乐，内心充满了忧伤和思念。每当看到妻子生前的东西，他都会睹物思人，有时甚至会“哇哇”大哭。

一天，吕进想找一件衣服。就在他翻找时，“哗啦”一声，一件绿衣裳掉到了地上。这是一件绿色面子、黄色里子的衣服，用粗细两种葛布制成，穿上去凉爽又透气。这可是妻子生前一针一线亲手为吕进缝制的！看到妻子为自己缝制的绿衣服后，吕进想起了往事，不由得热泪盈眶。

以前妻子在世时，她总会将家里打理得井井有条，每天为吕进做好可口的饭菜，为他缝补衣服。妻子还经常给吕进提建议，这让他很少犯错。

可自从妻子去世后，吕进是饥一顿、饱一顿的，衣服破了大口子也没人给缝补。

现如今，吕进看上去就像是一个乞丐。天气暖和的时候还好办，最难熬的是冬天，冷风吹来，“嗖嗖”地往衣襟里面钻，冻得吕进直哆嗦。

吕进经常会想：“**我思古人，实获我心。**如果我的妻子还在人世的话，那该多好呀！”

诗经懂博物

“衣”和“裳”其实不一样

我们现在总说“衣裳”，但是你知道吗，在古代，“衣”和“裳”是两种完全不同的东西！

早在尧舜时期就有了“衣裳制”。“衣”指的是上衣；“裳”念“cháng”，指的是下衣，形态类似于现在的裙子。

也许你会问：古代人为什么要穿裙子一样的“裳”，而不穿裤子呀？因为在古代，裤子这类东西是胡人穿的衣服，统治者和官员们根本“瞧不起”。到了战国时期，赵武灵王推行“胡服骑射”，强制人们穿“裤子”。这时，裤子才渐渐登上服装历史的舞台。

诗经知文化

悲伤凄切的悼亡诗

悼亡诗是古诗中一类重要题材，大多是丈夫为了怀念、追悼亡妻所作。晋代美男子诗人——潘安就写过著名的《悼亡诗》（三首）。潘安二十四岁时结婚，五十岁时妻子不幸离世，他悲痛至极，写道：“……望庐思其人，入室想所历。帏屏无仿佛，翰墨有余迹。流芳未及歇，遗挂犹在壁。……”

此后的诗人也追寻潘安的足迹，写下了很多感人肺腑的悼亡诗词，例如大词人苏轼的“十年生死两茫茫，不思量，自难忘”，元稹的“曾经沧海难为水，除却巫山不是云”。

诗经学考点

奇奇怪怪的“通假字”

“通假字”是中国古书中一种特殊的用字现象。其中“通假”的意思是“通用、借代”，即用读音或字形相近的字代替原本的那个字。我们一般把通假字所代替的那个字称为“本字”。

例如在《绿衣》中就有一个通假字“亡”，它的本字是“忘”。所以，“亡”字在这里的意思便不再是“死亡、丢失”了，而是“忘记”。

在今后的古文、古诗学习中，还会出现各种各样的通假字，你一定要留心观察呀！

燕燕

燕燕于飞，差池其羽[①]。之子于归，远送于野。瞻望弗及，泣涕如雨。

燕燕于飞，颉之颃之[②]。之子于归，远于将之。瞻望弗及，伫立以泣[③]。

燕燕于飞，下上其音。之子于归，远送于南。瞻望弗及，实劳我心。

仲氏任只[④]，其心塞渊。终温且惠，淑慎其身。先君之思，以勖寡人[⑤]。

注释

①差（cī）池：参差不齐的样子。②颉（xié）：鸟向上飞。颃（háng）：鸟向下飞。

③伫（zhù）立：久立等待。④仲：兄弟或姐妹中排行第二。任：诚实可靠。

⑤勖（xù）：勉励。寡人：这里是作者的自称。

译文

燕子双双飞天上，羽毛参差展翅膀。戴妫妹妹回娘家，相送郊野大路旁。远远望去人不见，泪流纷纷如雨降。

燕子双双飞天上，忽下忽上任飞翔。戴妫妹妹回娘家，相送不嫌道路长。远远望去人不见，久久伫立泪流淌。

燕子双双飞天上，翻飞啼鸣如歌唱。戴妫妹妹回娘家，远去南方路茫茫。远远望去人不见，我心担忧苦悲伤。

戴妫诚信又稳当，心胸开阔能忍让。性格温和又恭顺，为人谨慎又善良。日常顾念先君恩，劝勉叮咛响耳旁。

送别好姐妹

春秋时期，卫庄公的夫人庄姜是一位十分有才干且贤惠的女子。

庄姜和卫庄公小妾戴妫之间的关系很融洽，就像亲姐妹一般。不过几年后，卫庄公不幸因病去世了，戴妫的孩子也被篡位者所杀。戴妫伤心欲绝，开始思念娘家的人，每天茶不思、饭不想，整个人逐渐消瘦下去。

通情达理的庄姜看出了戴妫的心思，对她说："现在先君已经不在了，我们都变成了无依无靠的人。你思念着亲人，又被篡位者当成眼中钉，不如趁此机会回娘家去看看吧！"

戴妫听后，非常感动，即日就定了回娘家的日期。

两天后的下午，庄姜送自己的好姐妹回娘家。一只只燕子展开翅膀，一边"啾啾"地叫着，一边贴着地面飞来飞去。坐在马车上的庄姜一路和戴妫依依不舍地说着话，一直将她送到了卫国都城的郊区。庄姜下了车，站在原地，远远看着戴妫离去的背影。先君去世了，自己的好姐妹也离开了……想到这里，她不由得伤心地哭泣起来。

几只燕子展开翅膀，忽上忽下地飞过庄姜的身旁。庄姜站在原地，泪眼蒙眬地目送着戴妫，直到她的身影消失在视野中。

天色不早了，远处响起了"轰隆隆"的雷声，眼看就要下雨了。侍从对庄姜说："夫人，天色不早了，我们该回宫里了。"庄姜非常难过地说："**终温且惠，淑慎其身。**我的好姐妹戴妫一向诚实善良，性格温柔又和顺。看到她离去，真让人难过万分！"

直到开始下雨，庄姜才掉头向宫里走去。

诗经懂博物

燕子：从“神鸟”到“送别神器”

在商朝时期，燕子被称为“神鸟”。《史记·殷本纪》中记载，相传帝喾的次妃简狄，看到燕子生了一枚卵，便将卵吞了下去，结果就怀孕了，并生下了商朝的先祖——殷契。所以在一开始，神鸟燕子是和“生育”之意紧紧捆绑的。

不过在《燕燕》中，它又有了另一层意思。在送别戴妫的时候，庄姜看到了两只相伴飞翔的燕子，这不禁让她想起了从前自己和戴妫相伴的场景。于是，在名诗《燕燕》“问世”后，人们也效仿庄姜，在诗、文中借用燕子表达思念、离别之情。再加上燕子离巢而不返，多像人背井离乡呀！于是，商朝的神鸟逐渐演变成了“送别神器”。

诗经讲历史

庄姜和戴妫的故事

《毛诗序》中说：“《燕燕》，卫庄姜送归妾也。”意思是“《燕燕》这首诗是卫国庄姜送别卫庄公的小妾——戴妫回娘家时所作的。”你想知道庄姜和戴妫之间到底有怎样的故事吗？

庄姜为齐国人，嫁卫国卫庄公。她十分美丽，但是结婚多年却没有孩子。于是卫庄公又娶了陈国戴妫为妾。戴妫生了一个孩子，取名“完”，卫庄公将完过继给庄姜，并立他为太子。等到卫庄公死后，太子完顺理成章地继位，即卫桓公。不过不久，卫桓公就被父亲卫庄公宠妾所生的孩子——州吁杀死了。卫桓公的生母戴妫受到牵连，被遣送回陈国的娘家。庄姜因为曾养育了戴妫的孩子，并与她关系友善，所以在临行前去送她，作了这首诗。

诗经知文化

古代的长幼排序

你知道你的爸爸有多少个兄弟姐妹吗？不过单看名字，很难知道谁是爸爸的哥哥，谁是爸爸的弟弟吧！在古代，人们想了个很聪明的方法，用“伯仲叔季”四个字来给他们进行“长幼排序”。

伯是指兄弟中的老大，仲是第二，叔是第三，季是最小的。比如在三国时期，吴王孙坚有四个儿子，长子孙策，字伯符；次子孙权，字仲谋；三子孙翊，字叔弼；四子孙匡，字季佐。“伯仲叔季”巧妙地将四兄弟排序，让人再也不会搞错。

击鼓

击鼓其镗[①]，踊跃用兵。土国城漕，我独南行。

从孙子仲[②]，平陈与宋。不我以归[③]，忧心有忡。

爰居爰处[④]？爰丧其马？于以求之？于林之下。

“死生契阔”，与子成说。执子之手，与子偕老。

于嗟阔兮[⑤]，不我活兮。于嗟洵兮[⑥]，不我信兮。

注释

①镗（tāng）：鼓声。其镗，即“镗镗”。②孙子仲：人名，卫国将领。③不我以归：即“不以我归”，不让我回家。④爰（yuán）：何处。⑤于嗟：即“吁嗟”，哎哟。⑥洵：长久。

译文

敲起战鼓“咚咚”响，士气鼓舞练武忙。服劳役来筑城墙，唯我从军去南方。

跟随将军孙子仲，平定二国陈与宋。战役结束不放归，使我内心忧忡忡。

何处歇脚何处停？战马丢失何处寻？我的马儿在哪里？不料它已入深林。

“一同生死不分离”，我们早把誓言立。让我握住你的手，到老与你在一起。

只叹路途太遥远，没有缘分再相见。只叹分别太长久，无法兑现这诺言。

士兵的思念

春秋时期，诸侯国之间经常发生战争。有一次，宋国出兵攻打陈国，弱小的陈国无法抵挡宋国的大军，连忙向关系要好的卫国求助。

卫国的国君和大臣们经过一番商议后，决定派出大将孙子仲，带领卫国大军前去调停宋国和陈国的战争。

此时，卫国驻扎军队的地方，战鼓“咚——咚——”擂得震天响，有的士兵正在手执武器进行训练，有的士兵正在忙着修路和修筑城墙。

卫国有一名叫商明城的老兵，接到了“行军”的命令，立刻同其他士兵一起收拾行囊，整装待发。商明城已经很长时间没有回家了，这次又要远行，他的内心十分愁苦。

大军走到半路，天色已经不早了，再加上人困马乏，大将孙子仲查看了一下地形，决定在这里安营扎寨。忧心忡忡的商明城，在拴孙子仲的战马时没有拴好，让马儿跑了。商明城连忙去附近寻找，这时他听到了马儿“咴咴——”的嘶鸣声，便顺着声音来到了一片树林里，终于找到了将军的战马，将它牵回营地拴好了。

除了站岗放哨的士兵外，其他士兵都开始“呼噜——呼噜——”地打起了鼾，可是商明城却一时无法入眠。他想起了家里的妻子，他曾经对妻子说过：“执子之手，与子偕老。”商明城和妻子曾立过誓言，一同生死永不分离，可是从军离开家后，很久没有和妻子见面了。想到这里，商明城发出一阵叹息，叹息自己和妻子相隔太远，难以兑现自己的誓言。

夜深了，商明城沉沉地睡去了，在梦里，他回到了自己的家乡……

诗经讲历史

《春秋》与《左传》

《击鼓》这首诗的写作背景，在史书《春秋》中有这样一段描述："宋师伐陈，卫人救陈。"意思是"宋国的军队攻打陈国，卫国去救助陈国。"这是发生在鲁宣公十二年的事。你一定想知道这场战争的细节吧？实话告诉你——没有！《春秋》是一本编年体史书，是春秋时期诸侯国的"年度大事总结"，再重要的战争也不过是用几个字，简简单单带过罢了！

你是不是觉得太可惜了？古代人读《春秋》的时候，也有这样的想法！所以，春秋末期的史学家左丘明就根据《春秋》中的简短记录，写了一本《左传》，详细地描述了每场战事的起因、经过和结果。不过不幸的是，也许左丘明也不知道"宋师伐陈，卫人救陈"是怎么回事，所以直接跳过不讲了！

诗经知文化

"执子之手，与子偕老"到底是友情还是爱情？

以我们现在的眼光来看，"执子之手，与子偕老"就是夫妻之间的爱情呀！不过，这简简单单的一句话，竟然是一场争论了2000多年的学术公案！

早在东汉时期，大文学家郑玄就在《毛诗笺》中明确指出，这句写的是战友之情。到了三国时期，经学大师王肃第一个质疑郑玄的"战友说"，并提出"爱情说"，认为这句话是作为从军的丈夫和妻子的誓言。不过可惜的是，他最终没有战胜郑玄，反而遭到了无情的鞭挞。到了宋朝，局势发生了逆转，大文学家欧阳修力挺王肃，认同"爱情说"。随后，经学大师朱熹在编订的"科举教科书"中，将"爱情说"作为主流。

诗经学考点

句末语气词表态度

读到"于嗟阔兮，不我活兮。于嗟洵兮，不我信兮"的时候，你有没有被"兮"字搞得格外头大？其实，"兮"是古文中很常用的句末语气词，相当于我们现代汉语中的"啊"。用"啊"替换一下，是不是觉得好懂多了？用"兮"最多的诗作当属《楚辞》中的篇目，有时间的话你可以去统计一下，《离骚》里一共有多少个"兮"字？

除此之外，还有很多有用的句末语气词，比如表达陈述语气的"也""矣"，表达疑问语气的"乎"和表达句中停顿的"者"。小小的句末语气词，竟然也有这么大的作用！

凯风

凯风自南[1]，吹彼棘心。棘心夭夭[2]，母氏劬劳[3]。

凯风自南，吹彼棘薪。母氏圣善，我无令人。

爰有寒泉，在浚之下[4]。有子七人，母氏劳苦。

睍睆黄鸟[5]，载好其音。有子七人，莫慰母心。

注释

①凯风：和风。这里比喻母爱。②棘（jí）心：酸枣树初发的嫩芽。这里比喻子女。
③劬（qú）劳：操劳。④浚（xùn）：卫国地名。
⑤睍睆（xiàn huǎn）：鸟儿婉转的鸣叫声。

译文

微风和煦自南来，吹拂枣树嫩树心。酸枣树心嫩又壮，母亲实在太辛勤。

微风和煦自南来，吹拂枣树粗枝条。母亲明理德行好，儿不成器难回报。

寒泉之水凉透骨，源头就在浚县旁。儿子纵然有七个，母亲依旧很劳苦。

歌喉婉转黄雀鸣，声音悠扬真动听。儿子纵然有七个，不能宽慰慈母心。

感恩母亲

春秋时期，鲁国有位叫庄丰的农夫，他每天天不亮就要起床去田里干活，直到天黑了才回家。

在繁重的劳动下，庄丰生了一场大病，卧床不起，他的妻子余氏挑起了家庭的重担。余氏不仅要和男人一样下田种地，还要照顾生病的丈夫和七个儿子。虽然日子过得非常清苦，但一家人倒也其乐融融。

在一个风和日丽的早晨，枣树刚发出嫩芽，几只黄鹂鸟站在树枝上“叽叽喳喳”地鸣叫着。庄丰的七个儿子在路边玩。这时，二儿子庄岩一抬头，看到邻居的儿子正穿着一身漂亮的新衣服，在草地里抓蚂蚱。庄岩看着自己和哥哥弟弟们身上又破又烂的衣服，就有些不高兴地说：“看人家的衣服多漂亮，母亲给我们用粗布缝制的衣服多难看呀！而且还破破烂烂的。”其他几个弟弟也点头，表示赞同。

庄丰的大儿子庄安听了二弟的话，皱着眉头对弟弟们说：“**棘心夭夭，母氏劬劳。**母亲很辛苦，我们做儿子的怎么能埋怨她呢？母亲养育我们七个孩子不容易，我们一天天长大了，却累坏了母亲的身体，我们有什么可抱怨的呢！”

六个弟弟听了庄安的话后，惭愧地低下了头。

庄安又接着说：“虽然我们现在过得清苦，但当我们长大后，日子一定会越过越好的，到时我们要好好孝敬母亲。”弟弟们点了点头，继续玩起了游戏。

母亲抚育儿女非常辛苦，我们一定要体贴母亲。

诗经知文化

古诗中的母爱

《凯风》是《诗经》中歌颂母爱的名篇，它用了“棘心”“寒泉”“凯风”等进行比喻、借代，这些词在后世的诗篇中，也成了“母爱”的代名词。例如，苏轼《胡完夫母周夫人挽词》中就有“凯风吹尽棘有薪”的句子。

同时，将儿女比作草木以及将母亲比作和风、太阳的手法也被后代诗人所效仿。唐代诗人孟郊《游子吟》中的名句“谁言寸草心，报得三春晖”，实际上也是脱胎于《凯风》。

诗经讲历史

金圣叹的父爱

不光母爱让我们感动，父亲的爱也让我们动容。明末清初的大文学家金圣叹就是一位爱意满满的好父亲。他因“哭庙案”获罪，被朝廷判处斩首的重刑。

在行刑的时刻，金圣叹的儿子赶到刑场送别父亲，父子俩百感交集，金圣叹留下了一副绝对，与儿子永别。上联是“莲子心中苦”，下联是“梨儿腹内酸”。“莲子”与“怜子”同音，“梨儿”与“离儿”同音，短短十个字，表达了对儿子的不舍之情。

诗经读笑话

凯风从《山海经》里来？

我们都知道，“凯风”是“和煦的风”，但如果有人问你“凯风从哪里来”，你该怎么回答呢？

你完全可以用开玩笑的语气告诉他：“凯风从《山海经》里来！因为《山海经》中说‘其南有谷，曰育遗，多怪鸟，凯风自是出。’”

这种用古诗、典故讲笑话的方法民国时期就有。1935 年，在巴黎大学的博士论文答辩会上，主考人问了陆佩如先生一个怪问题：“在《孔雀东南飞》这首古诗里，有‘孔雀东南飞，五里一徘徊’之句，可作者为什么不说成‘孔雀西北飞’呢？”陆佩如灵机一动，用开玩笑的语气给出了一个让人意想不到的回答：“因为‘西北有高楼’（古诗《西北有高楼》中的诗句）呀！”

匏有苦叶

匏有苦叶[①]，济有深涉。深则厉，浅则揭[②]。

有瀰济盈[③]，有鷕雉鸣[④]。济盈不濡轨，雉鸣求其牡。

雝雝鸣雁[⑤]，旭日始旦。士如归妻，迨冰未泮[⑥]。

招招舟子，人涉卬否[⑦]。人涉卬否，卬须我友。

注释

①匏（páo）：葫芦。苦叶：枯叶，表示葫芦已成熟。②揭（qì）：提起下衣。
③瀰（mǐ）：大水茫茫。④鷕（yǎo）：雉的叫声。
⑤雝（yōng）雝：大雁的叫声。⑥迨（dài）：等到。泮（pàn）：融化。
⑦人涉卬（áng）否：他人要渡河我不渡。卬：我。

译文

叶子枯萎葫芦熟，济水深深有渡口。水深就抱葫芦过，水浅提裙快快走。
济水深深涨得满，岸丛野雉叫得欢。水涨车轴淹不到，野雉求偶鸣声传。
长空传来大雁鸣，太阳升起刚黎明。男子你要想娶妻，趁着河水未结冰。
传来船夫招呼声，别人渡河我不争。别人渡河我不争，我将恋人静静等。

岸边的等待

春秋时期，卫国境内有一条名叫济河的河流。

一位叫南彩的姑娘生活在济河附近的村子里，她的家附近有一个渡口。秋天来了，南彩家院子里葫芦的叶子开始干枯了。

南彩已经好几个月没有未婚夫的消息了！这一天的黎明，南彩走出家门，向济河的岸边走去。南彩打算渡过济河去找她的未婚夫，她甚至想好了，如果没有渡船，水深她就抱着葫芦游过去，水浅她就提起裙子走过去。

可当南彩驾着车来到岸边时，只见水位上涨的济河白茫茫一片，岸边的水都要淹到车轴了，南彩赶紧把车子往后倒。

岸边的杂草丛里野鸡"咯咯咯"叫得正欢，一对一对的，每只野鸡都有自己的配偶，都有自己的小家庭。

这时，南彩看到天空有一行大雁飞过，它们"嘎——嘎——"地欢叫着，正要飞到南方去过冬。"冬天马上就要来临了！"南彩看着湖面，这样想道，"冬天来了后，天气会变冷，河面会结冰。如果要结婚，最好要趁水面还没结冰时举行婚礼。"

一位船夫划着小船过来，不停地向岸边的人招手。岸边的人们都向小船走去，他们要争抢着渡河去赶集，可只有南彩站在原地不争也不动。一位大婶回头问南彩："船来了，你不乘船过河吗？"南彩摆了摆手说："**人涉卬否，卬须我友。**我改变主意了，要在这里等待我的未婚夫。"

济河"哗哗"地向东流去，南彩一个人静静地站在济河边上，她相信自己等待的人一定会到来的。

诗经懂博物

葫芦——古代的“天然游泳圈”

在《匏有苦叶》中，女主人公看着深深的济河，产生了用葫芦渡河的想法。这在今天看起来很奇怪，在古代却是很常见的现象。成熟的葫芦轻巧、结实，里面是中空的，能够漂浮在水上，所以早在遥远的古代就成为人们的渡水工具。古人会将多个葫芦拴在腰间，做成“腰舟”。《国语·晋语》说：“夫苦匏不材，于人共济而已。”意思是葫芦不能当优良木材，只能帮人渡河罢了。

在神话故事中，葫芦也和“船”紧密连接在一起。人类的始祖——伏羲和女娲用雷公的牙齿种出了一个大葫芦，兄妹俩藏在葫芦里，躲过了雷公制造的洪水。看来在上古时期，葫芦就是人们的“天然游泳圈”呀！

诗经知文化

为什么相遇总是在水边？

你有没有发现一件有趣的事情：为什么在《诗经》中，男女主人公的相遇总是在水边呢？回想一下，在《关雎》《汉广》《匏有苦叶》中，无论是相遇还是等待，都是在水边发生的。

这并不是巧合！回顾一下世界四大文明古国，你会发现，它们都是在河流边诞生的！特别是对我们以农耕为主的远古祖先来说，“依水而生”不仅能保证充足的日常用水，还能灌溉农田、便利交通。

除此之外，水也是一种天然的阻隔，河流两边的姑娘和小伙子相互对视，可望而不可即，所以大家只能站在水边苦苦张望与思念了！

诗经学考点

巧用叠词更添彩

什么是“叠词”呢？很好理解，就是将两个相同的字叠在一起的词呗！像“慢悠悠”“快快乐乐”“虎虎生威”，这些都是叠词。

在古诗中，叠词更是被广泛使用，用来增加诗歌的音乐性，读起来音律和谐、朗朗上口。例如在《匏有苦叶》中，“招招舟子”“雝雝鸣雁”都用了叠词。这样可以增加诗歌的形象性，“招招”给人一种船夫不断招手的感觉，“雝雝”则表明大雁叫声不绝于耳。

谷风（节选）

习习谷风，以阴以雨。黾勉同心①，不宜有怒。采葑采菲②，无以下体？德音莫违，“及尔同死”。

行道迟迟，中心有违。不远伊迩③，薄送我畿④。谁谓荼苦⑤，其甘如荠。宴尔新昏，如兄如弟。

泾以渭浊，湜湜其沚⑥。宴尔新昏，不我屑以。毋逝我梁，毋发我笱⑦。我躬不阅，遑恤我后⑧。

注释

①黾（mǐn）勉：勉励。②葑（fēng）：一种叫“蔓菁”的蔬菜，形似萝卜。菲：萝卜。
③伊：是。迩（ěr）：近。④畿（jī）：门槛，门内。⑤荼（tú）：一种苦菜。
⑥湜（shí）湜：水清澈的样子。沚（zhǐ）：水底。
⑦发（bō）：同“拨”，搞乱。笱（gǒu）：竹制捕鱼器。
⑧遑（huáng）：来不及。恤：顾虑。后：走后的事。

译文

呼呼吹来山谷风，厚厚阴云大雨猛。夫妻应该共勉励，不该动怒不相容。采摘萝卜和蔓菁，怎能要叶不要根？曾经美言别忘记，同生共死不离分。

迈步缓缓出家门，虽想离开心不忍。不求送远求送近，哪知仅送到房门。都说苦菜难下咽，在我看来比荠甜。你们新婚多快乐，如同兄弟秉烛谈。

渭水入泾泾水浊，泾水虽浊河底清。你们新婚多快乐，我的心痛谁顾惜。不要到我鱼坝来，不要把我鱼篓开。既然你容不下我，以后事儿不要睬。

被遗弃的妻子

西周时期，有一位叫田怀的年轻人，他家里世代为农，以种地为生。“哎哟！真累！”每次种完地，田怀都会这样抱怨。他觉得种地太苦，想通过经商去挣钱。

不过田怀根本没有经商的经验和头脑，几年后，他不但没有挣到钱，还将家里仅有的一点儿积蓄全折腾光了！眼看到了成家的年龄，田怀却一贫如洗。好在附近有一位叫姜绣的姑娘，和田怀青梅竹马，她不嫌弃田怀贫穷，毅然决然地嫁给了他。

虽然日子过得清苦，但两人感情很好，同心协力经营这个小小的家。他们甚至发誓要同生共死，永远做夫妻。姜绣是一位聪慧勤快的妻子，她勤俭持家，每年秋天都提前准备好干菜和腌菜，作为过冬的食物。在夫妻二人的共同经营下，家里的日子慢慢好转了起来。

生活慢慢富裕起来后，一家人的生活就像拂面的春风一样温暖、幸福。就在姜绣以为苦尽甘来时，一场人生的暴风雨突然来临了！

丈夫田怀对妻子姜绣的态度突然转变了，刚开始是冷淡，后来越看她越不顺眼，姜绣要回娘家一趟，丈夫连送也不送，让妻子独自赶路。邻居有了困难，善良的姜绣主动去帮助他们渡过难关。如果是放在从前，田怀一定会赞扬她的行为，可是现在，田怀只是“哼”了一声，转头就走，对待妻子就像对待仇人一样！

不仅如此，田怀还整天对妻子恶言恶语，一切粗活重活都交给她来做，自己则天天出门玩乐，游手好闲。有一天，在河边洗衣服的姜绣听到邻居的谈话，说田怀要再娶一个新妻子，将她休掉！

面对这样不念当初夫妻情意的负心汉，姜绣的心里充满了矛盾：“他**不念昔者，伊余来塈**，我又该怎么办呢？这样的日子还要继续下去吗？”

诗经读完整

《谷风》的后半段如下：

就其深矣，方之舟之。就其浅矣，泳之游之。何有何亡，黾勉求之。凡民有丧，匍匐救之。

不我能慉，反以我为仇。既阻我德，贾用不售。昔育恐育鞫，及尔颠覆。既生既育，比予于毒。

我有旨蓄，亦以御冬。宴尔新昏，以我御穷。有洸有溃，既诒我肄。不念昔者，伊余来塈 。

诗经懂博物

为什么会有“泾渭分明”？

你一定听过“泾渭分明”这个成语吧！泾河清澈，渭河浑浊，它们交汇的时候，就出现了一边清、一边浊的奇特现象。但是同样是河，为什么差别这么大呢？

渭河、泾河都是黄河的支流，在咸阳附近交汇。渭河流域被人类开发得早，植被遭大肆砍伐，水土流失很严重，因此河水的含沙量很大，呈浑浊的黄色；而泾河流域正相反，被开发得较晚，河水的含沙量相对较低，因此比较清澈。泾、渭两条河交汇时，一清一浊，对比十分明显，因此被称为“泾渭分明”。

诗经知文化

古代也有“离婚制度”

在《谷风》中，我们看到了被丈夫抛弃的可怜妻子。猜测一下，她之后会经历怎样的事情呢？很有可能等待她的是——离婚。

我国古代社会的离婚制度最常见的是“出妻”，就是男子休掉妻子，主动终止婚姻关系。在古代的礼法上，规定了七种出妻的理由，称为“七出”，男子在出妻的时候，要明确指出妻子犯了哪一“出”。

另外，还有“和离”“义绝”等制度。“和离”是双方通过商议，不声张地“和平分手”；“义绝”是夫妻中的某一方殴打或杀害了另一方的家属，不仅要立刻解除婚姻关系，违法的一方还要坐牢。

式微

式微[①]，式微，胡不归[②]？微君之故[③]，胡为乎中露[④]！

式微，式微，胡不归？微君之躬，胡为乎泥中！

注释

①式微：天黑了。式，语气助词。微，昏暗。②胡：为什么。

③微：不是。君：国君。故：事。④中露：即“露中”，在露水中。

译文

天黑啦，天黑啦，问我为何不回家？不是为了国君你，我怎会在露水中！

天黑啦，天黑啦，问我为何不回家？不是为了国君你，我怎会在污泥中！

摸黑劳作的农夫

春秋时期，晋国的晋灵公，是一个超级昏庸的国君。

晋灵公的生活非常奢侈，而且生性残暴，只要心情不好，就会随意杀掉侍从。有许多大臣劝说晋灵公，晋灵公口头上答应要改，实际上没有任何改变。

晋灵公还从百姓那儿大肆搜刮钱财，动不动就让百姓服苦役，百姓的日子过得十分辛苦。

晋灵公手下有一位大臣，名叫赵盾。有一次，晋灵公带着赵盾和随从去打猎，他们早早就骑马出发了，借着天上的点点繁星赶路。走到半路，当他们经过郊区的一片农田时，听到“沙沙”的声响，原来是一位农夫正在摸黑锄草。由于当时是秋天，所以田里的露水非常多。

赵盾走过去问：“天还黑着，你怎么就在干活呢？你可以等到天亮后再干呀！再说现在的露水这么多，会打湿你的衣服。”

农夫停下来说：“我只能趁天黑干农活，到了白天，我还要服徭役呀！”

赵盾听了农夫的话，长长地叹了一口气说：“如果不是为了国君，农夫何必在露水中劳作呢！”他把这件事说给晋灵公听，可是晋灵公只是“哼”了一声，不予理睬，继续赶路了。

天亮了，晋灵公和赵盾来到山林里，开始打猎。不过没一会儿，天气突变，“哗哗”地下起了大雨，赵盾他们只好往回赶。

当晋灵公和赵盾经过一片农田时，看到一位农妇正冒着雨在田里的泥浆中干农活。赵盾停下来，对晋灵公说：“**微君之躬，胡为乎泥中？**百姓太苦了！”可是晋灵公只顾着躲雨，对他的话充耳不闻。

没过几年，作恶多端的晋灵公就被手下杀死了。

诗经解诗歌

句式大变换

读过了《式微》，你的第一感觉一定是："这首诗怎么和其他诗不太一样？"没错，《诗经》中的大多数诗都句式工整，而《式微》却首开句式自由、灵动的先例。

我们一般用"× 言"来描述古诗中的句子，一句有几个字，就是几言。例如《关雎》全篇用四言，就是一首四言诗；李白的《静夜思》全篇用五言，就是一首五言诗。而《式微》却包含了二言、三言、四言和五言的多种变化，句式参差错落、灵活生动。转过头再去读一遍《式微》吧，看看你能不能感受到句式错落的节奏感吧！

诗经知文化

古代农民的日常生活

《击壤歌》中说："日出而作，日入而息。凿井而饮，耕田而食。"你也许认为这就是古代普通农民的一天了，但实际上，他们要做的事情可不是种田那么简单！

除了种田、做家务事外，古代的农民还需要服徭役。官府会要求他们修建运河、宫殿和城墙，而且没有任何报酬！遇到战争年代，农民们还会被强迫入伍打仗，经常是"十五从军征，八十始得归"，甚至会死在战场上！

除此之外，农民每年还必须向官府缴纳一定比例的钱或粮食，称为"赋税"。很多黑心官吏会以此为借口，多收赋税，中饱私囊，让可怜的农民们叫苦连天！

诗经学考点

自问自答的设问句

设问句是提出一个问题，然后自问自答的一种句式，也常被称为"明知故问"。对比一下疑问句，你就能立刻将它区分出来啦！

让我们先说一个疑问句："小亮喜欢北京吗？"假如要说成设问句，就应该是："小亮喜欢北京吗？他当然喜欢北京！"在《式微》中，就巧用了设问句。"式微，式微，胡不归？微君之故，胡为乎中露？"你知道哪部分是提问，哪部分是回答吗？

设问句有着吸引读者、启发思考的重要作用，它能循循善诱，带读者一步步走入美妙的文章中。在写作文的时候，你也试着用一下设问句吧！

简兮

简兮简兮[①]，方将万舞。日之方中，在前上处。

硕人俣俣[②]，公庭万舞。有力如虎，执辔如组[③]。

左手执籥[④]，右手秉翟[⑤]。赫如渥赭[⑥]，公言锡爵！

山有榛[⑦]，隰有苓[⑧]。云谁之思？西方美人。彼美人兮，西方之人兮！

注释

①简：鼓声。②硕人：身材高大的人。俣（yǔ）俣：魁梧健美的样子。
③辔（pèi）：马缰绳。组：丝织的宽带子。④籥（yuè）：古代乐器名，类似于笛子。
⑤秉：持。翟（dí）：野鸡的尾羽。
⑥赫：红色。渥（wò）：湿润。赭（zhě）：赤红色的矿石。
⑦榛（zhēn）：灌木名。⑧隰（xí）：低洼的湿地。苓（líng）：苍耳。

译文

鼓声"咚咚"震天响，壮观舞蹈要登场。太阳当空正午时，舞师雄雄站前方。

舞师高大又健壮，公庭舞蹈动四方。动作有力猛如虎，手执缰绳如驾辕。

舞师左手拿籥管，右手执羽舞非凡。满面赤红如涂赭，公侯赞美赐酒饮。

山上高高榛子树，低谷翠绿苍耳丛。问我心里念何人？西方舞师真威风。那个英俊美男子，来自西方实不同！

领舞的舞师

春秋时期，卫敬公平定了一场叛乱后，决定在卫国的宫廷里举行一场大型舞蹈宴会。卫敬公的女儿伯姬听说这场舞蹈非常精彩，也要观看，卫敬公答应了。

舞蹈宴会当天天气晴朗，微风和煦。只听“咚咚咚”的鼓声擂得震天响，舞者气势如虹，翻腾跳跃。

领舞的是一位年轻男子，他身材高大，健壮英武，只见他手里拿着一段缰绳，动作稳重、有力，就像猛虎下山。

过了一会儿，这位领舞的男子左手拿出一只三孔笛，吹奏了起来，右手则拿着一根长长的野鸡翎毛，不断挥舞着。他一边吹奏一边跳舞，动作流畅优美。大臣们连连叫好，卫敬公连声高呼：“来人！赏赐舞师美酒！”

伯姬被眼前这位舞师的舞技震撼了，她悄声问身边的侍从：“这位领队的舞师是从什么地方来的呀？”侍从对她说：“他是卫国西边来的。”

表演结束后，领队的舞师也离开了。从那之后，伯姬每天都思念着这位高大帅气的舞师，一直闷闷不乐。她来到郊区散心，只见高山上长着挺拔的榛树，旁边的湿地里生着绿油油的苍耳。

一位贴身宫女问伯姬：“公主，你是不是有什么心事呀？”

伯姬叹了口气，说：“**云谁之思？西方美人。**可惜那英俊的男子，已经回到西边了！”

诗经知文化

宫廷上要跳什么舞？

舞蹈自古以来就是中华文化的重要组成部分，它形式多种多样，可以划分阶级与地位。那么在古代，有着无上权力的最高统治者要看什么样的舞蹈呢？

宫廷上的舞蹈主要分为两大类：“文舞”和“武舞”。文舞就是像《简兮》中描绘的一样，拿着“籥翟（笛子和羽毛）”跳舞；武舞则是模拟战争场面，拿着“干戚（盾牌和大斧）”跳舞。文舞用来歌颂统治者的文德，武舞用来歌颂统治者的战功。

历史上比较有名的宫廷舞蹈有：歌颂李世民的《秦王破阵乐》、华丽飘逸的《霓裳羽衣舞》、乡土气息浓厚的《巴渝舞》、技巧高超的《七盘舞》、有着异域风情的《胡腾舞》等。

诗经讲历史

西周的礼乐制

西周时期有两大重要制度——分封制和礼乐制，我们在《小星》中讲了分封制，今天就讲一讲礼乐制。

简单来说，礼乐制就是用乐队时的“排场”，地位高的“排场大”，地位低的“排场小”。一般来说，周天子的乐队有“八佾”，“佾”是“列”的意思，每列八人，八佾为六十四人。诸侯的乐队有“六佾”，卿大夫的乐队有“四佾”，士的乐队有“二佾”。平民则不能享受这种待遇，即“礼不下庶人”。

到了春秋后期，周天子的权力衰微，诸侯强大了起来。他们不满足于“六佾”的排场，也想试一试“八佾”。所以说，春秋是一个“礼崩乐坏”的时代。大教育家孔子曾看到季孙氏在家里用“八佾”，就气愤地在论语中写下：“八佾舞于庭，是可忍也，孰不可忍也？”

诗经学考点

“美人”竟然是君王？

《简兮》中有“云谁之思？西方美人”一句，这里的“美人”指的是高大帅气的舞师。可是你肯定想不到，在古诗文中，“美人”还有一个特定的含义，就是指君王！

汉代王逸的《离骚序》中有“……灵修、美人，以譬于君”。意思是在与《诗经》并称的《离骚》中，常用“美人”比喻君王。这个象征意义被后代诗人继承下来，并形成了“香草美人”这个成语，用以象征忠君爱国的思想。

北门

出自北门，忧心殷殷[①]。终窭且贫[②]，莫知我艰。已焉哉！天实为之，谓之何哉！

王事适我[③]，政事一埤益我[④]。我入自外，室人交遍谪我[⑤]。已焉哉！天实为之，谓之何哉！

王事敦我[⑥]，政事一埤遗我。我入自外，室人交遍摧我[⑦]。已焉哉！天实为之，谓之何哉！

注释

①殷殷：忧伤的样子。②终……且……：既……又……。窭（jù）：贫穷，简陋。③适：同“擿（zhì）”，扔。④埤（pí）益：增加。下文“埤遗”义同。⑤交：全。谪（zhé）：责怪。⑥敦（dūn）：逼迫。⑦摧：嘲笑。

译文

我从北门出城去，忧伤烦闷压心上。居住简陋又贫寒，没人知道我艰难。既然这样算了吧！一切都是天注定，我又能够怎么办！

王室给我派差事，衙门公务也增加。累了一天回到家，家人全都将我骂。既然这样算了吧！一切都是天注定，我又能有啥办法！

王室逼我快快干，衙门公务莫怠慢。累了一天回到家，家人讽刺说我傻。既然这样算了吧！一切都是天注定，我又能够怎么办！

小吏的疑惑

西周时期，有一位叫石文的小吏，他为人老实巴交，所以常受别人的欺负。领导和同事们一旦有了差事，都找借口一股脑儿推给石文干，也不管他愿不愿意。石文也不敢拒绝，时间一久，石文干的活儿是别人的几倍，可工资还是只有那么一点点。

于是，石文每天从早忙到晚，而其他同事则逍遥自在、无所事事。

又是忙碌的一天。石文从早上一直忙到天黑，同事们早已下班回家了。天黑透了，远处传来小狗“汪汪”的叫声，石文终于忙完了手头的工作，揉了揉发酸的肩膀。“唉——”他叹了一口气，独自一人从城北门走了出去，在黑夜里摸索着前进。

走在路上，石文的心里充满了悲伤和愁苦：天天这么拼命地干活，日子还是过得非常贫困，谁能知道自己的艰辛呢！想到这里，石文长长地叹了一口气，自言自语道：“**天实为之，谓之何哉！**我还是回家吃饭吧！”

当石文回到家里后，妻子怒气冲冲地问他：“你为什么每天总是很晚才回家？”

石文小声回答：“差事太多，一直忙到了天黑，所以现在才回来……”

妻子生气地骂他：“蠢蛋！你光知道埋头帮别人干活！你怎么不帮别人领工资呢？如果你再这样帮别人干活，你干脆去别人家吃饭得了，不要再回这个家！”

夜深人静，妻子和孩子都上床睡觉了，石文却瞪着眼睛看着棚顶，睡意全无。他的脑子里一直想着这样一个问题：明天，我是应该拒绝同事，还是继续帮他们做事呢？

诗经懂博物

“现实主义”作品集

《诗经》是中国古代诗歌的开端，也是最早的一部现实主义诗歌总集。什么是“现实主义”呢？《公羊传》中这样解释：“饥者歌其食，劳者歌其事。”诗经中描写的事、表达的情感，并不是文人墨客的“阳春白雪”，而是和现实生活紧密联系在一起的。

看一看这篇《北门》，你大概就知道了。全诗并非无病呻吟，而是写了一名官吏的真情实感，反映了重要的现实问题。全篇纯用“赋”写成，一气呵成，不假比兴，即便经过几千年的时光，我们也能窥到作者满腔的愁情。

诗经知文化

《北门》竟是“反战诗”？

如果说《北门》这首诗和战争有关，你相信吗？想必你肯定是不信的，全篇只借小吏的口吻写了他工作的辛苦，压根儿没提到战争呀！

翟相君的《北门臆断》一文提出了这样的观点：根据《左传·桓公五年》记载，卫宣公十二年的秋天，卫人曾帮助周桓王讨伐郑国，而且悲惨地战败了！翟相君认为《北门》这首诗正是写于这个时期，其中的“王事”就是指这场战争，《北门》的作者参与了这次战争，失败回国后受到同僚的埋怨。于是，作者就愤愤不平地写下了这首诗作。

诗经学考点

《北门》这首诗写的是小吏的愁苦，我们之前也学过一首与此主题类似的诗，你还记得是什么吗？

没错，就是《小星》。这两首诗中的小吏都是最底层的官员，工作辛苦，收入微薄，只能将一切不顺说成是上天的安排。不过更值得思考的是，在先秦时代，就连有一定权力的小官吏都生存得那样艰难，那社会底层的人民群众的生活，就更加不堪设想了！

北风

北风其凉[①]，雨雪其雱[②]。惠而好我[③]，携手同行。其虚其邪？既亟只且[④]！

北风其喈[⑤]，雨雪其霏[⑥]。惠而好我，携手同归[⑦]。其虚其邪？既亟只且！

莫赤匪狐，莫黑匪乌。惠而好我，携手同车。其虚其邪？既亟只且！

注释

①其凉：即“凉凉”，形容北风寒冷。

②雨（yù）雪：下雪。其雱（páng）：即“雱雱”，雪下得很大的样子。

③惠而：顺从、赞成。好我：对我友好。④既：已经。亟（jí）：急。只且（jū）：语气助词。

⑤喈（jiē）：“湝”的假借字，寒冷。⑥霏：雨雪纷飞。⑦同归：一起走。

译文

北风寒冷北风到，漫天茫茫雪花飘。赞同我的好朋友，赶快携手一起跑。哪还容你慢慢走？事态紧急赶快逃！

北风呼呼透骨凉，漫天大雪白茫茫。赞同我的好朋友，赶快携手去他乡。哪还容你慢慢走？事态紧急快逃亡！

毛色不红不是狐，羽毛不黑不是乌。赞同我的好朋友，赶快携手齐上路。哪还容你慢慢走？事态紧急快逃出！

逃亡

春秋时期，卫懿公在位期间，整个卫国十分混乱。

这个卫懿公是个玩物丧志的人，他爱养鹤，甚至给鹤发工资，连鹤出门都有专车，还有专门照顾它的佣人。大臣们看到卫懿公这样，全都效仿他，大肆挥霍金钱。日益加重的赋税让百姓的生活苦不堪言。不少百姓纷纷逃离卫国，到其他地方谋生。

随着逃亡的人越来越多，暴虐的卫懿公大怒："可恶！快将那些逃亡的人都抓回来，让他们坐牢！"

在一个冬天的早上，猛烈的北风"呼呼"地刮着，大雪漫天，四下一片白茫茫。卫国一位叫刘之成的人满脸愁苦地坐在家里，肚子饿得"咕咕"直叫。国君昏庸暴虐，挥金如土，百姓上缴的赋税越来越多，日子也越来越困难。

这时，刘之成下定了决心：今天刮着大风，下着大雪，他要趁着巡逻的士兵躲在房子里取暖的时候，同朋友逃离卫国！

于是，刘之成便出门，去找他的好朋友介仪。

介仪见朋友顶着寒风和大雪来找自己，惊讶地问："你有什么重要的事情吗？"刘之成连忙说："国君昏庸暴虐，你和我是好朋友，咱们一起逃亡吧！"介仪想了想，然后点了点头，说："好，不过你要等我一会儿，我还要收拾行李。"

刘之成非常着急地说："**其虚其邪？既亟只且！**现在不走，过会儿雪停了就逃不掉了！"介仪听了后，什么行李都没带，慌忙地跑出门，跟着刘之成冲进了风雪里。

借着风雪的掩护，他们终于有惊无险地逃离了卫国。在逃亡的路上，他们还碰到了不少其他逃亡的卫国人。

如果一个国家的国君昏庸暴虐，那么百姓一定会纷纷离他而去。

诗经懂博物

乌鸦本是“报喜鸟”？

我们常说“喜鹊报喜，乌鸦报丧”，可是在古代，乌鸦却是一种寓意吉祥的鸟，你相信吗？

在唐代以前，流传着“乌鸦报喜，始有周兴”的传说。相传，周朝刚开始兴盛的时候，有一只大乌鸦叼着谷穗，落在房檐上，周武王和大臣们看到了，都十分高兴。同时，乌鸦还被认为是一种孝顺的鸟，因为小乌鸦长大了，会对不能觅食的老乌鸦“反哺”。

唐代之后，出现了“乌鸦兆凶”学说，不过并没有占据主导地位。真正败坏乌鸦名声的，是一则希腊神话。太阳神阿波罗因为听信了乌鸦的谎话，杀死了恋人。从此，乌鸦的“凶鸟”形象开始深入人心。我们现在对于“乌鸦报丧”的印象，是受到希腊神话和“乌鸦兆凶”学说共同影响的，不过这完全是一种迷信，并没有科学依据。所以，我们可不能冤枉了这种聪明的鸟儿呀！

诗经知文化

咏雪

《北风》中用“北风其凉，雨雪其雱”来描述漫天飞舞的大雪，如果是你的话，看到这样一场大雪，会用什么词语描述呢？

在《世说新语》中，记载着这样一个著名的咏雪故事。东晋时期，大政治家谢安在一个寒冷的雪天召开家庭聚会，跟家里的小孩子们讨论诗文。忽然间，外面的雪下得又急又大，谢安高兴地说：“你们看，这纷纷扬扬的大雪像什么呢？”他的侄子谢朗说：“跟在空中撒了一把盐差不多。”他的侄女谢道韫说：“不如比作风把柳絮吹得满天飞舞。”谢安听了谢道韫的比喻，高兴地夸赞了她一番，这个聪明的“小才女”也获得了“咏絮才”的美名。

诗经学考点

“其”字用法多

“其”在古文中有很多含义，比如用作代词，代指人或事物；或者用作连词，表示选择关系；再或用作副词，表示揣测、反问的语气。不过在《北风》中，有一个特殊的用法——作为叠词的代替！比如“北风其凉，雨雪其雱”一句，“其凉”就是“凉凉”的意思，“其雱”就是“雱雱”的意思，这是《诗经》中的一种特殊用法，可要注意哟！

静女

静女其姝[①]，俟我于城隅[②]。爱而不见[③]，搔首踟蹰[④]。

静女其娈[⑤]，贻我彤管[⑥]。彤管有炜[⑦]，说怿女美[⑧]。

自牧归荑[⑨]，洵美且异。匪女之为美，美人之贻。

注释

①静女：娴静的姑娘。姝：美好。②俟（sì）：等待。城隅：城上的角楼。

③爱：同“薆”，隐藏。④搔首：用手指挠头。踟蹰（chí chú）：徘徊不定。

⑤娈（luán）：面目姣好。⑥贻：赠。彤管：红色的管状草。

⑦炜（wěi）：颜色红而有光亮。⑧说怿（yuè yì）：喜爱。女：你，指彤管。

⑨牧：郊外。归：通“馈”，赠送。荑（tí）：初生的嫩芽。

译文

娴静姑娘真漂亮，约我来到角楼上。故意躲藏不见面，害我着急心紧张。

娴静姑娘真美好，送我一枝红管草。管草红得亮闪闪，我爱它的颜色好。

郊野送我白柔荑，柔荑美好又珍异。不是柔荑长得美，只念美人的厚意。

姑娘的礼物

春秋时期，卫国有一位叫赵诚的读书人，他多才多艺，不仅会作诗，还擅长画画，在附近一带很有名气。

有一次，赵诚带着书童去集市上买东西，在回来的路上，他碰到一位漂亮的姑娘正在逛街。赵诚连忙拿出随身带着的笔墨，又掏出一块丝绸手帕，“沙沙”地在上面写了一首诗，随后向书童吩咐了几句。

书童拿着手帕，走过去对那位姑娘说：“这位小姐好，这是我们家公子送你的。”

姑娘看了一眼赵诚，立刻被他潇洒的风度迷住了，她压低声音，悄悄地对书童说：“告诉你们家公子，我明天早上在城楼的角楼那里等他。”

第二天早上，赵诚来到了姑娘约定的地方，这里行人稀少。赵诚等呀等，等到太阳升得老高了，还是不见姑娘的影子。赵诚急得不停地搔头，“啪嗒”“啪嗒”地来回踱步。他怀疑姑娘是不是在故意捉弄自己。

就当赵诚要离开时，那位漂亮的姑娘出现了。她送给赵诚一枝鲜红的管草。

紧接着，姑娘又羞答答地送给赵诚一把鲜嫩的荑草。赵诚非常开心，他和姑娘在田野的小路上边走边谈心。原来姑娘也喜欢写诗和画画，她非常喜欢赵诚的诗画。两人聊得十分投机，直到要吃午饭的时候了，两人才恋恋不舍地分别。

赵诚拿着荑草和管草兴高采烈地回到家里，书童看到后不解地问：“公子，这不就是田野里随处可见的东西吗，你怎么这么开心呀？”

赵诚开心地说：“**匪女之为美，美人之贻。**对我来说，这些东西比什么都珍贵！”

诗经懂博物

精巧的故宫角楼

《静女》中男女主人公约定在角楼上相会。角楼一般建在城池的四角，因此而得名。

如今最著名的角楼要数故宫的角楼了！它坐落于城墙之上，四周围以汉白玉石栏杆。角楼一共有3层，屋顶上有9条主要屋脊，所以称“九脊殿”。角楼中层采用传统的“勾连搭”做法，集精巧的建筑结构和精湛的建筑艺术于一身，充分显示了古代劳动人民的聪明才智。

诗经知文化

古代男女互赠什么礼物？

在《静女》中，美丽的女子送给诗人彤管和白柔荑，诗人非常感动。在古代，男女相会的时候，一般会互赠什么礼物呢？

❶簪子：簪子在古代还象征着尊严，也可以作为定情信物相互赠送。

❷手帕：手帕是古代女子的随身之物，可以送给男子以示情谊。

❸玉佩：玉在我国古代是君子的象征，被认为是“君子之德”。也会两人各执一半，以表相思。

❹香囊：香囊大多是女子亲手为男子做的，在里面填一些香草、花瓣。

诗经学考点

特殊的“双声词”

《静女》中，有“搔首踟蹰”一句，这里有一个特殊的“双声词”，你知道是哪个吗？

双声词的意思是，由声母相同的两个字或几个字组成的词。例如“吩咐”这个词，“吩”的拼音是 fēn，“咐”的拼音是 fù，仔细看看，它们的声母是不是一样呢？

现在，你知道“搔首踟蹰”中的双声词是哪个了吗？要是再不知道的话，就在本子上写出这四个字的拼音，好好找找看吧！

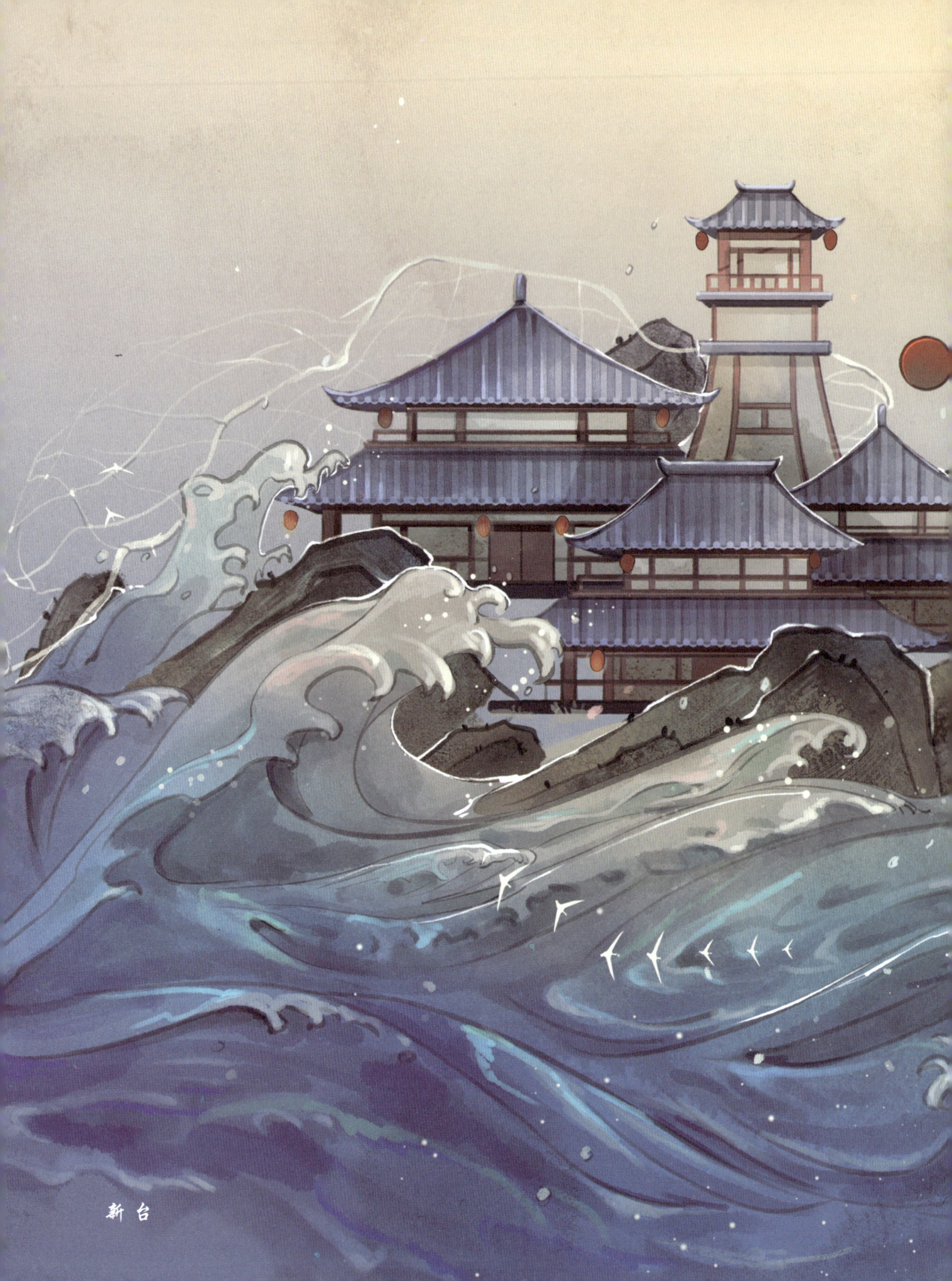
新台

新台

新台有泚[①]，河水浼浼[②]。燕婉之求[③]，籧篨不鲜[④]！

新台有洒[⑤]，河水浼浼[⑥]。燕婉之求，籧篨不殄[⑦]！

鱼网之设，鸿则离之[⑧]。燕婉之求，得此戚施[⑨]！

注释

①有泚（cǐ）：鲜明的样子。②河：指黄河。浼（mǐ）浼：水盛大的样子。

③燕婉：和顺美好。

④籧篨（qú chú）：指癞蛤蟆一类的东西。不鲜（xiǎn）：不善。

⑤洒（cuǐ）：高峻的样子。

⑥浼（měi）浼：水盛大的样子。⑦不殄（tiǎn）：不美。

⑧鸿：虾蟆。离：同“罹”，遭受，这里指落入网中。⑨戚施：癞蛤蟆。

译文

新台高大又辉煌，黄河“哗哗”向东淌。本想嫁个少年郎，却是丑得蛤蟆样！

新台高大又宽敞，黄河洋洋向东淌。本想嫁个少年郎，却像蛤蟆不成样！

设好渔网把鱼抓，没想网到了蛤蟆。本想嫁个少年郎，可是长相令我怕！

荒唐无耻的卫宣公

春秋时期，卫国有一个十分荒唐的国君——卫宣公，他竟然抢夺走了自己的儿媳！

当时，齐国国君齐僖公的女儿青春美丽。前来向她提亲的人有很多，这其中就包括卫宣公的儿子太子伋。齐僖公见到卫国使者前来说亲时，觉得门当户对，就答应了这桩婚事。

消息传到了卫宣公的耳朵里，他立刻动了歪心思，哈哈大笑着说："我一定要想个办法让她和我结婚！"

于是，卫宣公让士兵在黄河边建了一座叫新台的新房子，高大又华丽。到了迎亲时，卫宣公故意让太子伋出使郑国，自己却跑到新台去迎娶新娘，强逼她和自己结婚。

从齐国来到卫国的新娘，本以为自己会嫁个英俊的少年郎，可进了洞房一看，却是一个丑陋的老头子！她心中一万个不同意，"呜呜"哭了起来，说："**燕婉之求，得此戚施！**我该怎么办才好呢？"

可是卫宣公威胁她说："你要是不和我结婚，我就杀掉你！"没有办法，新娘只好和这个无耻的丑老头结了婚。

齐僖公听说这件事后，十分生气："卫宣公干了一件多么无耻的勾当啊！我要发兵攻打卫国！"身边的大臣都劝他说："齐国的兵力比不上卫国，打仗不一定会赢，您可要三思啊！"

齐僖公仔细想了想，只好咬牙忍下了这口气。就这样，本来要和卫宣公当亲家的齐僖公，一下子竟成了卫宣公的岳父！

诗经懂博物

癞蛤蟆知多少？

在《新台》中，诗人将无耻的卫宣公比喻成丑陋的癞蛤蟆，不过，癞蛤蟆可不想背这个“锅”！

癞蛤蟆就是蟾蜍，是一种两栖动物，体表有许多疙瘩，疙瘩内有毒腺。虽然模样丑了一点儿，但是在我国分布的中华大蟾蜍和黑眶蟾蜍，都是能吃害虫的“农林好卫士”！除此之外，癞蛤蟆还有很高的药用价值，被誉为“蟾宝”。

癞蛤蟆不仅能服务庄稼、服务人类，还是环境变化的“风向标”！它们对环境变化很敏感，科学家可以通过一个地区癞蛤蟆的数量，判断这个地区的环境是否受到污染。

诗经讲历史

糊涂的太子伋

《新台》讲述的是齐僖公女儿宣姜的悲惨故事。你也许会问，宣姜原本要嫁的太子伋最后怎么样了呢？

太子伋后来在卫宣公面前失宠了，卫宣公越来越厌恶他。于是他派太子伋出使齐国，并派杀手在途中杀死他。卫宣公说：“太子伋拿着白色的旄节，你只要看见这个人，就杀掉他。”

不过这件事情被太子伋的朋友公子寿知道了，他对太子伋说：“杀手会在边境杀死你，你可不要去！”而糊涂的太子伋却说：“我不能违背父亲的命令而求生！”于是，公子寿就偷走太子伋的白色旄节，代替太子伋被杀掉了。太子伋知道后，对杀手说：“你应该杀掉的是我，他有什么罪？请杀死我吧！”就这样，太子伋也被杀掉了。

诗经学考点

古代的特指词

在古代，有两个词是有特指含义的，那就是“江”与“河”。“江”是指长江，“河”是指黄河。无论是古代还是今天，这两条河都发挥着重要的作用。在古诗或古文中，只要没有特殊声明，“江”与“河”指的就是“长江”和“黄河”。

现在，你知道为什么“河水浟浟”要翻译成“黄河‘哗哗’向东淌”了吧！

柏舟

汎彼柏舟[①]，在彼中河[②]。髧彼两髦[③]，实维我仪[④]。之死矢靡它[⑤]。母也天只[⑥]，不谅人只！

汎彼柏舟，在彼河侧。髧彼两髦，实维我特[⑦]。之死矢靡慝[⑧]。母也天只，不谅人只！

注释

①汎：漂浮而行。②中河：即“河中”。

③髧（dàn）：头发下垂的样子。两髦（máo）：齐眉的头发。④维：是。仪：配偶。

⑤之死：到死。矢靡它：没有其他心思。⑥也，只：语助词。⑦特：配偶。

⑧慝（tè）：通“忒”，变更。

译文

柏木小船在漂荡，漂泊荡漾河中央。垂发齐眉少年郎，是我心中好对象。至死不会变心肠。我的天啊我的娘，为何对我不体谅？

柏木小船在漂荡，漂泊荡漾河岸旁。垂发齐眉少年郎，是我倾慕的对象。至死不会变主张。我的天啊我的娘，为何对我不体谅？

姬珠的抗争

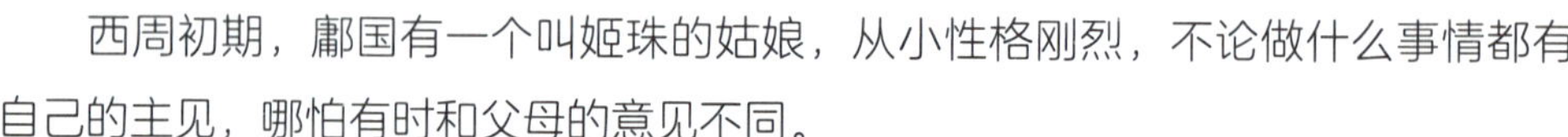

西周初期，鄘国有一个叫姬珠的姑娘，从小性格刚烈，不论做什么事情都有自己的主见，哪怕有时和父母的意见不同。

眼看姬珠一天天地长大了，转眼间出落成了一个漂亮的大姑娘，到了谈婚论嫁的年龄。上门提亲的媒人不少，可没有一个能让姬珠满意的。为女儿找一个称心的人家，是一件不容易的事情，父母为此非常犯愁。

这天下午，又有一位媒人来到姬珠家里提亲。听了媒人的介绍后，姬珠的父母眼前一亮，因为这次媒人要将姬珠介绍给邻村的张屠夫。张屠夫今年三十多岁，之前娶的老婆在前几年生病去世了，所以他想再娶一个妻子。在姬珠的父母看来，虽然张屠夫的外表难看，年龄也比姬珠大了足有十多岁，可这些都不重要，因为张屠夫的家境殷实，女儿嫁过去不会为生活发愁。可让父母意想不到的是，姬珠死活不同意这门亲事。

原来姬珠早已有了心上人。那是一个夏天的早上，姬珠和两位闺蜜一起去湖边采摘莲子时，认识了一位在湖里划着柏木小船的小伙子，两人互生好感。

父母知道后十分生气，将姬珠关在家里好几天，可姬珠还在抗争，她对父母说："**髧彼两髦，实维我特。**就算到死，我也不会改变自己的主张。"

父母无奈，只好答应了姬珠。姬珠最后终于和那个划着柏舟、垂发齐眉的少年郎走到了一起。

诗经知文化

古代男子的发型

《柏舟》中“髡彼两髦”的诗句，描述的是姑娘心上人的发型，由此我们可以看出，她的心上人是一个年纪不大的少年。在古代，男子的年龄与发型有什么关系呢?

古代男子在年少的时候，会梳“总角”“垂髫”等发型。“总角”就是把头发扎成两个犄角一样的发髻，有点类似于哪吒的发型；“垂髫”就是将头发披散下来。这两种发型都代表着男子未成年。

不过一旦成年了，男子就要行“冠礼”，不能再这样“披头散发”了。他们会将头发全扎到头顶，用布帛包起来，或者戴上头冠、插上簪子。如果这个时候还披散着头发，就会被认为是不礼貌的行为。

诗经与歌曲

诗歌“唱”出来

我们都知道，《国风》《小雅》中的多数篇章，其实在古代都是谱曲歌唱的“歌词”。和现在的歌词一样，它的中心意思其实在第一章就已经说完了，但只唱一遍未免“不够味儿”，所以会在第二章中变更一下韵脚，将同样的意思再唱一遍。

更有趣的是，这些“歌词”也会采取正、副歌相结合的形式。比如在《柏舟》中，可以将“母也天只，不谅人只！”看作副歌（即歌曲中的高潮部分），最后的重点总是落到这一句，将诗中的情感“唱”到极致。

诗经回忆录

《柏舟》一共有两首

看到这首《柏舟》，你的第一个想法一定是：“前面不是出现过这首诗吗？”不过翻回去你会发现，这是两首题目相同、内容完全不同的诗作。

“汎彼柏舟，亦汎其流”的《柏舟》讲的是一个人不被理解、郁郁不得志；而“汎彼柏舟，在彼中河”的《柏舟》讲的则是女子的婚姻被家人反对的故事。

虽然有着同样的题目，内容却截然不同，你可千万不要将它们搞混呀！

相鼠

相鼠

相鼠有皮[①]，人而无仪[②]。人而无仪，不死何为[③]？

相鼠有齿，人而无止[④]。人而无止，不死何俟[⑤]？

相鼠有体，人而无礼。人而无礼，胡不遄死[⑥]？

注释

①相：看。②仪：威仪。③何为：为什么。

④止：节制。⑤俟：等。⑥遄（chuán）：赶快。

译文

看那老鼠都有皮，做人却没有威仪。做人要是没威仪，为何活着不死去？

看那老鼠都有齿，做人却没有节制。做人要是没节制，活着不死等何时？

看那老鼠都有体，做人却不懂守礼。做人要是不守礼，何不快快去赴死？

粮仓里的老鼠

春秋时期，鄘国有一个叫范伯的人，他是负责看管粮仓的小吏。

有一段时间，粮仓里面闹鼠灾，成群的大老鼠吃掉了不少粮食，还当着范伯的面“吱吱”乱叫。范伯拿着棍子，“咚——咚——”地一通猛打，忙了半天，只打死了一只老鼠。

范伯找来了几只抓老鼠的猫，还是作用不大，因为有些老鼠甚至和猫一样大！后来，邻居向范伯推荐了一位专门捕鼠的人——管子朋。

管子朋原是卫国人，因为卫国国君昏庸无道，百姓苦不堪言，所以管子朋和朋友逃到了鄘国。

只见技术高明的管子朋在粮仓里设置了许多捕捉老鼠的机关，没花多长时间，就将粮仓里的老鼠抓光了。这些老鼠长期偷吃粮食，都长得又肥又大，皮毛油光水滑。

看到这些可恶的老鼠，范伯皱眉说：“老鼠真是天下最让人厌恶的一种动物！”

没想到管子朋说：“不，还有比老鼠更让人厌恶的，那就是卫国的国君卫宣公。卫宣公强娶了太子伋的未婚妻，又与她合谋杀了太子伋，这样的人连老鼠都不如！**相鼠有皮，人而无仪！**这样没有脸面的人，不如死了算啦！”

范伯听了后，长叹一声：“这样的国君，果然要比老鼠可恶上千倍！”

只有贤明的国君，才能得到百姓的爱戴和拥护，昏庸的国君只会被百姓痛恨。

诗经懂博物

老鼠为什么“人人喊打”？

在《相鼠》里，诗人用老鼠来讽刺卫国国君，可见很久以前，古人就对老鼠深恶痛绝。老鼠为什么这么遭人讨厌呢？

老鼠是一种哺乳类啮齿动物，已经在地球上生活上亿年了。它有尖尖的嘴、长长的尾，走起路来偷偷摸摸，常在夜里活动，给人的印象很不好。老鼠还属于一种“有害动物”，经常偷吃粮食，给农民造成损失，特别是在以农业为主的古代社会，属于“罪大恶极”！除此之外，老鼠的身上携带许多有害的细菌、病毒，会四处传播“鼠疫”等疾病。因此，老鼠当然就被人们讨厌啦！

诗经知文化

什么是“礼崩乐坏”？

西周刚建立时，为了维护天子的统治，制定了等级森严的“礼乐制度”。但随着时间的推移，周天子衰落，手下的诸侯、大臣也都不怎么听话了。于是，“礼崩乐坏”的春秋战国时代开始了。

“礼崩乐坏”指的是周朝当初制定的等级制度不管用了。这个时期，许多诸侯国都不把周天子放在眼里，他们违背了西周的土地制度，不再分封手里的地盘；领地内和平的局面不见了，叛乱弑君、打打杀杀成了常态；各个诸侯国之间也经常你打我、我打你，互相兼并，都想自己统一天下。

诗经学考点

辛辣的“讽刺诗”

《诗经》里一共收录了三百多首诗，都包含了丰富的情感。其中，有一类专门对政治人物或者政治现象加以讽刺、批评的诗，它们被归类称为“讽刺诗”。

《相鼠》就是一篇很经典的讽刺诗，文字表面在讲述老鼠，实际上“以鼠喻人”，讽刺那些虚伪贪婪的统治者，揭露上层阶级的丑态。

除了《相鼠》，《诗经》里还有很多讽刺诗，有的是底层人民讽刺统治阶级，有的是贵族阶级的有识之士指责社会不公现象。你一定要好好观察、分辨哟！

载驰

载驰

载驰载驱，归唁卫侯[①]。驱马悠悠，言至于漕[②]。大夫跋涉[③]，我心则忧。

既不我嘉，不能旋反。视尔不臧，我思不远。既不我嘉，不能旋济。视尔不臧，我思不閟[④]。

陟彼阿丘[⑤]，言采其蝱[⑥]。女子善怀，亦各有行。许人尤之，众稚且狂[⑦]。

我行其野，芃芃其麦[⑧]。控于大邦，谁因谁极？大夫君子，无我有尤。百尔所思，不如我所之。

注释

①唁（yàn）：向死者家属表示慰问，此处指凭吊宗国危亡。②漕：卫国地名。

③大夫：阻止作者去卫国的许国大臣。④閟（bì）：同“闭”，闭塞不通。

⑤陟（zhì）：登上。阿丘：小山丘。⑥蝱（méng）：贝母草，可以治疗忧郁症。

⑦稚（zhì）：幼稚。⑧芃（péng）芃：草茂盛的样子。

译文

驾着马车快快走，慰问我的卫侯哥。挥鞭赶马路遥远，真想一下到达漕。许国大夫跋涉来，阻我行程令我愁。

即便你们不赞同，我也不能返回城。既然你们无良计，我的计划尚可行。即便你们不赞同，我也不会再返城。既然你们无良计，我的计划行得通。

我又登上小山冈，采摘贝母治忧伤。女子心柔多怀想，自有道理和主张。许国大夫责难我，实在幼稚又狂妄。

走在故国田野上，垄上麦子长得旺。想到大国去哭诉，却能依靠谁救援？许国大夫君子们，不要说我主张错。你们考虑上百次，不如让我去一趟。

爱国的许穆夫人

春秋时期，卫国的卫昭伯和宣姜（卫宣公死后改嫁卫昭伯）有个女儿，非常有才华，是春秋时期著名的女诗人。她长大后嫁给了许国的许穆公，因此被称为“许穆夫人”。

有一年，北方的狄族发兵攻打卫国，狼烟四起，卫国的国君卫懿公派兵去抵挡。由于卫懿公奢侈淫乐，不得民心，士兵都不愿为他效命，卫国因此大败。

很快，狄兵就攻破了卫国的国都，卫国灭亡了！侥幸活下来的卫国百姓纷纷逃出城，来到周围各国，寻求庇护。

许穆夫人十分悲伤，请求丈夫许穆公出兵救援卫国。

“我不会出兵的！”懦弱无能、胆小如鼠的许穆公说什么也不肯答应。

悲愤交加的许穆夫人带着几个随从，驾着马车，打算亲自前往卫国的漕邑，慰问卫国难民，并和哥哥卫戴公一起商量复国事宜。

就在许穆夫人要启程的时候，忽然听到了“嗒嗒”的马蹄声，原来是很多许国的大夫骑马而来，要阻止她返回卫国。

爱国的许穆夫人听了大怒，严词拒绝了他们。许穆夫人克服重重困难，终于见到了卫国难民和哥哥卫戴公。她和哥哥商量后，决定向齐国等大国求援。

许穆夫人为了表达自己悲伤至极的心情，还写了一首诗——《载驰》：“**载驰载驱，归唁卫侯。驱马悠悠，言至于漕。大夫跋涉，我心则忧。**”

齐国等几个大国的国君看到了这首诗，被许穆夫人的爱国情怀所感动，于是他们发兵救援卫国，打跑了狄兵，卫国得以复国。

从此，许穆夫人爱国救国的事迹流传了下来，被后世人代代称赞。

诗经知文化

春秋车辆知多少？

《载驰》里记载作者为了去慰问卫国难民与卫侯，坐车从许国出发。你知道这个时候的车什么样吗？

谈到“车”的出现，一定少不了车轮的“贡献”。根据考古学家的研究，早在3000多年前的商朝，中国就已经有了用马来拉的“双轮车”。等到了周朝，车已经很普及了，除了可以用作出行，还会被用在军事作战上。春秋时期，战车的多少更是衡量一个国家是否强大的标准。

春秋时期的车有很多种类，比如天子和诸侯坐的辂车、高级官员坐的轩车、使者坐的轺车、运载军事物资的辎车等。

诗经讲历史

第一位爱国女诗人

《载驰》表面上讲的是许穆夫人回国吊唁的事情，但在背后隐藏着一段沉痛的历史。

许穆夫人从小十分美丽，因此许、齐两个诸侯国都派使者前来求婚。她很有思想，认为许国遥远弱小，齐国临近强大，因此想嫁到齐国去，这样一旦卫国受到攻打，还能有照应。可是她的哥哥——卫国的国君卫懿公（这是按父系论，按母系论她是卫懿公的姑姑）是个糊涂人，他看到许国带来的厚重聘礼，想都没想就把她嫁到了许国。

不过后来，卫懿公把国家治理得一塌糊涂。北狄入侵后，不仅杀了卫懿公，还占领了卫国的土地，卫国已经“名存实亡”了。许国国君不仅没有救援，还说许穆夫人“伤风败俗”，不许她到卫国去吊唁。后来，在齐桓公的帮助下，北狄被赶跑了，卫国也成功复国。

诗经学考点

你不知道的“之”字

“之”是文言文里的常见字，它的出现频率非常高。在《汉广》中，我们讲了“之”的一词多义，或翻译成“的”，或作代词。而在《载驰》中，我们重点来说一说“之”在古文中的独特用法——作动词。

《载驰》全文最后一句“百尔所思，不如我所之”，这里的“之”就是动词，翻译成“往、去、到”。这句话的意思是“让许国的诸位继续想上百次办法，还不如让我亲自去一趟卫国”。

淇奥

瞻彼淇奥[①]，绿竹猗猗[②]。有匪君子[③]，如切如磋，如琢如磨。

瑟兮僩兮[④]，赫兮咺兮[⑤]。有匪君子，终不可谖兮[⑥]。

瞻彼淇奥，绿竹青青。有匪君子，充耳琇莹[⑦]，会弁如星[⑧]。

瑟兮僩兮，赫兮咺兮。有匪君子，终不可谖兮。

瞻彼淇奥，绿竹如箦[⑨]。有匪君子，如金如锡，如圭如璧。

宽兮绰兮，猗重较兮[⑩]。善戏谑兮，不为虐兮。

注释

①瞻：看。奥（yù）：水岸弯曲的地方。②猗（yī）猗：美丽、繁盛的样子。
③匪：通“斐”，有文采、有才华的样子。④瑟：仪容庄重的样子。僩（xiàn）：威严的样子。
⑤咺（xuān）：威武的样子。⑥谖（xuān）：忘记。⑦琇（xiù）莹：宝石，玉石。
⑧会弁（biàn）：鹿皮帽子。⑨箦（zé）：堆积。⑩猗（yǐ）：通“倚”，倚靠。

译文

淇水奔流岸弯弯，两岸碧竹交错连。才华横溢的君子，切磋学问更精湛，琢磨品德更良善。神态庄重有威严，地位显赫胸怀宽。才华横溢的君子，难以忘却记心间。

淇水奔流岸弯弯，碧竹繁盛连成片。才华横溢的君子，耳中美玉亮闪闪，宝石镶帽真斑斓。神态庄重有威严，地位显赫胸怀宽。才华横溢的君子，难以忘却记心间。

淇水奔流岸弯弯，碧竹葱茏枝叶繁。才华横溢的君子，品格堪比金锡坚，性情如玉见庄严。宽宏大量又旷达，倚靠车梁驰向前。谈吐幽默又风趣，玩笑适宜不冒犯。

君子武和

春秋时期，有一条叫淇水的河流，弯弯曲曲地从卫国流过。有一个叫武和的人，家就在淇水边上，家门口长着一片翠绿的竹林。

武和从小就勤奋好学、胸怀大志，长大后，凭着出众的才华，做了周平王身边的大夫，全力辅佐周天子。很快，因为犬戎的入侵，西周灭亡了。

周平王在洛阳建立东周，不过这时的周王朝势力非常衰弱，统治的范围不足六百里，各个诸侯国纷纷割据称雄，根本不把周平王放在眼里。这些诸侯国之间，还经常为了抢夺领土和资源发生战争，这让周平王感到非常尴尬和生气。

为了平息诸侯国之间的战争，周平王不得不向各个诸侯国派出使者，协调局势。由于武和长得相貌堂堂，为人光明磊落，且很有学问，所以被周平王所倚重。武和处理内政和外事的能力也非常突出，谈吐从容，诸事应对自如。

不过这样有才华且十分忠心的武和却受到了同僚的嫉妒，特别是一位叫庄同的大臣，十分嫉妒他的才干和美好的品德。

有一次，庄同私下里对周平王说武和的坏话。周平王听了后哈哈大笑，对他说："**有匪君子，如金如锡，如圭如璧。**武和是一位不折不扣的君子，你应该多向他学习，而不是说他的坏话！"庄同听了后，羞愧不已地退下了。

品德高尚、才华出众的人，自然能受到众人的敬仰与信任。

诗经懂博物

竹子与君子

《淇奥》中用竹子起兴，代指君子，可见古人对竹子有着深厚的情感。苏轼曾说："宁可食无肉，不可居无竹。"竹子与君子、文人到底是怎么联系起来的呢？

我们都知道，纸在东汉才被发明出来，在此之前，文人、君子读的都是"竹简书"。将一根根竹片用牛皮绳穿起来，编结成书，就是所谓的"韦编"。大教育家孔子由于勤奋读书，把牛皮绳多次翻断，才有了"韦编三绝"的佳话。后来，君子、文人们渐渐发现，竹子挺拔、宁折不弯，主干上还长着规整的竹节，于是便把它作为有骨气、有气节的代表。

诗经知文化

古代的"玉文化"

古人偏爱玉器，并常与君子作比，赞美君子"温润如玉"。就让我们看看，古代都有什么稀奇古怪的玉器吧！

❶玉玦。有一个缺口的环形玉器。由于"玦"与"决"字同音，所以在《史记·项羽本纪》中记载，范增曾多次举起玉玦暗示项羽，要他下定决心杀刘邦。

❷玉镯。戴在手上的环形玉器，至今仍然很流行。

❸玉韘。俗称"玉扳指"。最早是射箭时钩弦的用具，后来完全成为装饰品。

❹玉带钩。戴在腰间勾束腰带的器物。

诗经讲历史

孔子也爱读《诗经》

在《论语》中，孔子的学生子贡请教孔子："《诗》云：'如切如磋，如琢如磨。'其斯之谓与？"意思是："《诗经》里说：'要像对待骨、角、象牙、玉石一样，切磋它、琢磨它。'就是讲的这个意思吧？"孔子听到他的解释后，很高兴地说："赐也，始可与言《诗》已矣，告诸往而知来者。"意思是："赐（即子贡）呀，你能从我已经讲过的话中领会到我还没有说到的意思。我可以同你谈论《诗经》了。"可见孔子对于《诗经》的喜爱已经达到了不得了的程度，只有学生天资聪慧、能举一反三，他才愿意与之谈论《诗经》。

硕人

硕人其颀[①]，衣锦褧衣[②]。齐侯之子，卫侯之妻，东宫之妹，邢侯之姨，谭公维私。

手如柔荑[③]，肤如凝脂，领如蝤蛴[④]，齿如瓠犀[⑤]，螓首蛾眉[⑥]。巧笑倩兮，美目盼兮。

硕人敖敖，说于农郊[⑦]。四牡有骄，朱帻镳镳[⑧]，翟茀以朝[⑨]。大夫夙退，无使君劳。

河水洋洋，北流活活。施罛濊濊[⑩]，鳣鲔发发[⑪]，葭菼揭揭[⑫]。庶姜孽孽，庶士有朅[⑬]。

注释

①硕：高大。颀（qí）：身材修长。②衣：动词，穿着。褧（jiǒng）：罩衫。

③荑（tí）：白茅的嫩芽。④蝤蛴（qiú qí）：天牛的幼虫，白色细身。

⑤瓠犀（hù xī）：葫芦籽，形容牙齿白而排列整齐。

⑥螓（qín）首：形容前额丰满开阔。蛾眉：形容眉毛细长弯曲。⑦说（shuì）：停车休息。

⑧朱帻（fén）：用红绸布缠绕装饰的马嚼子。镳（biāo）镳：盛美的样子。

⑨翟茀（dí fú）：以雉羽装饰的车。⑩施：张，设。罛（gū）：渔网。濊（huò）濊：撒网入水声。

⑪鳣（zhān）：大鲤鱼。鲔（wěi）：鲟鱼。发（bō）发：鱼尾击水之声。

⑫葭（jiā）：初生的芦苇。菼（tǎn）：初生的荻。揭揭：形容长势旺。

⑬士：从嫁的齐国诸臣。朅（qiè）：勇武的样子。

译文

美丽高大的女郎，缠着罩衫和锦裳。她是齐侯的爱女，她是卫侯的新娘，她是太子的胞妹，她是邢侯的小姨，谭公又是她妹夫。

手像白荑好柔嫩，肤如凝脂多白润。颈似蝤蛴真优美，齿若瓠子白又齐，额头丰满眉细长。嫣然一笑酒窝美，秋波一转真俊朗。

高挑修长的女郎，停车歇在农田旁。四匹雄马多雄健，红绸系在马嚼上，乘坐羽车上朝堂。诸位大夫早退朝，莫让君王太繁忙。

黄河之水白茫茫，浩荡流向最北方。渔网下水“刷刷”响，鱼儿“哗哗”进了网，两岸芦苇长得旺。陪嫁姑娘身材高，随从男子也雄壮。

绝世美女庄姜

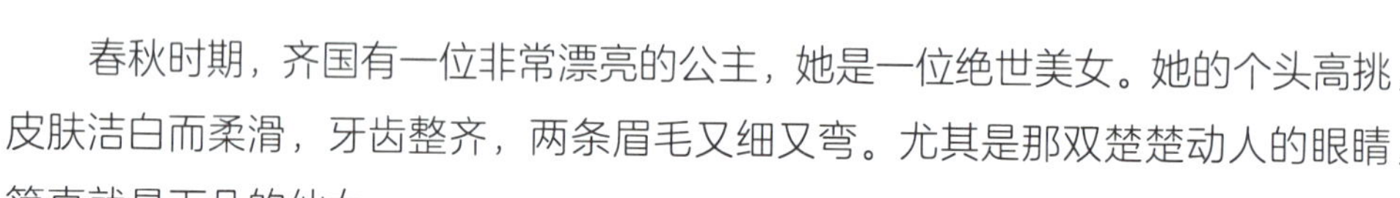

春秋时期，齐国有一位非常漂亮的公主，她是一位绝世美女。她的个头高挑，皮肤洁白而柔滑，牙齿整齐，两条眉毛又细又弯。尤其是那双楚楚动人的眼睛，简直就是下凡的仙女。

今天她要嫁给卫国国君卫庄公，她身着华丽礼服，端坐在马车上。

送亲的队伍声势浩大，欢庆的鼓声“咚咚”地响着，马儿的马嚼上面系着红色的丝绸。陪嫁的姑娘个个身材高挑，随行的男儿个个相貌堂堂。

从齐国的都城到卫国的都城有一段很远的距离。送亲的队伍在农田边的大路上休息，“扑棱棱”，几只草丛中的小鸟被惊起，飞向远方。

送亲的队伍继续走呀，走呀，来到了黄河边。黄河之水浩浩荡荡地向东流去。河岸上长满了茂盛的芦苇，风儿吹过，发出“沙沙”的声音。有人在河中撒网捕鱼，鱼儿摆着尾巴拼命地游动，发出“哗哗”的响声。

送亲的队伍登船渡黄河，一路向卫国的都城进发。卫庄公见到公主，对她夸奖连连：“**螓首蛾眉。巧笑倩兮，美目盼兮。**真是世间少有的美女！”

这位公主本姓姜，因为嫁了卫庄公，世称庄姜。她不但外表漂亮，而且很有才华，留下了不少被后世称道的诗篇。

诗经懂博物

漂亮的蛾眉与蚕蛾的触角

《硕人》里面有一句“螓首蛾眉”，指的是美人饱满的额头、秀气的眉毛。不过，古人为什么要用“蛾眉”来形容美人的眉毛呢？“蛾”又是什么呢？

“蛾”其实是一种叫蚕蛾的昆虫，它小时候就是我们都熟悉的“蚕宝宝”。蚕蛾的外形很像蝴蝶，体表长着白色的鳞毛，野生的蚕蛾会飞，人工饲养的“家蚕”翅膀已退化，不会飞行。蚕蛾的头顶长着一对弯弯的触角，看上去毛茸茸的，非常好看。想象力丰富的古人发现，蚕蛾的触角长得像美人细长的眉毛，于是就用“蛾眉”代指漂亮的眉毛啦！

诗经知文化

跟随时代变化的审美

《硕人》讲述的是庄姜出嫁的场景，诗中用大量的笔墨描写了庄姜的美貌，为人们展现出春秋时期的审美：硕人，也就是身材高大、皮肤白皙的美人。

值得一提的是，在古代的不同时期，人们评判美女的标准不同。春秋时期人们喜欢“硕人”，后来又觉得端庄文静、柔弱娴雅的女性很美，就像《静女》中描述的一样。隋唐时期，人们觉得华丽大方、雍容华贵的女性最美，代表人物就是杨贵妃。到了宋朝，人们的审美又开始向淡雅内敛、清秀文弱转变。明清时期，人们以女子含蓄保守、纤弱病态为美。

在现代，美的概念变得多元化，每个人都有各自的审美。

诗经学考点

华丽的铺张手法

《硕人》的主人公是美女庄姜，为了表现她的美，诗里不惜用大量的笔墨，反反复复从各个方面来赞扬、描述，这种手法被称为“铺张”。

注意，这里的“铺张”不是“铺张浪费”，而是一种表达方法。简单来讲，就是作者发挥想象力，在事实、现实的基础上，对事物的外表或者特征进行放大、缩小，用大量笔墨反复从各方面描写，从而达到令人震撼的效果。

氓（节选）

氓（节选）

氓之蚩蚩①，抱布贸丝。匪来贸丝，来即我谋。送子涉淇，至于顿丘。

匪我愆期②，子无良媒。将子无怒③，秋以为期。

乘彼垝垣④，以望复关。不见复关，泣涕涟涟。既见复关，载笑载言。

尔卜尔筮⑤，体无咎言⑥。以尔车来，以我贿迁。

桑之未落，其叶沃若。于嗟鸠兮，无食桑葚。于嗟女兮，无与士耽⑦。

士之耽兮，犹可说也。女之耽兮，不可说也。

注释

①氓：指诗中的男主人公。蚩（chī）蚩：蚩，通“嗤”，笑嘻嘻的样子。

②愆（qiān）：这里指延误。③将（qiāng）：请。④乘：登上。垝垣（guǐ yuán）：倒塌的墙壁。

⑤卜：烧灼龟甲占卜。筮（shì）：用蓍草占卜。⑥咎（jiù）：不吉利。⑦耽（dān）：迷恋。

译文

忠厚小伙笑嘻嘻，抱着布币来买丝。原来不是真买丝，和我商议婚姻事。远远送你渡淇水，直到顿丘才告辞。不是我要拖日子，你无媒人来联系。请你不要生我气，订下秋天为婚期。

我曾登上破城墙，遥望复关盼情郎。久久眺望不见人，内心焦急泪汪汪。见到你从复关来，又说又笑心欢畅。你曾求神卜过卦，卦上并无凶兆言。拉着你的车子来，快把我的嫁妆搬。

桑叶未落密又繁，嫩绿润泽真好看。斑鸠斑鸠小鸟儿，见了桑葚嘴别馋。年轻女子听我劝，别把男子太迷恋。男子要把女子恋，说甩就甩他不管。女子要把男子恋，就会永远记心间。

文南的悲伤

春秋时期，卫国有一个叫文南的姑娘。文南的家里养蚕，所以她经常去集市上卖蚕丝。有一天，文南像往常一样在集市上卖蚕丝时，来了一位抱着一大袋布币的小伙子。这个人的名字叫孙氓，与文南青梅竹马，一起长大。他看起来一副老实忠厚的样子，经常来集市上买文南的蚕丝。

其实，孙氓已经留意文南很久了，他这次并不是真的来买蚕丝，而是找机会向文南谈论婚事。文南对孙氓也有好感，于是一路送他渡过淇水，来到了顿丘这个地方。孙氓问："我什么时候才能迎娶你呢？"

文南低着头说："**匪我愆期，子无良媒。**只要你找到媒人，到了秋天，我们就能结婚！"

孙氓的家住在复关这个地方，文南一有空就爬上倒塌的城墙，遥望着复关的方向。看不到孙氓的影子，她的眼泪就"簌簌"地流下。

到了这年秋天，文南和孙氓结婚了。自从结婚后，文南一直过着贫苦的生活，起早贪黑，干着家里的家务和农活。丈夫孙氓一开始对她很好，可是慢慢地，他露出了真实面目，对文南的态度越来越差，有时甚至非打即骂——原来他有了新欢！

最终，情绪低落的文南回到娘家，向几个哥哥诉说自己的遭遇。没想到哥哥们不但不同情她，反而对她讥笑一番。文南只能独自伤心。

文南回想她与丈夫小时候的情景，全是温柔和美好的回忆。文南曾想和丈夫一起白头到老，没想到丈夫现在却违背了誓言。于是，文南决定将自己的悲伤经历告诉年轻的姑娘，让她们不要沉溺在与男子的爱情里。

氓（节选）

诗经读完整

《氓》的后半段如下：

桑之落矣，其黄而陨。自我徂尔，三岁食贫。淇水汤汤，渐车帷裳。女也不爽，士贰其行。士也罔极，二三其德。

三岁为妇，靡室劳矣。夙兴夜寐，靡有朝矣。言既遂矣，至于暴矣。兄弟不知，咥其笑矣。静言思之，躬自悼矣。

及尔偕老，老使我怨。淇则有岸，隰则有泮。总角之宴，言笑晏晏。信誓旦旦，不思其反。反是不思，亦已焉哉！

诗经懂博物

先秦时代流行的占卜

《氓》里提到一句“尔卜尔筮”，说的就是占卜的事情。先秦时期占卜文化十分流行，那么，当时的人都用什么来占卜呢?

古代人很迷信，在做重要事情之前，总喜欢用占卜判断凶吉。在商周时期，占卜之风大行其道，那时，人们会将龟甲或者牛的肩胛骨放在火上烤，然后再根据上面烧开的裂痕来占卜凶吉。

有的时候，手边找不到龟甲和牛骨，古人就会“就地取材”，选用蓍草来占卜卦象。后来，用龟甲占卜的做法被称为“卜”，用蓍草卜卦的做法被称为“筮”。

诗经学考点

什么是古今异义?

在汉语里存在一种奇怪的现象：明明都是同一个字、词，在古代汉语和现代汉语中却有着不同的含义，这种现象就被称为“古今异义”。

在《氓》中，就存在很多古今异义词。比如“至于顿丘”，这里的“至于”在诗中是“到达”的意思，现在“表示达到某种程度”；“子无良媒”里的“子”在诗中是“你”的意思，现在指的是“儿子”；“泣涕连连”里的“涕”在诗中指的是“眼泪”，现在的意思却变成“鼻涕”。

河广

河广

谁谓河广[①]？一苇杭之[②]。谁谓宋远？跂予望之[③]。

谁谓河广？曾不容刀[④]。谁谓宋远？曾不崇朝[⑤]。

注释

①河：黄河。②苇：用芦苇编的筏子。杭：通“航”。③跂（qǐ）：通“企”，踮起脚尖。④刀：通“舠（dāo）”，小船。⑤崇朝（zhāo）：终朝，自旦至食时，形容时间之短。

译文

谁说黄河宽又广？一只小船能通航。谁说宋国很遥远？踮起脚尖就能望。

谁说黄河广又宽？难以容纳小木船。谁说宋国很遥远？一个早晨就见面。

河边思乡

春秋时期，宋国有一位叫郑起的商人。有一年，他独身一人来到卫国做布匹生意，由于生意太忙，在卫国一待就是数年。其实卫国距离宋国并不遥远，中间只隔着一条黄河，他经常站在黄河边，遥望自己的家乡。

这天早上，郑起收到了妻子寄来的一封信。妻子在信里说，他们的儿子已经长成了小伙子，家里老人的年龄越来越大，身体也不如以前了。妻子还让郑起抽空回家一趟，看看老人和孩子。

看了妻子的信后，郑起一夜无眠。第二天早上，他一个人来到了黄河边上。黄河那样宽阔，湍急的水流“哗哗”地冲刷着两岸的泥土与碎石。郑起踮起脚尖遥望着河对面的宋国，内心久久不能平静。

正当这时，郑起在卫国结交的一位好友陈有福走了过来，他是这一带最好的船夫，身材矮壮，皮肤黑黝黝的，脸上带着朴实而快乐的笑容。

陈有福问：“郑兄，你站在这儿半天了，这是在干什么呢？”

郑起长叹了一口气说：“我在思念宋国的故乡和亲人。”

陈有福好奇地问：“那宋国是不是离卫国非常遥远呀？”

郑起回答：“**谁谓宋远？曾不崇朝。**宋国和卫国只隔着眼前的这条黄河，只要能乘坐小船渡河，就能回到宋国了。”

“原来如此，那郑兄何不渡河回家里去看看呢？我可是这一带最好的船夫，就算水流再湍急，也能送你过去的。怎么，你信不过我吗？”陈有福拍着胸脯，向他担保道。

郑起露出了惊喜的笑容。半个时辰后，他成功渡过了黄河，踏进了久违的家门。

诗经懂博物

古代都用什么船?

古代民用的船只一般是靠船夫划动来产生动力的。古代船只的动力产生主要有以下几种方式:

❶用篙:篙一般为一根长竹竿,大都用在水比较浅的地方。篙主要用来撑地、岸边,推动船行走。

❷用桨:人们最早是坐在一根树干上,用两手划水,桨就是“手”的延伸,主要用于划水,用水推进船只。

❸用橹:橹的外形和桨相似,一般固定在船尾,人只需要“摇”就可以了。古人认为“一橹三桨”,意思是用橹的效率是用桨的三倍。

❹靠风力:以风力为动力的主要是我们说的“帆船”。但是用帆船需要比较大的水域,一般是在浅海地区。

诗经知文化

为什么古人那么爱思乡?

《河广》描写的是一个站在黄河边思念家乡、亲人的游子,为什么古人那么爱“思乡”呢?

首先,中国是农耕社会,中国人有着“安土重迁”的思想。古代人无论做了多大的官,最后都要“衣锦还乡”“落叶归根”。另外,在中秋节、元宵节、重阳节等传统节日里,一般家人团坐、团圆过节,这时如果游子孤身在外,自然会感到无比失落!除此之外,古代的通信、交通很不便利,不像现在,想家的时候就打个电话,坐上高铁几个小时就能回去。在古代,羁旅在外的生活条件并不好,经常是居无定所,吃了上顿没下顿,怎能不让人想念家里的温暖呢?

诗经学考点

“夸张”得“小一点儿”

《河广》中说黄河可以“一苇杭之”,你认为可能吗?当然不可能!古代的黄河湍急、危险,很难渡过,诗中只是一种夸张的写法。夸张是为了达到某种表达效果的需要,对事物的形象、特征、作用、程度等方面着意夸大或缩小的修辞方式,因此夸张不仅可以“夸大”,还可以“夸小”!比如诗中说黄河可以“一苇杭之”,就是将渡河的难度“夸张”到最低,用以表示诗人归心似箭的心情。

伯兮

伯兮朅兮[1]，邦之桀兮[2]。伯也执殳[3]，为王前驱[4]。
自伯之东，首如飞蓬。岂无膏沐[5]？谁适为容[6]？
其雨其雨，杲杲出日[7]。愿言思伯，甘心首疾。
焉得谖草[8]？言树之背。愿言思伯，使我心痗[9]。

注释

①伯：兄弟姐妹中年长者称伯，此处指丈夫。朅（qiè）：英武高大的样子。②桀：杰出的人。③殳（shū）：古代兵器。④前驱：先锋。⑤膏：妇女润发的油脂。沐：洗。⑥适（dí）：喜欢。⑦杲（gǎo）杲：明亮的样子。⑧谖（xuān）草：又叫萱草、忘忧草。⑨痗（mèi）：忧思成病。

译文

丈夫高大又威猛，他是邦国的英雄。锋利长殳拿在手，做了诸侯的前锋。

自从丈夫去东征，我的头发乱如蓬。岂是没有润发油？专心打扮有何用？

希望上天快下雨，却出太阳金灿灿。一心将我丈夫盼，想得头痛也心甘。

哪里找到忘忧草？把它种到北堂去。一心想着我丈夫，使我伤心病恹恹。

遥远的思念

春秋时期，诸侯国之间经常发生战争。有一次，卫国出兵攻打郑国。姬萱的丈夫平时作战勇猛，就被选作军队的先锋，跟随大军远征，家里留下姬萱一个人。

丈夫自去前线打仗几个月了，还没有一点儿消息。漆黑的夜里，大风“呼呼”地吹着，思念丈夫的姬萱难以入睡，在床上翻来覆去。到了后半夜，她好不容易睡着了，梦到战胜归来的丈夫。

姬萱从早到晚一个人待在家里，偶尔有邻居的大婶过来串门，可她还是感到心里空荡荡的。姬萱总在担心：丈夫会不会受伤？会不会发生意外？原来总将自己打扮得很漂亮的姬萱，现在连头发也不梳理了，任其乱得像一堆杂草，脸上也不再搽脂抹粉。丈夫都不在自己身边了，她哪有心思去化妆呢？

今天是一个雨天，屋外“哗哗”地下着大雨，姬萱望着外面的雨线，又想起了丈夫：他这时会不会在淋雨呢？

雨过天晴，太阳悬在天空中，金色的光芒照射着大地。路边的小孩子们欢呼着跑过，空气中散发着青草的清香味，可姬萱一点儿也开心不起来，对丈夫的思念让她头痛不已。她真想采摘一些忘忧草回来，好让自己忘记一切烦恼。

邻居大婶看到姬萱一脸憔悴的模样，吃惊地问：“你是不是生病了呀？”

姬萱摇了摇头，又点了点头，回答说：“**愿言思伯，使我心痗。**只有丈夫回来了，我的病才能痊愈。”

诗经懂博物

稀奇古怪的先秦兵器

兵器伴随着人类的出现而发展。小到人与人之间的争斗，大到国与国之间的战争，人类用来打斗的“兵器”从简陋的石头、木棒到刀、剑，最后发展到现代各种可怕的火器。你知道在“冷兵器时代”的先秦，人们一般使用什么兵器吗？

冷兵器通常被分为远距离进攻兵器、近距离格斗兵器、防护用具等几种类型。其中，远距离进攻兵器包括弓、弩；防护用具是各种材质的铠甲、盾牌。近距离格斗兵器的“花样”可就多了，像我们比较熟悉的剑、戟、矛、戈等，当然还有《伯兮》中提到的“殳”。在西周、春秋时期，兵器主要是用青铜制成的。到了战国时代，因为冶炼技术的进步，铁制武器开始大范围普及。

诗经知文化

春秋早期“礼貌”的战争文化

在很多人的印象里，战争是残酷、混乱的，双方冲上战场，厮打成一片。但你一定不知道，在春秋早期，战争往往打得很“礼貌”。甚至在双方交战时，假如一方战车损坏，敌人会等他把战车修好再打；假如一方落马，敌人还会把他扶上马……这是为什么呢？

西周是一个注重礼仪的朝代，这种习惯延续到了春秋早期。即便是打仗，交战双方也必须按照规定的“战争礼仪”来进行。比如：打仗前要先互相呈递战书；不许杀死对方的使者；必须双方都把阵仗列好才能开始打仗；不允许攻击受伤的人……这些“战争礼仪”成了中国战争史上一道奇特的风景线。等到春秋后期，人们信奉“兵不厌诈”，这种“战争礼仪”就渐渐没人再遵守了。

诗经学考点

加重语气的祈使句

在文言文和现代汉语里有这样一种句式，经常用来表示“希望对方去做或者不做某件事情”，这种句式叫“祈使句”。一般来说，祈使句的语气要比平铺直叙的陈述句更重，有时还会加上表达语气的感叹号。

在《伯兮》中，有一句“其雨其雨”，翻译过来就是“希望上天快点儿下雨”。这就属于典型的祈使句，表现了女主人公盼望下雨的心情。

木瓜

投我以木瓜[①]，报之以琼琚[②]。匪报也，永以为好也。

投我以木桃，报之以琼瑶。匪报也，永以为好也！

投我以木李，报之以琼玖。匪报也，永以为好也！

注释

①投：赠送。木瓜：植物名，形似黄金瓜。

②琼琚：泛指美玉。后边的“琼玖”“琼瑶”意同。

译文

你将木瓜送给我，我拿琼琚作回报。不是为了答谢你，珍重情意永相好。

你将木桃送给我，我拿琼瑶作回报。不是为了答谢你，珍重情意永相好！

你将木李送给我，我拿琼玖作回报。不是为了答谢你，珍重情意永相好！

季轲的信物

春秋时期，卫国有个男子叫季轲，他每天下午都要去城郊散步。这里有大片的果园，每当到了瓜果成熟的季节，微风轻轻吹过，就会飘来阵阵水果的香味。

这天下午，季轲像往常一样在城郊的大路上散步，看到一位姑娘正在果园劳作。正好季轲感到口渴了，他走过去对姑娘作了揖，向她讨些水喝。姑娘见季轲玉树临风、谦逊有礼，就转身摘下一个木瓜说：“送你一个木瓜吧！”季轲接过木瓜，摘下挂在腰间的玉佩，送给了姑娘。姑娘推辞一番后，就收下了玉佩。

第二天下午，季轲在城郊散步，又看到了昨天的那位姑娘，这次姑娘送给季轲几个成熟的木桃，季轲拿出一块美玉要送给姑娘。

姑娘说：“这么珍贵的美玉，你昨天已经送我一块了，我不能再收了。”

季轲解释：“你送木桃给我，我拿美玉作为回报，不只是为了答谢你，而是希望我们能一直交好。这是我们的信物。”姑娘这才收下了美玉。

第三天，季轲又在城郊碰到了姑娘，姑娘送他木李，他又送姑娘一块美玉。季轲说：“**投我以木李，报之以琼玖。匪报也，永以为好也！**”

姑娘明白了他的情谊，她也很喜欢季轲，便收下了美玉。她心中想：“下次我要再送他什么礼物才好呢？”

诗经懂博物

先秦时期的“水果特产”

美味的水果鲜嫩多汁，真好吃呀！可是你知道吗？我们现在能吃到的很多水果，像葡萄、石榴、芒果、草莓等，都是“舶来品”，并不是中国本土水果。那么，在几千年前，与世界各国“交往不深”的先秦时代，人们能吃到哪些水果呢？

在《诗经》中，就频繁提到当时的水果，大概清点一下有十多种，比如桃子、梅子、梨、枣、苌楚（野猕猴桃）、木瓜（不是我们如今吃到的番木瓜）等，不过那时的水果没有经过像今天一样严格的挑选、育种，估计个头不大，也不会很甜。

诗经知文化

没有词的“笙诗”

在先秦时期，“诗”是口口相传、谱曲歌唱的作品，类似于现代的民歌。《诗经》收录了311首诗，其中的6首诗只有篇名，没有文辞，它们是《南陔》《白华》《华黍》《由庚》《崇丘》《由仪》，被后人合称为“六笙诗”。

为什么叫“六笙诗”呢？因为有人认为，先秦时期演奏诗的时候，多以“笙”这种乐器配乐，所以人们就把这6首有篇名而无文辞的诗称为“笙诗”。为什么笙诗没有文辞？有人认为笙诗可能从诞生开始就无文辞，也有人觉得笙诗的文辞失传了。

诗经学考点

什么是文学意象？

文学意象指的是文人写入作品中的真实存在或者虚构的物象，用来表达文人的内心情感。它一般优美、含蓄，符合古典文学的审美标准，因此深受文人墨客的喜爱。通过文学意象，不仅能让文章更加优美，也能更好地表现出作品的内涵。

文学意象包罗万物，表达思乡的月亮、感慨世事兴衰的草木、体现送别的长亭等，都属于文学意象。在《木瓜》中，“木瓜”就是典型的文学意象，寄托了作者的情感，表现了男女之间深厚的情谊。

黍离

彼黍离离[①]，彼稷之苗。行迈靡靡[②]，中心摇摇[③]。知我者，谓我心忧；不知我者，谓我何求。悠悠苍天[④]，此何人哉？

彼黍离离，彼稷之穗。行迈靡靡，中心如醉。知我者，谓我心忧；不知我者，谓我何求。悠悠苍天，此何人哉！

彼黍离离，彼稷之实。行迈靡靡，中心如噎[⑤]。知我者，谓我心忧；不知我者，谓我何求。悠悠苍天，此何人哉？

注释

①黍（shǔ）：北方的一种农作物，形似小米。离离：一行一行的样子。

②靡（mǐ）靡：走路迟缓的样子。

③中心：心中。摇摇：心神不定的样子。④悠悠：遥远的样子。

⑤噎（yē）：堵塞。此处指难以呼吸。

译文

黍子排列一行行，刚生出苗的高粱。迈着步子缓慢走，心中恍惚又忧伤。了解我的说我心忧，不解我的说我有求。高高在上的苍天，何人害我离家走？

黍子排列一行行，高粱穗儿也在长。迈着步子缓慢走，心如喝醉酒一样。了解我的说我心忧，不解我的说我有求。高高在上的苍天，何人害我离家走！

黍子排列一行行，结满粒的红高粱。迈着步子缓慢走，心如噎住实悲伤。了解我的说我心忧，不解我的说我有求。高高在上的苍天，何人害我离家走？

都城所见

西周末期，西边的犬戎攻打西周的都城镐京（今陕西西安），周幽王被杀死，西周灭亡了。之后，周平王迁都洛邑（今河南洛阳），建立了东周。

几年后，犬戎终于被赶走了。周平王手下有一位叫吕望的大夫，他的故乡就在镐京附近。在一个初夏的早上，吕望踏上回乡之路，途中经过镐京。

当年繁华的都市早已不见，就连战火的痕迹也不见了，只留下一眼望不到头的农田。田里长着一行行茂盛的黍子和高粱，不时传来几声“咯咯”的野鸡鸣叫声。

当年西周没有灭亡时，吕望常来这里购买布匹和水果，现在怎么变得这么荒凉了呢！

吕望一个人走在田边的大路上，脚步缓慢，内心充满了忧伤。

这时，一位正在田里劳作的老农走过来，问吕望：“你在寻找丢失的贵重东西吗？”

吕望无奈地摇了摇头，别人怎么能理解他心中的忧愁呢？吕望继续向前走去，大路两边还是一行行的黍子和高粱，他的步伐越来越慢，就像喝醉了酒一样。看着脚下这片熟悉的土地，现在竟变成这样陌生的模样，吕望的内心越来越悲伤。

吕望走着，走着，想起了很多往事。他想到这里刚被犬戎攻破后的情形：遍地狼烟，房屋倒塌，百姓流亡……一想到这里，吕望忍不住流下了泪水。

吕望喃喃自语：“**悠悠苍天，此何人哉？**高高在上的苍天啊，这到底是谁害的呀？”

诗经懂博物

先秦的庄稼

人类种庄稼的历史可以追溯到石器时代，中国更是世界上主要的农业起源地之一。古老的中国人运用智慧，将许多野生植物“驯化”，变成庄稼。

最初，农作物的种类远远没有现在这样丰富。后来，先民们渐渐培育出“五谷”，即稻、黍、稷、麦、菽。此外，据考古学家考证，在先秦时代，人们餐桌上的主食主要有八种：稻、黍、稷、粱、白黍、黄粱、稰、穛。

诗经讲历史

周朝的“行政区划”

周朝的时候，周天子直接管理的地盘只有王畿一部分。为了维护“天下共主”的地位，周天子把王畿以外的地盘分割成许多块，再把这些地盘分封给各个诸侯，让他们来管理，诸侯们要做的只是服从、尊重天子就可以了。

如果诸侯管理不过来自己的地盘，还可以把土地分封给手下的卿大夫，让他们帮忙管理……就这样，土地经过层层分封，形成了以“天子—诸侯—卿大夫—士”为核心的统治阶层。

此外，周朝还有“五服”的说法。由天子直辖的王畿是甸服，每隔王畿五百里就是“一服”，按照距离和亲疏关系依次是侯服、绥服、要服，最远的是荒服。

诗经学考点

抽象的寓情于景

什么是寓情于景呢？简单来说，就是把作者的情感寄托在描写的景象中，看似在“写景”，其实是在“写情”，按照王国维《人间词话》中的一句话就是“一切景语皆情语”。

作者描写的“景象”千变万化，可以是一棵树、一根草、一块石头，而寄托在“景”里的情感，也会随着“景”的不同而表现不一样。

在《黍离》中，作者途经周王畿，看到繁华不再，不禁悲从中来，并把这种悲伤凄怆、忧国忧民的哀思寄托在一排排“黍”“稷”上面，以此感慨周朝的衰败。

君子于役

君子于役[①]，不知其期，曷至哉[②]？鸡栖于埘[③]，

日之夕矣，羊牛下来。君子于役，如之何勿思！

君子于役，不日不月[④]，曷其有佸[⑤]？鸡栖于桀[⑥]，

日之夕矣，羊牛下括[⑦]。君子于役，苟无饥渴[⑧]！

注释

①君子：妻子对丈夫的称呼。于役：到外面服役。②曷（hé）：何时。至：归家。③埘（shí）：在墙壁上挖洞做成的鸡舍。④不日不月：无日无月，指没有归期。⑤佸（huó）：相会。⑥桀：鸡栖木。⑦括（kuò）：指牛羊聚在一起。⑧苟：或许。

译文

丈夫服役在远方，路途漫漫归期长，不知何时归故乡？家鸡已经进了窝，眺望夕阳向下落，牛羊纷纷下山坡。丈夫服役在远方，怎能不把他来想！

丈夫服役在远方，没日没月真漫长，何时才能聚一堂？家鸡纷纷飞上架，眺望夕阳西落下，牛羊下坡回到家。丈夫服役在远方，愿他不饿不会渴！

远方服役的丈夫

西周时期，有一位叫熊信的年轻士兵。有一年，熊信奉命去远方把守边关了，留下叫屈英的妻子在家料理家务、农事，照顾年幼的孩子。

自从丈夫离家后，妻子屈英每天都站在家门口，朝着边关的方向张望，盼望丈夫能早日回来。可是，熊信服役时间的长短谁也不知道。日子一天天过去了，仍然没有丈夫的消息，屈英等得人都瘦了一大圈。

太阳慢慢落山了，天色渐渐暗了下来，家里养的小鸡已经钻进了它们的窝里。忙完家务的屈英做好晚饭，在灯下同孩子一起吃饭。可屈英怎么也吃不下，丈夫在远方服役，让自己怎能不想他呢?

一轮明月升了起来，窗外不知名的夜鸟"啾啾"地鸣叫着。屈英明明很累，可由于想念丈夫，她怎么也睡不着觉，感到夜色格外漫长。

好不容易到了天明，太阳升了起来，新的一天开始了，公鸡站在院子里"喔喔"地叫着。自从丈夫去远方服役后，屈英感到每天的日子好漫长，到底什么时候才能和丈夫相见呢?

这时，孩子也醒了，都起了床，纷纷跑过来对屈英说："妈妈，快点儿做饭吧！我的肚子饿了！"

听了孩子的话，屈英又想起了远方的丈夫，她在心里默默地说："**君子于役，苟无饥渴！**希望他能早日回来和我们团聚。"

诗经懂博物

被人类圈养的鸡

鸡是最早被人类驯化、饲养的动物之一，距今至少有几千年的历史了。据说鸡的老祖宗是野生的“原鸡”，直到某天，先民们把原鸡抓起来，一代代地驯化，这才变成了家鸡。

相传，中国是最早驯养鸡的国家。家鸡在古人的生活里占据了重要地位。鸡的肉质鲜美，产的蛋也是一道美味。另外，公鸡有在天亮时打鸣的习惯，一直被农民当成“天然闹钟”。

鸡还是“六畜（马、牛、羊、鸡、犬、豕）”之一。在中国生肖里，也有鸡的身影。

诗经知文化

古人为什么要服徭役？

徭役是古代百姓被统治者强迫要求从事的劳动，不存在报酬。徭役囊括的范围很广，像杂役、力役、兵役等，都属于徭役的范畴。

古人为什么要服徭役呢？追溯根源，是因为封建社会科技不发达，很多国家级别的大工程只能靠海量人力来完成。如果这些人力全用钱来招募，那么对于国家是一笔很大的支出。于是，历朝历代都规定，所有满足条件的百姓都需要进行一段时间的“义务劳动”，工作内容有修堤坝、戍边、运输粮草等。这种现象持续了几千年，就算在古代各种“盛世”也不能避免。

诗经学考点

“闺怨诗”的起源

闺怨诗是一种诗歌类别，主要讲的是女性对爱人的思念、感怀。女性主人公的身份各异，可能是弃妇、思妇，又或者是少女。

《君子于役》描述的是家中的妻子对外出服役丈夫的思念，语言朴素，言辞精练，因此晚清文人许瑶光写下“已启唐人闺怨句，最难消遣是昏黄”，认为《君子于役》是中国最早的闺怨诗。

兔爰

有兔爰爰[①]，雉离于罗[②]。我生之初，尚无为[③]。我生之后，逢此百罹[④]，尚寐无吪[⑤]。

有兔爰爰，雉离于罦[⑥]。我生之初，尚无造[⑦]。我生之后，逢此百忧，尚寐无觉[⑧]。

有兔爰爰，雉离于罿[⑨]。我生之初，尚无庸[⑩]。我生之后，逢此百凶，尚寐无聪[⑪]。

注释

①爰（yuán）爰：自由自在的样子。②离：同“罹”，遭难。罗：网。③为：指战乱。④百罹：多种忧患。⑤无吪（é）：不动。⑥罦（fú）：一种装设机关的网，能自动捕鸟兽。⑦造：指徭役。⑧无觉：不醒。⑨罿（tóng）：捕鸟网。⑩庸：指劳役。⑪无聪：不听。

译文

野兔奔跑好自在，雉鸡落进网来。我刚出生的时候，没有战乱没有灾。我出生之后不久，竟然遭遇多灾害，但愿永睡不醒来。

野兔奔跑好自在，雉鸡落进网来。我刚出生的时候，没有徭役没有灾。我出生之后不久，竟然遭遇多苦难，但愿长睡永闭眼。

野兔奔跑好自在，雉鸡落进网来。我刚出生的时候，没有劳役没有灾。我出生之后不久，竟然遭遇多祸端，但愿长睡听不见。

破败的老院子

周幽王是西周最后一个君主，由于他昏庸无能、生性残暴，所以大失民心。犬戎攻入西周的都城镐京后，周幽王被杀死，西周灭亡。周平王带领大臣和百姓东迁，建立了东周。

其中一位叫熊毕的百姓，在这场战乱中从镐京逃跑了。几年后，犬戎被赶走了，思乡心切的熊毕决定回家看一看。他和一位同村的邻居经过几个月的艰难跋涉，终于回到了自己之前的村子。

不过眼前的一切让他们吃惊不已：往日热闹的村子早没有了人烟，到处都是断壁残垣，长满了杂草。

凭借着之前的记忆，熊毕一路摸索，终于找到自己家的老院子。只见房子早已倒塌，几只野兔在院子里的杂草中蹦来跳去，几只山鸡不小心飞进了院子角落的网里，正扑棱着翅膀拼命地挣扎着。

看到这种情景，熊毕想起了童年往事。那时没有战乱灾祸，他和小伙伴一起在村里无忧无虑地玩游戏。谁知到了自己成年后，又是战乱又是天灾，各种苦难纷至沓来，他只能背井离乡，举家搬迁……

熊毕伤心地对邻居说："**我生之后，逢此百凶，尚寐无聪。**我现在真想长睡过去，不再醒来！"

眼看村子破败不堪，熊毕只好深深叹了口气，和邻居沮丧地离开了。

诗经懂博物

蹦蹦跳跳的兔子

兔子是一种哺乳动物，有各种各样的颜色，黑的、白的、灰的、黄的……大多数兔子有着细长的耳朵，内部有丰富的血管，不仅能散发身体的热量，还可以收集四周的微弱声音。兔子的牙齿很有特点，一对较大的门齿露在嘴巴外面，是“切断”食物的重要工具。兔子前肢较短，后肢修长有力，稍一用力，就可以跳出很远，是动物界的“跳远高手”。

在很多人的印象里，兔子的尾巴很短，似乎只有毛茸茸的一撮。其实，兔子的尾巴并不短，只是平时缩在肚子下面，只露出一个“尾巴尖”，把它轻轻向外一拉，就能看到长长的“整条尾巴”啦！

诗经知文化

人类的狩猎文化

史前时代，人们还不会种田，更不会经商，那他们该怎么填饱自己的肚子呢？答案只有一个：领取大自然的馈赠。

坚韧不拔的先民为了谋取食物，想尽了办法。一方面，他们漫山遍野采摘可以食用的野果；另一方面，追逐可以食用的野生动物。这就是“狩猎”的源起。

为了方便捕猎，先民们就地取材，将木头、石块打磨，制作成各种各样的工具，比如弓箭、斧头、长矛等。他们相互合作，包抄猎物，并用这些工具进行捕捉。这样一来，就能“大口吃肉”啦！

诗经学考点

复杂的生僻字

汉字从古至今发展了几千年，已经是一个极其庞大的“家族”，成员足有数万个！不过我们经常使用的汉字只有几千个，剩下的我们既不怎么使用，在生活中也很难见到。像这类我们不熟悉、不常见的汉字，就属于“生僻字”。

比如在《兔爰》中，“雉离于罿”中的“罿”字就是生僻字，它的读音是“tóng”，指的是一种用来狩猎的网。

采葛

采葛

彼采葛兮[①]，一日不见，如三月兮！

彼采萧兮[②]，一日不见，如三秋兮[③]！

彼采艾兮[④]，一日不见，如三岁兮！

注释

①采：采集。葛：葛藤。

②萧：植物名，古时常用于祭祀。

③三秋：三个秋季，即九个月。

④艾：菊科植物，可以入药。

译文

采葛的人多美啊，只要一天不见她，就像隔了三月啊！

采萧的人多美啊，只要一天不见她，就像隔了三秋啊！

采艾的人多美啊，只要一天不见她，就像隔了三年啊！

采葛的姑娘

西周时期，在都城镐京城郊的一个村子里，有一位名叫公孙明的小伙子，他常去附近的山上采药。

一天早上，公孙明像往常一样，去附近的一座山上采药。当他来到山脚下时，发现有个姑娘正在那儿用镰刀采葛，葛藤太粗，姑娘一时割不断。公孙明连忙过去帮忙，很快帮助姑娘割好了一捆葛藤。两人就这样认识了。

第二天早上，公孙明又去山上采药，希望能碰到昨天那位采葛的姑娘，可并没有见到。公孙明很沮丧，短短一天没见到那姑娘，他就觉得像隔了三个月一样漫长。

过了几天，公孙明去田里干活时，又看见那位采葛的姑娘。她正在路边采摘香蒿。公孙明感到自己的心在"怦怦"直跳，马上过去同姑娘打招呼。虽然只聊了几句话，可他感到非常开心。第二天，公孙明又走了那条路，他希望还能见到那位姑娘，可这次依旧没碰到。

又过了几天，公孙明去赶集时，在半路上见到了那位姑娘，她正在路边采摘艾草。公孙明马上激动地跑了过去，同她聊天。第二天，为了见到姑娘，公孙明特意去了那条赶集的路，可他们并没有再相遇。他忍不住叹气："**一日不见，如三岁兮！**我真想每时每刻都看到她！"

公孙明感到自己越来越想念姑娘了，他真想马上找媒人去姑娘家提亲！

诗经懂博物

“葛”的妙用

《采葛》中提到了一种叫“葛”的植物，它其实是葛藤，在《葛覃》中我们也见过。

葛藤的茎又细又长，长得很“软”，没办法像树一样向上生长，只能在地面“爬行”，或是攀附其他植物生长。葛藤有卵圆形的大叶子，会开紫色的花，看起来很漂亮。

你也许不知道，葛藤全身都是宝呢！在古代，葛藤的茎皮纤维可以用来做衣服、编绳子；它的根胖乎乎的，不仅可以食用，还有药用的功效；葛藤的花能用来解酒。小小的葛藤，竟然有这么多妙用！

诗经知文化

古代用什么来祭祀？

早在原始社会，中国先民就已经开始祭祀。随着时间的推移，古人祭祀的礼仪越来越完备，祭祀需要的各种物品也清清楚楚“标”了出来。

最早用来祭祀的是食物。古代讲究“民以食为天”，人们认为祭祀祖先和天地时，上好的食物是“取悦”它们的最佳手段，比如牛、羊、猪、马、鸡、狗这类肉食，还有五谷杂粮及酒水。此外，还有专门用来祭祀的“礼器”，比如鼎、簋、璜、尊、觚等。

值得一提的是，在更加野蛮的年代，身为奴隶的活人也会被用来祭祀！

诗经学考点

递进式的时间顺序

我们都知道，无论是文章还是诗歌，都有一定的“叙事顺序”。在《采葛》中，这种“顺序”体现在时间上，被称为“递进式时间顺序”。

男主人公的思念随着时间推移，变得越来越深。一开始还是“一日不见，如三月兮”，随着时间的推移，变成了“如三秋兮”“如三岁兮”。这种对时间的递进式描写，是一种夸张的艺术手法。作者把心理时间层层递进，将他对爱人的情感越来越深厚的状态充分表现出来。

值得一提的是，成语“一日不见，如隔三秋”就出自《采葛》。

将仲子

将仲子兮[①]，无逾我里[②]，无折我树杞。岂敢爱之[③]？
畏我父母。仲可怀也[④]，父母之言，亦可畏也。
将仲子兮，无逾我墙，无折我树桑。岂敢爱之？
畏我诸兄。仲可怀也，诸兄之言，亦可畏也。
将仲子兮，无逾我园，无折我树檀。岂敢爱之？
畏人之多言。仲可怀也，人之多言，亦可畏也。

注释

①将（qiāng）：愿，请。仲子：兄弟中排行第二的男子。②逾（yú）：翻越。③爱：吝惜。④怀：思念。

译文

仲子仲子听我说，不要翻越我门户，不要折我的杞树。怎是爱惜杞树啊？我是害怕父与母。无时不把你牵挂，又怕招来父母骂，这事真让我害怕。

仲子仲子听我讲，不要翻越我围墙，不要折我的绿桑。怎是爱惜桑树啊？我是害怕我兄长。无时不把你牵挂，又怕招来兄长骂，这事真让我害怕。

仲子仲子听我言，不要翻越我菜园，不要折我的青檀。怎是爱惜檀树啊？我是怕邻人多言。无时不把你牵挂，又怕招来邻人骂，这事真让我害怕。

翻墙的仲子

春秋时期，郑国有一个叫仲子的小伙子，他对邻村的一位姑娘爱慕已久。可是姑娘的家教很严，父母很少允许她出门。

几天不见姑娘，仲子急得团团转，吃不下饭，也睡不好觉。没办法，仲子只好晚上翻墙去找姑娘。

天黑了下来，借着夜色的掩护，仲子爬上院外的一棵杞树，翻过高墙，悄悄地摸进了姑娘的房间。由于是在晚上摸黑爬树，仲子折断了几根树枝。

面对不请自来的仲子，姑娘又惊又喜。仲子向她诉说着相思之苦，姑娘则担心被父母发现，催促仲子马上离开，仲子只好恋恋不舍地翻墙离去。

几天后的一个晚上，仲子又来到姑娘家的院外，爬上一棵桑树，然后翻墙而入来找姑娘。姑娘虽然很高兴，不过担心被家兄责备，劝仲子马上离开。仲子没说几句话，只好离开了。

此后，仲子很久都没能找到和姑娘见面的机会。一天早上，他走在路上时，偶然看到那位姑娘正在自家菜园里采摘蔬菜。菜园和大路隔着一道高高的篱笆，仲子灵巧地爬上一棵檀树，跳到了菜园里。

姑娘连忙对仲子说：“**仲可怀也，人之多言，亦可畏也。**我虽然很思念你，但是害怕邻居多嘴多舌呀！你快离开吧！”

仲子只好闷闷不乐地离开了。不过，聪明的他灵机一动，又想出了另一个和姑娘交流的好办法。仲子去山里砍来许多竹子，削成薄片，将心里话刻在竹片上，托人带给姑娘。

诗经懂博物

古代的房屋

在原始社会，人类的生活环境非常恶劣。为了躲避危险，先民们会找寻天然洞穴居住，这就是“房屋”的雏形。

后来，人们在地面挖好洞穴，然后在洞穴上用木头和干草搭建屋顶，这就是“半地穴房屋”。还有人用轻便的竹子或者木头搭建“腾空”的房子，房屋与地面之间的空隙用来圈养牲畜或者堆放杂物，这种房屋被称为“干栏式房屋”。

随着生产力的进步，人类建筑房屋的技艺越来越精巧。但几千年以来，中国人的房屋基本都是以木头为主要材料建造的。直到20世纪初，我国才开始使用钢筋混凝土技术建造房屋。

诗经知文化

先秦时代的男女交际

在我们的印象里，古代还没有婚嫁的青年男女，在日常生活中基本没什么交集，毕竟女子从小到大都“大门不出，二门不迈”。但这种说法不准确。在先秦时代，男女之间的交际比我们想象的要自由。

据《周礼》记载，“中春之月，令会男女”，意思是在中春的时节，会组织适龄男女在一起相亲，由此可见周代青年男女婚嫁的自由度。那时的女性地位较高，男女双方在婚嫁方面地位平等。

到了春秋战国时期，男女间的交际就变得有些困难了。在《将仲子》中，我们可以看到女主人公不断提醒男主人公不要翻墙，不要进入院子，以免被父兄责骂、邻人嘲笑。

诗经学考点

什么是情中见景？

跟把情感寄托于景象里的“寓情于景”不一样，情中见景是一种不同的意境：一篇文章中可能没有一个写景的字眼，却让人觉得每个景象都历历在目，人物的情感也直观地表达出来了。

比如《将仲子》一诗，通篇对景物的描写屈指可数，但能让我们从字里行间“看”到一幅情景：女子带着犹豫和惊慌请求、男子的鲁莽以及被劝说后的不快。一切就像是一部有形、有声的小短剧，在我们面前上演。

大叔于田

叔于田，乘乘马[1]。执辔如组[2]，两骖如舞[3]。叔在薮[4]，火烈具举。襢裼暴虎[5]，献于公所。将叔勿狃[6]，戒其伤女[7]！

叔于田，乘乘黄。两服上襄，两骖雁行。叔在薮，火烈具扬。叔善射忌，又良御忌。抑磬控忌[8]，抑纵送忌。

叔于田，乘乘鸨[9]。两服齐首，两骖如手。叔在薮，火烈具阜[10]。叔马慢忌，叔发罕忌。抑释掤忌[11]，抑鬯弓忌[12]。

注释

①乘（chéng）乘（shèng）马：第一个“乘”为动词，驾车。乘马，古代一辆车四匹马是一乘。
②辔（pèi）：马缰绳。组：丝织的带子。③骖（cān）：四匹马中外侧的马。
④薮（sǒu）：低、湿、多草木的地带。⑤襢裼（tǎn xī）：脱衣袒身。
⑥将（qiāng）：请，愿。狃（niǔ）：熟练。⑦女（rǔ）：汝，指猎人。
⑧磬（qìng）控：弯腰勒马，缓步行进。⑨鸨（bǎo）：有黑白杂毛的马。⑩阜（fù）：旺盛。
⑪释：打开。掤（bīng）：箭筒盖。⑫鬯（chàng）：放弓的袋子，此处用作动词，用袋子装。

译文

大叔出门去打猎，四马拉车向前跑。缰绳纵横编织成，车辕两马像舞蹈。大叔驻马繁草处，大火驱兽熊熊烧。大叔赤膊战猛虎，收获猎物献前朝。大叔千万别大意，当心猛虎伤害你！

大叔出门去打猎，四马拉车毛金黄。中央两马头高昂，外侧两马排成行。进入大泽野草长，烈火随风焰升扬。大叔擅长射羽箭，驭马本领更高强。时而弯腰勒马缰，时而纵马任驰骋。

大叔出门去打猎，四马拉车毛杂色。中央两马并肩走，外侧两马自在行。大叔驻马丰草处，烈火旺盛熊熊燃。大叔纵马渐渐慢，射箭频率渐渐缓。打开箭筒放入箭，宝弓收进袋里面。

共叔段打猎

春秋时期，郑国的郑庄公有个弟弟名叫共叔段。共叔段勇猛无比、武艺高强，是个远近闻名的打猎高手。他最喜欢去附近的山林里打猎。

这天早上，共叔段带着几个随从外出打猎。只见共叔段乘着四匹马拉的大车，手里紧握着马的缰绳，雄壮的马儿在快速奔跑。

当马车来到一片草木茂盛的湿地时，共叔段停了下来。他让随从放火，将草丛里的野兽驱赶出来。

熊熊燃烧的大火发出“毕毕剥剥”的声音，不断有动物惊惶地从大火里跑出来。

“嗷呜”一声，一只大老虎从大火中窜出来。随从都吓了一跳，正要搭弓射箭，共叔段阻止了他们。只见共叔段脱下上衣，大吼一声，空手朝老虎冲过去，一人一虎扭打在了一起。

一位随从吓得大喊道：“**将叔勿狃，戒其伤女。**这只老虎体形硕大，小心它咬伤你！”

共叔段力大无穷，最后竟活捉了这只老虎！他把这只大老虎捆起来，准备将它带回去献给郑庄公。

驱赶野兽的大火还在燃烧着，共叔段骑上马，继续向草木深处跑去。更多的野兽从草丛中跑了出来，有野猪、小鹿、兔子等。只见共叔段不慌不忙地拿起弓，一边骑马，一边射箭，中箭的猎物纷纷倒地。随从气喘吁吁地跟在后面，忙不迭地捡起这些猎物，抬上马车。

马车上的猎物越来越多，都快装不下了。共叔段勒住马，停在湿地附近休息。用来驱赶野兽的大火即将熄灭，被烧过的土地一片焦黑。共叔段看了看马车上的猎物，从容地打开箭筒盖放入箭，又将宝弓收进了袋子，带着随从回宫去了。

诗经懂博物

被驯服的马

在5000多万年前，马的祖先就已经出现了。它的样子和现在差不多，只不过体型很小，身高只有30厘米左右。经过成千上万年的演化，马终于变成了我们现在看到的样子。

根据学者的考证，马被人类驯化已经有大约5000年的历史了。如今的马只有两个亚种，分别是家马和普氏野马（也就是很多人口中的“野马”）。几千年来，被驯化的马早就深入参与人类生产生活的方方面面，比如帮助人们拉车、运输货物、供人们骑乘等。在野蛮的古代，马还会被用于祭祀、殉葬。

诗经知文化

横行商周的战车

战车流行于商周时代。早期的战车一般由两匹马拉着，“车厢”也比较小，只能供人在车上远程射箭。到了周代，战车的“动力”更新换代，变成了四匹马拉，“车厢”比原来更大，车栏也变高了，这样就能搭乘更多的人。另外，战车的攻击方式也不再局限于人远程射箭，也可以安排士兵站在战车里拿着武器近身攻击。

试想一下，当战车“轰隆隆”地从远处杀来，风驰电掣，战车里有人射箭，有人拿着长长的兵器攻击，那场面该有多震撼呀！

通常一辆四匹马拉的战车被称为“一乘”。在春秋时期，那些强大的诸侯国都拥有大量战车，号称“千乘之国”“万乘之国”。所以在当时，战车越多，象征国力越强。后来，更加灵活的骑兵出现，战车才逐渐退出历史舞台。

诗经学考点

被活用的铺叙

“铺叙”是什么意思呢？简单来讲，铺叙就是“平铺直叙”，即将事物、场景展开，进行详细的描述。无论在现代还是古代，铺叙都是一种很常用的写作手法。

在《大叔于田》里，作者用大量的笔墨详细描述了“大叔”在打猎时的场景，一个英勇善战、能骑善射的男子形象仿佛一下子在读者面前出现。清代文人姚际恒认为，《大叔于田》里铺叙手法的运用，对后世辞赋有很大的启发。

女曰鸡鸣

女曰："鸡鸣。"士曰："昧旦[1]。""子兴视夜，明星有烂[2]。"

"将翱将翔，弋凫与雁[3]。"

"弋言加之，与子宜之。宜言饮酒，与子偕老。琴瑟在御[4]，莫不静好。"

"知子之来之[5]，杂佩以赠之[6]。知子之顺之[7]，杂佩以问之[8]。知子之好之，杂佩以报之。"

注释

①昧旦：天色将明未明之际。②明星：启明星，即金星。

③弋（yì）：用丝做绳，系在箭上射鸟。

④御：用，这里是弹奏的意思。⑤来：慰劳，关怀。

⑥杂佩：古人的一种佩饰。⑦顺：温柔，顺从。⑧问：慰问，问候。

译文

女说："公鸡已鸣叫。"男说："天色还没亮。""你来推窗看天上，启明星儿在闪光。""鸟雀天空正翱翔，射鸭射雁给你尝。"

"野鸭野雁射下来，烹调蒸煮做成菜。伴着佳肴饮美酒，白头偕老不分开。我们弹琴又鼓瑟，夫妻和美心欢畅。"

"知道你对我关怀，送你杂佩表我爱。知道你对我体贴，送你杂佩表我谢。知你爱我是真情，送你杂佩结同心。"

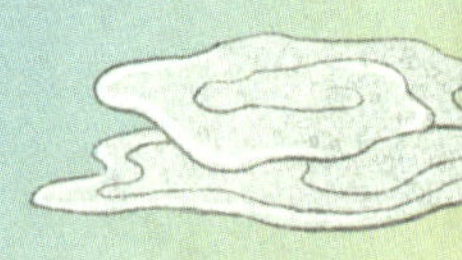

和睦的夫妻

春秋时期，郑国有一位名叫姚启的年轻农夫，他有一位贤惠的妻子。

他们每天干农活非常辛苦，种地收入勉强够果腹，日子过得十分清贫。可是姚启和妻子的感情特别好，是远近闻名的“和睦之家”。

庄稼收获后，姚启终于有了一段清闲的日子。一天早上，当姚启还在睡觉时，旁边的妻子摇了摇他说：“你听，公鸡打鸣了。”姚启睁开眼一看窗外说：“天还没亮呢！再睡一会儿吧！”

妻子推开窗户说：“天马上就要亮了，你看，启明星在闪光。”

姚启爬起床来，穿好衣物。天慢慢亮了，几只屋檐下的鸟雀也醒了，它们“叽叽喳喳”叫了一阵后，飞出去寻找食物了。

妻子也起来了，开始忙里忙外地做家务，十分辛苦。姚启带上弓和箭，走出家门，来到河边的芦苇丛里。

这里有许多野鸭和大雁在水里捉鱼吃，一看到有人来了，它们立刻张开翅膀，“扑腾腾”飞走了。姚启眼疾手快，射下了几只野鸭和大雁，带回家里，做成美味的菜肴。夫妻二人一边吃着美味的禽肉，一边喝酒，欢笑交谈，十分快乐。

吃完饭后，姚启和妻子一起弹奏琴瑟，这样的生活是多么美满呀！

看着妻子从早到晚忙着干家务，还悉心照顾自己的生活，姚启非常感动。他拿出一块在集市上买的佩饰，送给妻子，作为一个“小惊喜”。姚启对妻子说：“知子之好之，杂佩以报之。这个小礼物是我对你的一点儿心意。”

家和万事兴，只有家庭和睦，日子才会越过越好。

诗经懂博物

闪闪发亮的“明星”

《女曰鸡鸣》里提到的“明星”，不是现代那些偶像演员，而是“启明星”，也就是金星。

金星是太阳系八大行星之一，是地球的邻居。金星被称为“类地行星”，体形大小、地质构造跟地球很相似。不过，金星大气层中二氧化碳占据了绝对地位，大气压力巨大，足足是地球的近百倍！

金星在天空中的亮度很高，因此经常可以在凌晨时被观察到，所以它在中国古代被称为“启明星”。当然，有时候傍晚也可以看到金星，不过那时它的名字就变成了“长庚星”。

诗经知文化

古代的佩饰文化

早在史前社会，人类就有了爱美的意识。那个时期材料和技术比较有限，所以先民们会就地取材，把骨骼、兽皮、玉石、贝壳等戴在身上。有的人“新潮”些，会把材料进行“粗加工”，比如打孔、打磨。

随着时间推移，古人对佩饰有了更多的想法。他们把佩饰做得更精美、外形更奇特，选取的材料也更是五花八门，比如香囊、玉璜、白珩、带钩等。《女曰鸡鸣》里的“杂佩”指的就是一种佩饰。《毛诗传》中说：“杂佩者，珩、璜、琚、瑀、冲牙之类。”可以理解为杂佩是由很多玉器、玉珠随意搭配而成的。

诗经学考点

藏在诗里的对话

在很多人的印象里，古诗里描述的往往只是一个人的“独角戏”，但古诗其实也能同时展现两个人对话的情景，即“对话体”古诗。

“对话体”最早可以追溯到《诗经》，《女曰鸡鸣》就是典型的对话体诗篇。诗中表现的是一对夫妻朴素的对话，将古代寻常百姓的日常生活用对话的方式向读者展现。

“对话体”从《诗经》开始，逐步发展，经历了汉乐府的改进，一直到南北朝时期发展到了巅峰。《孔雀东南飞》就是一首著名的对话体古诗。

山有扶苏

山有扶苏，隰有荷华[①]。不见子都[②]，乃见狂且[③]！

山有乔松，隰有游龙。不见子充[④]，乃见狡童[⑤]。

注释

①隰（xí）：洼地。华：同“花”。

②子都：古代的美男子。

③狂：狂妄的人。且（jū）：笨拙、愚钝的人。

④子充：与“子都”同为古代的美男子。

⑤狡童：狂童。

译文

山上扶苏树茂盛，池里荷花别样红。
没有见到美男子，却见你呀傻又疯。
山上挺拔的青松，池里马蓼红彤彤。
没有见到美男子，却见滑头小狡童。

青松下的等候

春秋时期，郑国有一位姑娘，她的名字叫穆荷香。由于穆荷香经常去集市上帮母亲卖布匹，所以她认识了一位叫常俊的年轻男子。

时间一长，两人互生好感。有一天，趁四周没人，常俊对穆荷香说："明天早上，我在后山的池塘边等你。"穆荷香点了点头。

第二天早上，穆荷香早早来到了后山的池塘边。就要见到自己的心上人了，穆荷香有些激动，又有些紧张。

池塘边有一棵松树，晨风吹过树林，发出"沙沙"的声音。池塘边长着茂盛的水草，池塘里的荷花正盛开，一只青蛙跳上荷叶，正在"咕儿呱——咕儿呱——"地叫着。

穆荷香站在松树下，等呀等，太阳升得老高了，可就是不见常俊的影子。穆荷香十分着急，她一边跺脚，一边在松树下不停地走来走去。

穆荷香有些生气地想："难道他今天因为睡懒觉，没有按时前来赴约吗？"

正当穆荷香准备转身离开时，正撞见她的心上人常俊气喘吁吁地跑了过来。

穆荷香怒气冲冲地质问："**不见子都，乃见狂且。**说好的早上见面，现在都快中午了！你为什么要迟到？"

常俊连忙赔礼道歉："今天早上，邻居老奶奶生病了，我去喊郎中为她治病，所以才来晚了。"

穆荷香听常俊这么一解释，才知道自己错怪了对方，马上不生气了，和他一起开开心心地欣赏起池塘里的荷花来。

诗经讲历史

美男“子都”的来龙去脉

《山有扶苏》里提到的“子都”是一位郑国的美男子，后来逐渐成了美男子的代称。

据说子都生活在春秋早期，是郑庄公手下的宠臣。子都身材高大，外貌俊美，号称“春秋第一美男子”。子都不但长得帅，武艺也很高强，是郑国的名将。相传在郑庄公阅兵时，子都和一位叫颍考叔的大臣为了争夺战车，打得不可开交。颍考叔趁乱抢走了战车，愤怒的子都拔出武器去追，却没追上。“争车”失败后，子都对颍考叔产生了深深的怨恨。在一次作战中，颍考叔身先士卒，登上了城墙，结果子都在城下用暗箭偷袭，害死了颍考叔。看来，子都虽然人帅、本事强，心胸却很狭隘啊！

诗经知文化

不入流的“郑卫之音”

很多古人认为，春秋时代郑国的音乐都是“靡靡之音”，多听就会亡国。这是怎么一回事呢？其实，这跟郑国民间男女交往的习俗有关。

春秋时期，大部分诸侯国对于男女交往都有限定，但郑国是个例外。来自郑国民间的诗歌《山有扶苏》，讲述的是女子与心上人见面时对他的调笑与戏谑。从这里可以看出，郑国民间男女之间的交往还是比较开放的，因此被很多诸侯国认为是“不检点”。除此之外，郑国民间的音乐奔放热情，与庄严的古典雅乐格格不入，也受到了很多“正统人士”的鄙弃，认为那是不入流的“靡靡之音”。因为卫国的音乐风格和郑国差不多，于是人们就把“郑卫之音”当成了“不雅”的代称。

诗经回忆录

“最经典”的诗歌有几言？

在前面的《式微》中，我们知道了诗歌句式有二言、三言、四言和五言，你知道“最经典”的诗歌一般有几言吗？

在《诗经》中，大部分诗歌是以四言为主的，比如《关雎》《桃夭》；到了西汉末年，“五言诗”开始走向成熟，还出现了《古诗十九首》这种“典范之作”；南朝齐永明时，讲究声律、对偶的七言律诗逐渐兴盛。经过唐初的发展，诗歌达到巅峰。就我们耳熟能详的诗歌而言，最常见的要数五言诗和七言诗，它们读起来朗朗上口，记诵也很方便。

萚兮

萚兮萚兮[1]，风其吹女[2]。叔兮伯兮，倡予和女[3]。

萚兮萚兮，风其漂女。叔兮伯兮，倡予要女[4]。

注释

①萚（tuó）：落下的树叶。②女：同“汝”，你，指树叶。

③倡：同“唱”。和（hè）：伴唱。④要（yāo）：相约。

译文

落叶落叶往下掉，秋风吹叶轻轻飘。小伙子们聚一堂，我来唱歌你和调。

落叶落叶往下掉，秋风吹叶慢慢飘。小伙子们聚一堂，邀请你来共合唱。

秋天的离别

春秋时期，郑国有一位叫钟鸣的书生，他平时除了读书作诗，还喜欢唱歌。

钟鸣有一位名叫姬云峰的好友，他虽然是一位商人，却也非常喜欢读书，他们志趣相投，交情很深。两个人有空时经常会找来一些诗友，一起饮酒作诗。

在一个秋天的早上，姬云峰来找钟鸣。不过这次不是来与他饮酒作诗的，而是来向他告别的，因为姬云峰马上就要离开郑国，去宋国做生意了。

钟鸣非常难过。这次一别，不知道什么时候才能再次见面，于是他决定喊上几个朋友，给姬云峰举办一场欢送会。

这天下午天气很晴朗，朋友们来到钟鸣家里，在院子里置办酒席，送别姬云峰。阵阵秋风吹过，院子里一棵老椿树上的黄叶一片片往下落，秋风萧瑟，气氛悲凉。

钟鸣举起酒杯说："我们的好朋友姬云峰要离开郑国了，我们今天为他践行。大家有什么心里话，全都说出来吧！"于是，朋友们你一言、我一语，诉说对姬云峰的不舍之情。

"叔兮伯兮，倡予要女。我们一起为他唱一首歌吧！"说完钟鸣便唱起了气势雄浑的歌曲，众人用手打着拍子，给钟鸣和调。

一曲唱完，姬云峰也站了起来。他将杯中的清酒一饮而尽，也跟着钟鸣的曲调唱起了歌。

直到深夜，这场诗会才结束。钟鸣搀扶着有几分醉意的姬云峰，将他送回了家。

天下没有不散的筵席，不要为离别过于伤心。

诗经懂博物

树叶为什么会飘落?

每当到了秋天，除了像松柏这样四季常青的树木，绝大部分树木的叶子都会枯黄、掉落，这是怎么一回事呢?

原来，进入秋季以后，太阳照射的时间变短了，气温也随之降低，这就使树木没办法吸收到足够的水分。没了足够水分的供应，树木体内就会缺乏营养物质，导致一种叫“脱落酸”的物质大量产生，脱落酸就是让树木落叶的“罪魁祸首”。

另外，树木叶子的脱落也是一种自我保护行为。要知道，叶子有蒸腾作用，本来秋冬季节水分就少，叶子还要“奢侈挥霍”，还不如让它们掉落算了。叶子掉落后，树木虽然变成了“光杆司令”，却保住了体内的水分，进入了长长的“冬眠”，等待下一个春天。

诗经知文化

先秦时代的和唱

在现代，中国很多少数民族依旧保留着一种古老的习俗：和唱山歌。和唱历史悠久，甚至可以追溯到几千年前的先秦时期。

在当时，和唱的表现形式多种多样，有正规的歌舞表演，也有民间百姓随意歌唱。《萚兮》描绘的就是这种流行于商周时期的和唱形式。

诗经回忆录

《诗经》的文学意象——落叶

意象是表现文学内涵的一种形象。在之前的《木瓜》里，“木瓜”就是主体的意象，表现了男女之间的情谊。而在这篇《萚兮》里，意象毫无疑问就是“落叶”，作者的情感通过凋零的落叶传达出来。

自《萚兮》之后，“落叶”的意象基本固定下来，大多表达哀伤、凄婉、思念的情感，对后世的文学创作有很大影响。像唐代诗人王勃的诗句“况属高风晚，山山黄叶飞”，杜甫的“无边落木萧萧下，不尽长江滚滚来”，都用了“落叶”这一意象。

褰裳

子惠思我，褰裳涉溱①。子不我思②，岂无他人？狂童之狂也且③！

子惠思我，褰裳涉洧④。子不我思，岂无他士？狂童之狂也且！

注释

①褰（qiān）：提起。裳（cháng）：古代的裙衣。溱（zhēn）：郑国河名。

②不我思："不思我"的倒装句。③狂童：女子对心上人戏谑的称呼。且（jū）：语气助词。

④洧（wěi）：郑国河名。

译文

你若思念爱着我，提起衣裳过溱河。你若不再思念我，难道无人来找我？你真是个傻哥哥！

你若思念爱着我，提起衣裳过洧河。你若不再思念我，难道无人追求我？你真是个傻哥哥！

姑娘的心事

春秋战国时期，郑国有一位名叫钟秀的姑娘，她家住在溱河边上的一个小村子里。

钟秀的邻居家里有一位叫夏叔升的男孩，他们从小就在一起玩耍，是青梅竹马的好朋友。夏叔升长大后成为一名英俊、有才华的小伙子，钟秀对他产生了好感，不知不觉中喜欢上了对方。

可就在这时，夏叔升的父母将家搬到了溱河对岸的一个小村子里。

临别前，钟秀找到夏叔升，送给他一块亲手绣的手帕，并对他再三叮嘱："你可别忘了我，有空多来看望我呀！反正我们离得不远，只隔着一条溱河。"

夏叔升点了点头说："我一定会来看望你的。"

自从夏叔升搬到溱河对面后，钟秀天天在河边翘首企足，盼望着心仪的人到来。可是等呀等，一连等了好几个月，都不见夏叔升的影子。渡船人每天都摇着船儿在溱河上面来往，从船里走下的人里面，根本没有夏叔升。

"也许他本来想来看望我，只是太忙了。"钟秀这样一边安慰自己，一边给夏叔升做着衣服。

夏天很快过去了，由于好久没有下雨，溱河的水位一天天变低，部分河床裸露了出来，只要提起裤子就能蹚过河去。

钟秀站在河边焦虑不安地想："子惠思我，褰裳涉溱。你如果不再想念我，就会有别人来找我，你真是个傻哥哥呀！"

就这样，钟秀从早到晚坐在溱河边，满怀心事地等待着意中人出现。

诗经懂博物

古代衣服是用什么做的？

古猿人体表有着浓密的毛发，基本不会用外物遮挡自己的身体。经过不断的进化，人类丧失了厚厚的毛发。这时，人类可能是因为身体没有遮挡物，缺乏安全感，又或许是因为没了毛发，忍受不了寒冷，所以开始学着做衣服。

最开始的时候，人们“就地取材”，编织树叶或者剥兽皮来做衣服。到了后来，人们学会养蚕缫丝、纺织植物纤维，又开始用麻、葛、丝绸等做衣服。有时，人们为了御寒，还会在两层衣服的夹层里塞一些絮或者棉花进去。

诗经知文化

先秦的“衣”与“裳”

“衣裳”最早其实是两种衣服，即“衣”和“裳”。其中，上身的衣服是“衣”，下身的衣服叫“裳”。这种穿着形制早在原始社会末期就已经出现了，也就是所谓的“上衣下裳”。“上衣下裳”的打扮流行了很多年。到了春秋战国的时候，一种叫“深衣”的特别衣服出现了。深衣的“上衣”和“下裳”是上下缝合在一起的，边缘还加上了不同色彩的布料。“深衣”的出现吸引了许多爱美人士，迅速“占领了市场”，成为主流。隋唐五代后，“上衣下裳”的服装形制基本退出了历史舞台。

诗经讲历史

古人为什么叫“子”？

电视剧中，古代的读书人在引经据典时，常常会摇头晃脑地说：“孔子曰、老子曰、墨子曰、韩非子曰……”也许你会很好奇：“子”到底是什么？是指“儿子”吗？其实在古代，“子”是对一类人的统称，就像我们现在说的“先生”“女士”一样。

在商周的时候，“子”是对君王子嗣、大臣的尊称，比如微子启、箕子等。到了春秋时期，礼崩乐坏，旧的社会规则在新时代已经行不通，原本属于天子近臣称呼的“子”，慢慢在诸侯国间普及，许多诸侯乃至卿大夫都可以被称为“子”，比如赵简子、魏桓子等。战国时代，百家争鸣，私学蓬勃发展，许多学者、思想家的地位得到提升，他们也被冠以“子”的尊称，比如庄子、墨子等。

东门之墠

东门之墠[①]，茹藘在阪[②]。其室则迩[③]，其人甚远。

东门之栗，有践家室。岂不尔思？子不我即。

注释

①东门：城东门。墠（shàn）：修整过的平坦土地。

②茹藘（rú lǘ）：草名，即茜草。阪（bǎn）：小山坡。③迩（ěr）：近。

译文

城门东边多宽敞，茜草沿着山坡长。你家离我咫尺近，你却如同在远方。

城门东边种板栗，房屋栋栋排整齐。怎么是我不想你？你却不来将我寻。

东门的等待

春秋时期，郑国都城东门外是一片平坦的田野。有一位名叫姬丽的姑娘，就生活在东门附近。郑国的都城里有一位俊俏的书生，经常来东门外的郊野散步。

这天早上，姬丽去菜园里摘完蔬菜，往家里走去，正巧碰到了来这里散步的书生。书生对她说："姑娘，我感到口渴，可以讨口水喝吗？"

姬丽给他舀了一勺缸里的水，书生喝了后道了声谢，就转身离开了。

过了几天，姬丽又在东门外的大路上碰到了书生。他们打过招呼后，书生告诉她自己的家也在附近，步行片刻就能到达。

从这以后，姬丽每天都期待着和书生见面，她徘徊在东门附近。路边长满了茜草，开着淡黄色的小花，十分美丽。姬丽在栗树林边等啊等，可是始终没有看到书生。

一连几天，姬丽每天都会去东门附近等，却再也没有看到那位书生。姬丽的闺蜜注意到了她的奇怪举动，问："你是不是在这附近等一个人呀？"

姬丽点了点头，将她与书生的事情告诉了闺蜜。闺蜜开导她："也许书生正忙着读书呢！等过了这段时间，他一定会来找你的！"

姬丽叹了口气，悲伤地说："**其室则迩，其人甚远。**忙不过是借口罢了，有可能是他不想再见到我了。"

诗经懂博物

“茹藘”的真面目

《诗经》里有很多关于植物的描写。这些植物的名字稀奇古怪，像《东门之墠》里的茹藘，你能猜到它是什么植物吗？叮咚！答案是茜草。

茜草是一种攀援草本植物，喜欢成簇生长，看上去密密麻麻连成一片。茜草长着心形的叶子，开着浅黄色的小花，茎和叶表面有着许多倒刺，很容易划破人的手。茜草的根可以入药，也可以做染料，它能将白布染成绛红色。值得一提的是，除了中国，古埃及以及古代欧洲也用茜草做染料哟！

诗经讲历史

郑国的兴衰往事

郑国是西周晚期分封的诸侯国，第一代国君郑桓公是王室出身，是周天子的亲戚。一开始，郑国在今天的陕西省境内，后来郑桓公“搬”到了今天的河南省。不过，郑桓公是个倒霉蛋，没过几天好日子，就赶上犬戎入侵，可怜的郑桓公跟周幽王一起被杀了。

第二代国君郑武公很厉害，他雄心勃勃，不仅帮周天子打退了犬戎，还顺手灭掉了几个小国，把郑国的地盘扩张了不少。郑武公的儿子郑庄公就更了不得了，他雄才大略，硬生生地把郑国的国力带到了巅峰，号称“春秋小霸”。可惜，自从郑庄公死后，郑国的国君一代不如一代，郑国的实力也大不如前。之后的几百年里，郑国在各大霸主间轮流当“小弟”，直到战国初期被韩国灭亡。

诗经知文化

先秦时期的国与野

在西周，流行一种“国人”和“野人”的说法，你知道这是什么意思吗？想要搞清楚这两个词，得先明白一个概念：国和野分别指的是什么？

西周建立以后，天下分为周天子直属领地和各诸侯国。其中，周天子和诸侯国的都城被称为“国”，乡村、郊外被称为“野”。所以，国人就是生活在都城、城市里的人，而野人说的就是居住在乡村、郊外的人。

风雨

风雨凄凄，鸡鸣喈喈[①]。既见君子，云胡不夷？

风雨潇潇，鸡鸣胶胶。既见君子，云胡不瘳[②]？

风雨如晦[③]，鸡鸣不已。既见君子，云胡不喜？

注释

①喈（jiē）喈：鸡鸣叫的声音。②瘳（chōu）：指心病解除。③晦：昏暗。

译文

风萧萧，雨凄凄，窗外鸡鸣声声急。风雨之时见到你，怎不心旷又神怡？

风萧萧，雨凄凄，窗外鸡鸣叫叽叽。风雨之时见到你，心病怎会不痊愈？

风雨急，昏天地，窗外鸡鸣声不息。风雨之时见到你，心里怎能不欢喜？

清晨的重逢

春秋时期，郑国有一位叫田雯的女子，嫁给了一位做茶叶生意的商人。由于丈夫做生意要常年在外奔波，所以他们聚少离多。

一天，田雯收到了外出几年的丈夫的来信，说他近期会回家住一段时间。田雯看了信后非常高兴，她将家里收拾得干干净净，计算着丈夫的归期。

很不巧，这几天秋雨绵绵，“滴滴答答”下个不停，院子里的鸡也挤在一处，不时发出鸣叫，好像在控诉冰冷的雨水。

孩子在床上睡得正香，田雯看着窗外，担心着赶路的丈夫。突然，院子里进来一个戴着斗笠、穿着蓑衣的人。田雯定睛一看，原来是丈夫！

看到分别几年的丈夫，田雯有些不知所措，还以为自己在做梦。丈夫看到田雯发呆的样子，就问：“怎么，难道你见我回来不高兴吗？”

田雯这才反应过来，连忙说：“**既见君子，云胡不喜？**我们好几年没见面了，我刚才还以为自己在做梦呢！”

久别重逢，总会让人感到幸福和快乐。

诗经懂博物

公鸡为什么会“打鸣”？

我们都知道，公鸡会在天快亮的时候“喔喔”打鸣，提醒人们该起床了。但你知道公鸡为什么会打鸣吗?

公鸡的脑袋里有一个叫“松果体”的器官，可以产生促进睡眠的“褪黑素”，用来控制公鸡的睡眠。而松果体对于光线非常敏感，每当清晨的天边出现亮光，公鸡脑袋里的松果体就会第一时间停止产生褪黑素，公鸡就会很快苏醒。这时的公鸡体内有大量雄性激素，感到很“兴奋”，因此开始打鸣。

值得一提的是，公鸡并不只在快要天亮时才打鸣，白天也会啼叫，比如警告其他公鸡不要侵占自己的地盘，别碰自己的食物和配偶。

诗经知文化

“君子”意义的变化

在甲骨文里，“君”字的外形很像一个人拿着权杖在向别人发布命令。由此可见，商朝时的“君”字指的是位高权重的人，比如国君，“君子”多指“国君的儿子”。

在后来的一些文献，比如《尚书》中，“君子”的含义扩大，指地位高贵的上层统治阶级，常与“小人（庶民）”相对。到了《诗经》里，“君子”产生了“德行高尚”的意义，还多出一种意思：女子对爱人的称呼。随着历史的发展，“君子”关于地位的概念慢慢变淡，德行品质的意义逐渐加深。而真正让“君子”与“德行”画上等号的，是春秋时期的孔子。从那以后，人们一谈到君子，想到的都是德行高尚，而不是地位高贵。

诗经学考点

朴素的白描

白描是一种写作手法，强调用简单的笔墨勾画出鲜活的形象。换一种说法，白描手法要求文字简朴、精练，不突出背景，也不追求辞藻华丽，只用最朴实的文字去表现想要刻画的形象即可。

在《风雨》里，只凭借短短几句诗句，便将一个苦苦等待爱人归来的女子在见到爱人时情难自禁的形象，生动地描绘了出来。

子衿

青青子衿[①]，悠悠我心。纵我不往，子宁不嗣音[②]？

青青子佩，悠悠我思。纵我不往，子宁不来？

挑兮达兮，在城阙兮[③]。一日不见，如三月兮。

注释

①子衿（jīn）：衿，衣领，这里代指青年读书人。

②宁（nìng）：难道。嗣（sì）音：保持音信。

③城阙（què）：城门两边的观楼。

译文

衣领青青的男子，我心悠悠思念你。纵然我不去找你，你难道就不传音讯？

佩带青青的男子，我心悠悠惦记你。纵然我不去找你，你难道就不来见我？

来来去去许多趟，站在高高城楼上。一天没有见到你，好像三月一样长！

姑娘的心事

春秋时期，郑国有位叫子梅的姑娘。她多才多艺，尤其擅长弹奏古琴。

在子梅家附近，住着一位叫姬青的年轻男子，他擅长编织竹扇。每天清晨，姬青总穿着一身干净的青色短袍，将编好的竹扇挑到集市上出售。

姬青还会弹奏古琴，他经常将古琴带到市集上，用优美的琴声吸引客人。闻声赶来的人越来越多，姬青的竹扇也很快就卖光了。

一个夏天的上午，艳阳高照。姬青像往常一样，在集市上一边弹琴一边卖竹扇。优美动听的琴声吸引了不少人驻足，其中也包括正巧来逛街的子梅。

刚一见面，子梅就被姬青的气度和琴声深深吸引了。再看他编织的竹扇精巧异常，她对这个年轻男子又多了几分好感。

从此以后，子梅经常去集市听姬青弹琴、买他的竹扇，他们很快就熟识了，并成为无话不谈的朋友。

时间久了，子梅就将自己的住址告诉了姬青，希望他有空能来找自己。回到家后，子梅等呀等，等了好多天，依旧不见姬青的影子。

子梅的内心非常矛盾，她很想去集市上见姬青，但又希望对方能主动来找自己。

最后，子梅想出了一个办法。她托朋友给姬青送了一份竹简。

姬青收到竹简，看到上面刻着娟秀的小字："一日不见，如三月兮。每次都是我主动去见你，为什么你就不能来看望我呢？"

姬青立刻明白了子梅的心意，他赶紧将卖竹扇的工作交给朋友打理，自己则登门去拜访这位苦苦等待他的姑娘。

诗经懂博物

古代用什么染色？

古代没有化学试剂，那古人用什么染色呢？答案很简单——天然矿物和植物。聪明的古人很早就掌握了用天然矿石给纺织品染色的技巧，比如用赤铁矿、朱砂染红色，用铜矿染青蓝色，用绢云母染白色等。

不过，天然矿石的染色效果很一般，而且容易掉色，于是聪明的古人又摸索出用植物染色的办法，比如用茜草来染红色。周朝时还专门设立了负责染色的官职“染人”，以及管理染色植物的官职“掌染草”。用植物染色的做法在历史上持续了几千年，直到19世纪化学染料的诞生才慢慢退出历史舞台。

诗经知文化

古代有学校吗？

据史料记载，中国历史上最早的学校出现在夏朝，名叫“校”，是由夏朝官方建立的。在这之后，商朝和周朝也都有各自的官方学校，例如“庠”和“序”。不过，跟现代学校不同，那时的学校主要面向贵族子弟，普通人是没资格进入学校学习的。

到了春秋战国时期，“学在官府”的风气逐渐转变，“私学”渐渐出现了。私学就是由私人创建的学校。历史上规模最大、影响最深的私学是由孔子创办的。从那以后，“学问下移”，平民的孩子也可以接受教育了。

诗经学考点

入木三分的心理描写

顾名思义，心理描写就是对人物内心活动、状态的刻画，能突出表现人物情感、性格。在《子衿》里，作者运用了许多心理描写，以大量笔墨刻画主人公的心理活动，描绘了一个苦苦等待爱人、内心焦急的女子形象。

出其东门

出其东门，有女如云。虽则如云，匪我思存。缟衣綦巾[①]，聊乐我员。

出其闉阇[②]，有女如荼[③]。虽则如荼，匪我思且[④]。缟衣茹藘[⑤]，聊可与娱。

注释

①缟（gǎo）：白色。綦（qí）：暗绿色。②闉阇（yīn dū）：外城门。

③荼（tú）：白色的茅花。④思且（jū）：思念。

⑤茹藘（rú lǘ）：茜草，可制作红色染料，这里代指红色头巾。

译文

我走出了城东门，看见女子多如云。女子虽然多如云，都非我的心上人。那人白衣配绿巾，让我快乐又亲近。

我走出了外城门，看见女子多如花。女子虽然多如花，都非我的心上人。那人白衣戴红巾，让我喜爱又欢欣。

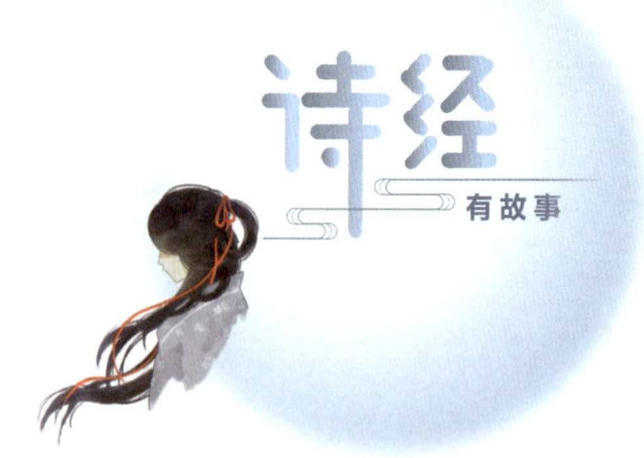

公孙熊的选择

春秋时期，每到春暖花开的时节，郑国都城里的年轻男女都会到郊外春游、踏青。

春日，草长莺飞，风和日丽，正是踏青的好日子。郑国都城里有位叫公孙熊的年轻男子，带着一位仆人，从城东门出了城，去郊外踏青。

郊外的草地青草茵茵，像在地面铺了一张绿色的大毯子。年轻的男女有的在草地上散步，有的在观望远处的风景，还有的在和煦的春风中放风筝，好不热闹！

年轻的姑娘们一群群，就像天上的彩云。她们衣着华丽，很明显都是王公贵族家里的女子。可公孙熊一眼就看到了一位衣着朴素的姑娘，她俏丽的外表和灿烂的笑容，深深吸引了他。

这时，公孙熊的仆人对他说："公子，踏青可是寻找心上人的大好机会！您可以考虑挑选一位王公贵族家的姑娘，与她结识。"

谁知公孙熊摇了摇头说："**虽则如云，匪我思存。**我真正喜欢的，是那位衣着朴素的姑娘。"

仆人有些惊讶地问："公子，您为什么要选她呢？如果您结识一位家世好的姑娘，并与她结婚，对您的将来有很大好处呀！"

公孙熊郑重地说："真正美好的感情，是不掺杂其他因素的。"说完，就朝那位衣着朴素的姑娘走去。

诗经懂博物

先秦的城市

《出其东门》中提到的“东门”，指的是城市的门户。想要成为一座城市，第一点是人口要足够多，第二点是城市本身也得具备一定的功能。那么，在先秦时代，中国的城市是什么样呢？

从考古学家发掘的先秦城市遗址来看，早期城市的结构布局很简单，甚至很多连保护城市的外城都没有！人们猜测可能是当时统治者对于城市外围山川、地形优势很自信，不屑于修建外城。不过随着时间推移，各个诸侯国之间战争频繁，防御薄弱的城市很容易被攻破。于是，统治者们开始在城外修建各种防御工事，如城墙、护城河、壕沟等。

诗经知文化

衣服颜色与身份高低

古代中国人很早就掌握了染色技术，可是你知道吗？衣服的颜色在古代居然有区分身份地位的作用！

先秦的贵族为了标榜自己的地位，规定不同阶级不能穿同样的衣服，并对衣服的颜色也做了要求。像正色青、赤、黄、白、黑都是贵族“专用”，而且颜色越纯越高贵。如果混了其他颜色，像白混黑、赤混黄等，就属于卑贱的颜色。

《出其东门》里出现的“綦巾”和“茹藘”，指的就是暗绿色头巾和绛红色衣巾，这种穿着打扮在当时就是身份地位很低的人。

诗经学考点

变了意思的转折句

人们在写文章或者日常对话时，经常会用到这样一种句式：前后说了两句话，前一句表达了一种意思，后一句却没有接着前一句的意思继续，而是转到与前一句完全相反的意思上去了。这种句式就是转折句。

转折句中一般会有表示转折关系的关联词语，比较典型的就是“虽然……但是”“然而”“但是”等。在《出其东门》里，就运用了两个“虽则……匪我……”的转折句，向读者表达主人公的真实想法。

野有蔓草

野有蔓草[①]，零露漙兮[②]。有美一人，清扬婉兮。邂逅相遇[③]，适我愿兮。

野有蔓草，零露瀼瀼[④]。有美一人，婉如清扬。邂逅相遇，与子偕臧[⑤]。

注释

①蔓（màn）草：蔓延生长的草。②漙（tuán）：露水多的样子。③邂逅（xiè hòu）：不期而遇。④瀼（ráng）瀼：露水浓重的样子。⑤偕臧（cáng）：一起藏起来。臧，同“藏”。

译文

野草蔓延连成片，露水晶莹露珠圆。有位美丽的人儿，眉目清秀好容颜。不期而遇是有缘，真是合我的心愿。

野草蔓延连成片，露水浓重露珠圆。有位美丽的人儿，眉目清秀好容颜。不期而遇是有缘，与她见面两相欢。

路边的偶遇

春秋末期，郑国有一个叫姚谷的年轻农夫，他非常勤快，每天早早起床，扛着锄头去田里干农活。

一个秋天的早上，太阳还没有升起，姚谷像往常一样去田里干活。他走过一条田间的小路，路边的蔓草长势茂盛，连成绿油油的一大片，叶子上面挂着的露珠打湿了姚谷的鞋子和裤子。

不远处有一片树林，有的树叶开始发黄，有的树叶开始变红，黄色与红色交相辉映，远远看上去特别好看。四周一片幽静，时不时地传来一阵阵鸟儿的叫声。

姚谷放慢了脚步，慢慢走着。这时，他看到一位年轻的漂亮姑娘迎面走来。她眉目清秀、衣着素雅，手里提着一只竹篮子，看样子是刚刚去菜园里摘了蔬菜。

面对如此漂亮的姑娘，姚谷看了心“怦怦”直跳，脸红红的。他打量着姑娘，姑娘也静静地看着姚谷，两人四目相对良久，姑娘这才和姚谷擦肩而过。这次偶遇，让姚谷的心情一下子好了起来。

第二天早上，姚谷又来到了这条田间小路。路边的蔓草依旧是绿油油的一大片，叶子上的露珠又圆又大，晶莹剔透。这时，姚谷昨天偶遇的那位姑娘又从对面走了过来，他们再次碰面。

姚谷心想：“**有美一人，婉如清扬。**今天我要鼓起勇气同她打招呼，绝对不能再擦肩而过了！”

于是，他鼓起勇气同姑娘打招呼，姑娘也礼貌地向他问好。他们一来二去，就这样认识了。在之后的日子里，姑娘还会专程早早起来，在这里等他呢！

诗经懂博物

野草为什么除不尽?

《野有蔓草》开篇就提到，野草能够蔓延生长，生命力强，古诗中也提到野草“野火烧不尽，春风吹又生”。为什么野草这么难以根除呢?

野草难除的原因有很多。第一，野草为了能够更好地生长，把根深深扎入地下，就算地面上的部分被铲除，只要根系还在，野草依旧能很快“复活”；第二，野草的繁殖力极强，每株野草都有成千上万粒种子，这些种子对环境适应力强，在土壤、石头缝里也能生长；第三，野草不像庄稼那么“娇气”，它不怕旱、不怕水，也不怕盐碱。另外，野草生长的速度可比庄稼快多了，如果不及时清理农田里的野草，它就会把属于庄稼的养分抢光。

诗经知文化

田野里的情诗

在《诗经》众多歌颂爱情的诗篇里，绝大部分相遇都发生在田间地头、乡野郊外，出现在城市里的诗篇少之又少。这是怎么一回事呢?其实，这应该和当时的社会环境有很大的关系。

在先秦时代，主要以农业为主，人口少，农业技术落后，主要靠人力，所以古人绝大部分时间都在户外辛勤劳动，比如耕种、采摘、打猎、砍柴、捕鱼等。受到这种因素的限制，《诗经》里绝大部分情诗都诞生在户外的环境中。

诗经学考点

不明显的隐喻

隐喻是一种修辞手法，它跟明喻一样，都属于比喻这个“大家庭”。只不过隐喻比明喻“藏得更深”，需要你细心阅读，才能发现。

在《野有蔓草》里，作者写“野有蔓草，零露漙兮。有美一人，清扬婉兮”这句时，把“蔓草”“露珠”“美人”这三样看上去没有任何联系的事物放到一起，让它们之间形成一种微妙的“隐喻体系”，用蓬勃修长的蔓草、晶莹剔透的露珠来隐喻美人，引导读者去联想人物的美丽。

溱洧

溱与洧[①]，方涣涣兮[②]。士与女[③]，方秉蕳兮[④]。女曰："观乎？"士曰："既且[⑤]。"
"且往观乎？"洧之外，洵訏且乐[⑥]。维士与女，伊其相谑，赠之以勺药。
溱与洧，浏其清矣。士与女，殷其盈矣。女曰："观乎？"士曰："既且。"
"且往观乎？"洧之外，洵訏且乐。维士与女，伊其将谑，赠之以勺药。

注释

①溱（zhēn）、洧（wěi）：郑国两条河名。②涣涣：河水解冻后奔腾的样子。
③士与女：泛指春游的男男女女。后文"女""士"特指某两位青年男女。
④方：正。秉：拿。蕳（jiān）：一种香草。
⑤既且（cú）：已经去过了。且，同"徂"，去。⑥洵訏（xún xū）：实在宽广。

译文

溱水迢迢洧水长，奔腾流淌向远方。青年男女城外游，手拿蕳草发异香。女说："咱们去看看？"男说："我已去一趟。""再去一趟又何妨？"洧水边上河岸旁，人声嚷嚷又宽广。男女结伴携手行，边开玩笑边游逛，赠朵芍药诉衷肠。

溱水迢迢洧水长，河水深深又清亮。青年男女城外游，游人众多闹嚷嚷。女说："咱们去看看？"男说："我已去一趟。""再去一趟又何妨？"洧水边上河岸旁，人声嚷嚷又宽广。男女结伴携手行，边开玩笑边游逛，赠朵芍药诉衷肠。

春天的郊游

春秋战国时期，每年春天，郑国的青年男女都会去城外郊游。

冬去春来，天气慢慢变暖，小草开始发芽抽叶，一些花儿也盛开了。郑国境内的两条大河——溱水和洧水，原本结冰的河面开始解冻，清冽的河水“哗啦啦”地流向远方。

郊游的季节到了，城里的青年男女都来到城外踏春。有一位叫孔颜的男子，这时也跟着大家来到河边的田野郊游。田野一片碧绿，鸟语花香，暖暖的阳光照在身上，让人有种说不出的舒适。

按照郑国当地的风俗，郊游要采摘兰草，据说兰草能给一家人带来吉祥平安。

不过，孔颜并没有采到兰草，他沮丧地一个人走到河边。突然，他看到河边的陡坡上长着一片盛开的兰草！他高兴极了，连忙手脚并用爬了上去，连鞋子上粘上了泥巴都浑然不觉。很快，孔颜采到了一大把美丽、幽香的兰草，他开心地哼着小曲儿往回走。

就在孔颜返回的路上，碰到了邻居家的姑娘。姑娘问孔颜：“你手里的兰草真漂亮，是从哪儿采摘的呀？可以带我去看看吗？我也想采摘一些。”

孔颜回答：“我刚才已经去过一趟了。”

姑娘说：“你能陪我再去一趟吗？洧之外，洵訏且乐。你要是不带我去，我怎么知道兰草在哪儿呀？”

孔颜想了想，答应了。于是他们结伴去了那个陡坡，孔颜帮姑娘采到了一大把漂亮的兰草。在回去的路上，孔颜和姑娘有说有笑，开心极了。姑娘从路边摘下来一朵芍药送给孔颜，作为对他帮忙的报答。

诗经懂博物

美丽的芍药

你们知道《溱洧》中“赠之以勺药”里的“勺药”是什么吗？它就是我们现在所说的芍药。

芍药是我国的“十大名花”之一，被誉为“花仙”和“花相”。它颜色艳丽，有粉有白，经常出现在古诗词、古典名画里！值得一提的是，芍药在古代象征爱情，所以古人有时会以赠送芍药给异性的方式，来表达爱意。

诗经知文化

热闹的“上巳节”

你听说过“上巳节”吗？那是一种流行于中国古代的节日，在农历的三月初三。

古人认为，在上巳节这天去河边沐浴，可以驱除灾邪、祈福求祥，这种行为被称为“祓禊”。《论语》中“暮春者，春服既成，冠者五六人，童子六七人，浴乎沂，风乎舞雩，咏而归”，记载的就是这种活动。假如居住的地方没有河流也不要紧，只要在上巳节这天用兰草泡澡，也能够达到一样的“效果”。

在先秦时期，许多年轻男女都会在上巳节这天走出家门，来到河边玩耍、集会，《溱洧》中描写的就是这种盛况。

诗经讲历史

上巳节的由来

据说，上巳节本来不是固定的三月初三这一天，而是三月上旬的第一个巳日，直到后来才确定为每年的三月初三，因此被称为“上巳”。

关于上巳节的由来，有很多传说。有人认为上巳节是为了纪念伟大的“人文初祖”——黄帝，相传黄帝的生辰就是三月初三。也有人说上巳节起源于原始社会的巫师祭祀活动。

虽然到了现代，基本已经没人再去过上巳节，但它却对亚洲一些国家的文化产生了一定影响，比如日本三月三的“女儿节”。

鸡鸣

“鸡既鸣矣，朝既盈矣[①]。”“匪鸡则鸣，苍蝇之声。”

“东方明矣，朝既昌矣[②]。”“匪东方则明，月出之光。”

“虫飞薨薨[③]，甘与子同梦。”“会且归矣，无庶予子憎[④]。”

注释

①盈：满。指大臣上朝。②昌：盛。指上朝的人多。

③薨（hōng）薨：飞虫的振翅声。

④无庶：同“庶无”，希望。予子憎：讨厌你。

译文

“公鸡‘喔喔’已鸣叫，上朝官员已来到。”“不是公鸡‘喔喔’叫，是那苍蝇‘嗡嗡’闹。”

“东方蒙蒙天已亮，官员已经满朝堂。”“不是东方蒙蒙亮，是那明月的光芒。”

“虫子振翅‘嗡嗡嗡’，甘愿与你同入梦。”“上朝官员快散啦，千万别说你坏话。”

贪睡的官员

西周时期，齐国有一位大臣叫管成。他为官清廉，为百姓办了不少实事。可他有一个缺点，那就是爱睡懒觉，每天不睡到太阳照屁股，绝不起床。

这天早上，窗外的公鸡已经“喔喔”打鸣了，可管成还在床上“呼呼”大睡。一旁的妻子忍无可忍，就用力推了推他，对他说：“公鸡已经打鸣了，天快要亮了，赶快起床吧！今天还要上朝呢！想必其他官员早已到了朝堂外面了。”

管成被摇醒后，翻了翻身，闭着眼睛说：“这不是公鸡在打鸣，这是屋子里的苍蝇在‘嗡嗡’乱叫。”说完，他用被子蒙住脑袋，继续睡觉。

妻子爬起来看了看窗外，掀开了丈夫头上的被子，摇了摇他，说：“东方的天空已经蒙蒙亮，这时想必上朝的官员已经站满了朝堂，赶快起床去上朝吧！”

管成有些不耐烦地说：“**匪东方则明，月出之光。**不要再打扰我休息了。要起床，你自己起床吧！”说完，他接着“呼呼”大睡。

妻子实在叫不起赖床的丈夫，有些无奈地说：“我也愿意同你一起入梦乡，只是这时上朝的官员估计快散朝回家啦！你这样只会让他们讨厌！”

可旁边的管成已经发出了阵阵鼾声，“呼噜噜——呼噜噜——”。妻子无奈地摇了摇头。

诗经懂博物

讨人厌的苍蝇

苍蝇是一种昆虫，有三对足、两对翅，以及一对不怎么明显的触角。苍蝇的身影遍布全球，种类有很多。不过，大部分苍蝇的寿命都比较短，从卵到死亡基本只有一个月或者两个月时间。它们的“生活习惯”很不卫生，经常落在粪便、腐烂的食物上，所以身体携带着很多细菌、病毒，会传播疾病，因此很“讨人厌”。

苍蝇很喜欢来回“搓手”，这其实是在清洁腿上的感受味觉和触觉的“器官”。另外，苍蝇的脚上长着很多茸毛，茸毛顶端会分泌液体，使它们能在光滑的玻璃上行走。

诗经知文化

先秦官员上朝有多早?

在《鸡鸣》里，有一句“鸡既鸣矣，朝既盈矣”，翻译过来就是“鸡已经打鸣，朝堂上已经站满上朝的官员了”。从这里可以看出，在先秦时代，鸡刚打鸣就要去上朝，换算成现代时间，差不多是早晨5点左右。

在《左传·晋灵公不君》里，也有类似的描述：“盛服将朝，尚早，坐而假寐。”说的是赵盾早早起床穿好上朝的衣服，准备去朝堂。不过因为时间还很早，于是他坐着小睡一会儿。由此可见，先秦的官员去上朝，可要比现代人早起上班要辛苦得多呢！

诗经学考点

奇妙的拟声词

如果我们在写文章时，想把这些自然界的声音惟妙惟肖地写出来，该怎么做呢？当然是借助拟声词啦！

拟声词是什么呢？它是一种模仿自然界各种声音的“词”。比如说，小猫的叫声是“喵喵”，小狗的叫声是“汪汪”，下雨的声音是“哗哗”，树枝折断的声音是“咔嚓”。同样，在《鸡鸣》里，作者在“虫飞薨薨”这句中，用“薨薨”来模仿苍蝇振翅的声音。

东方未明

东方未明

东方未明，颠倒衣裳。颠之倒之，自公召之。

东方未晞[①]，颠倒裳衣。倒之颠之，自公令之。

折柳樊圃[②]，狂夫瞿瞿[③]。不能辰夜[④]，不夙则莫[⑤]。

注释

①晞（xī）：破晓，天刚亮。②樊：篱笆。这里用作动词，筑篱笆。
③狂夫：指监工。瞿（jù）瞿：瞪眼的样子。④辰：指守时。
⑤夙：早。莫（mù）：同“暮”，晚。

译文

东方还未现曙光，衣裤颠倒乱穿上。衣作裤来裤作衣，公家召唤我忧急。
东方还未现晨曦，衣裤颠倒乱穿起。裤作衣来衣作裤，公家命令使我怖。
折下柳条围篱笆，监工瞪眼真可怕。不分白天与黑夜，早起晚睡真辛劳。

劳苦的役夫

春秋战国时期，各个诸侯国经常让百姓无偿服徭役。

有一年，齐国一位叫白胜的农夫也被拉去服徭役了。这次是在边境上修建防御工事。役夫的工作十分辛苦，动作稍慢一些，就会招来监工的棍棒和鞭子。一天下来，好不容易熬到收工了，役夫也只能得到一点儿难吃的饭菜。

每天，天还黑着，监工们就闯进棚子里，对着役夫们大喊："赶快起床！赶快起床！上工时间到啦！动作快点儿！"

棚子里的光线昏暗，役夫急急忙忙地开始穿衣服。慌乱之中，有人将上衣当作了裤子，有人将裤子当作了上衣。

一个役夫因为动作缓慢，被监工抽了两棍子。他痛苦地叫了一声，胡乱抱起衣服往外面跑去。不过棚子内还是混乱一片：有人急得到处找衣服；有人在慌乱中拿走了别人的衣服；有人根本找不到衣服，只好光着身子去外面干活儿。

役夫被监工赶到了工地，昨天的疲惫还未消除，今天又开始摸黑干活。白胜悄悄对旁边的役夫说："不能辰夜，不夙则莫。这样下去，我们会被活活累死的！"

役夫们都盼望着服徭役的日子能早些结束。可是在那个时代，第一年的徭役结束了，第二年还会有徭役，什么时候才是个头呢？

诗经懂博物

柳：万条垂下绿丝绦

在中国历史上，许多文人墨客都留下了关于柳树的诗词、文章。为什么柳树这么受人欢迎呢?

首先，当然是因为柳树“好看”啦！柳树的“身材”修长，有着伸展下垂的细长枝条，像一头顺滑飘逸的秀发。微风吹拂，柳条轻摆，远远看去像是一位身量苗条的婉约少女正在梳妆打扮。

此外，还因为柳树的“柳”字和“留”字谐音。因此，古代文人习惯“折柳送别”，想用这样浪漫的做法来表达与友人的难舍难分。

诗经知文化

古人怎么分辨时间?

“滴答……滴答……”墙上钟表的指针一分一秒地往前走。你看了一眼表，对现在的时间了如指掌。可古代没有钟表这样方便的工具，古人是怎么判断时间的呢?

在古代，有着独特的“十二时辰制”。“十二时辰”分别是子时（又称夜半，23点~1点）、丑时（又称鸡鸣，1点~3点）、寅时（又称平旦，3点~5点）、卯时（又称日出，5点~7点）、辰时（又称食时，7点~9点）、巳时（又称隅中，9点~11点）、午时（又称日中，11点~13点）、未时（又称日昳，13点~15点）、申时（又称晡时，15点~17点）、酉时（又称日入，17点~19点）、戌时（又称黄昏，19点~21点）、亥时（又称人定，21点~23点）。

诗经讲历史

公家和私家的斗争

先秦时期，诸侯争霸、群雄兼并是当时的主旋律。而主旋律之中，还隐藏着一些“插曲”，那就是“公家”和“私家”的矛盾冲突。

简单介绍一下，先秦时代的“公家”指的是诸侯，“私家”指的是卿大夫。因为周朝实行分封制，诸侯和手下的卿大夫都有属于自己的封地。诸侯互相争霸，扩张地盘，他们手下卿大夫的实力也在慢慢增加。强大的私家会慢慢夺取公家的权力，最终操纵诸侯国的政治，甚至取而代之！像春秋晚期发生的“三家分晋”和“田氏代齐”等事件，都是私家“下克上”、取代公家统治诸侯国的例子。

卢令

卢令令[①]，其人美且仁[②]。

卢重环[③]，其人美且鬈[④]。

卢重𬭯[⑤]，其人美且偲[⑥]。

注释

①卢：黑毛猎犬。令令：猎犬脖子上铃铛的响声。②其人：指猎人。仁：仁善。
③重（chóng）环：大环套小环，又称“子母环”。④鬈（quán）：头发卷曲的样子。
⑤重𬭯（méi）：一个大环套两个小环。⑥偲（cāi）：多才多智。

译文

猎狗颈环响叮当，猎人帅气又善良。
猎狗套着子母环，猎人头发长又卷。
猎狗颈上套三环，猎人健壮又能干。

勇猛的猎人

春秋时期，齐国有一个叫姜武的农夫，他长相英俊，内心善良。姜武农忙时种地，农闲时经常带着一只黑色的猎狗，去附近的森林里打猎。

由于姜武从小就跟着父亲打猎，因此身强力壮，射箭技艺高超。他每次带着乡亲去森林里打猎，都会收获满满。

秋日，姜武忙完了地里的农活，背着干粮、弓箭，拿着砍柴刀，带着那只黑色猎狗，和乡亲们去森林打猎。

这只黑猎狗名叫“乌云”，它是姜武的好伙伴。乌云的脖子上面戴着几个铜质套环，跑动时发出“叮叮当当”的声响。

欢跑的乌云跑到一棵松树下，突然停了下来，警惕地望着草丛深处。众人也停下脚步，赶忙将箭搭在弦上。

这时，一只黑熊跳出草丛，朝姜武扑了过来！说时迟，那时快，姜武手中的弦一拉，箭向黑熊的喉咙飞去！弦响箭飞，姜武迅捷闪到一旁。

受伤的黑熊咆哮着，更加凶猛了。乌云找准机会，一跃而起，将黑熊扑倒在地。姜武趁机连发数箭，箭箭射中黑熊的重要部位，黑熊挣扎了一会儿，终于倒了下去。

乡亲们这才松了口气。接着往前走，大家又继续射了几只小鹿。

大家抬着猎物，高高兴兴地向村里走去。其中一位年长的猎人说：“**卢重镅，其人美且偲。**只要我们跟着姜武，总会有收获！”

诗经懂博物

人类的好朋友——狗

狗是与人类关系最亲密的动物之一。可你知道吗？它们的祖先却是凶恶的狼哟！

没人清楚人类与狼的第一次接触是在什么时候，或许是一次偶然的情况下，远古人类捕捉到了狼的幼崽，惊讶地发现狼是可以驯化的！于是，在一代代人类的努力下，肉食性的狼被驯化成了杂食性的狗，为人类看家护院、报警打猎。《周礼》中记载："犬有三种，一者田犬，二者吠犬，三者食犬。"田犬指的是体力好、聪明、能帮人打猎的狗；吠犬指的是虽然不会打猎，但凶猛、爱叫，可以看家护院的狗；食犬指的是既不会打猎也不会看家的狗，只能被吃掉了！

诗经知文化

打猎还能练兵

西周刚建国时仅有100多万平方千米的领土，经过几代人的分封，竟变成了约340万平方千米！为了保护这个庞大的国家，西周统治者决心加强军事实力。因此，西周的统治者规定，全国上下只要是年龄在服役范围内的男子，不管有没有正式参军，都要在农闲的时候参加军事演习。为了不浪费军力，同时也是为了更好地训练士兵，参加演习的军队还要进行大规模的狩猎，目标是田野、山林里各种各样的野兽。既然不能真的打仗，那么狩猎些猛兽也算一种收获。

诗经学考点

不"直率"的烘托

什么是烘托？简单来讲，就是通过侧面描写物、人，来引出主体，并把想要表现出来的人或物突显出来的写作手法。举个例子，当我们在描写一个精美的花瓶时，可以先写花瓶里插满了美丽、稀有的鲜花，这时读者就会产生这样的想法：花瓶里的花都这样美丽，花瓶又怎么会是俗物呢？

烘托手法分为好几种，比如以人烘托人、以物烘托人、以物烘托物等。在《卢令》里，作者就是通过描绘猎犬发出的声响，从侧面烘托出狩猎时热烈的氛围。

葛屦

纠纠葛屦[①]，可以履霜？掺掺女手[②]，可以缝裳？要之襋之[③]，好人服之[④]。

好人提提[⑤]，宛然左辟[⑥]，佩其象揥[⑦]。维是褊心[⑧]，是以为刺。

注释

①纠纠：绳索缠绕的样子。葛屦（jù）：指夏天穿的用葛绳编的鞋。

②掺（xiān）掺：形容女子的手纤细的样子。

③要（yāo）：衣服的腰身，作动词，缝好腰身。襋（jí）：衣领，作动词，缝好衣领。

④好人：指女主人。⑤提（tí）提：安逸的样子。

⑥宛然：转身。左辟（bì）：向左边闪开。

⑦揥（tì）：首饰名。⑧维：因为。褊（biǎn）心：心胸狭窄。

译文

葛藤草鞋穿脚上，怎能抵御寒冰霜？使女纤细的双手，如何缝出美衣裳？缝好腰身缝衣领，穿在女主人身上。

主人享受的模样，转身回避去左方，象牙簪子戴头上。心胸狭隘没气量，写诗讽刺才妥当。

穿葛藤鞋的女裁缝

西周时期，魏国有一位贵妇人，非常喜欢穿漂亮的衣服，为了随时能穿上符合自己心意的衣服，她找来一位名叫毕绣的女仆人，专门为自己缝制衣服。

毕绣是一位出色的裁缝，她有一双灵巧的双手，能缝出款式非常漂亮的衣服。

可是，这位贵妇人对毕绣非常刻薄、无情。冬天来了，天气越来越冷，早上的地面上都铺满了寒霜。贵妇人早就换上了华贵的棉衣和棉鞋，毕绣脚上却穿着一双用葛藤编织的破凉鞋。走在满是白霜的地面上，毕绣的双脚冻得快要失去知觉了！

毕绣的身上穿的还是夏天的破旧衣服，阵阵冷风吹来，冻得她瑟瑟发抖。

由于长期吃不饱饭，毕绣的个头又瘦又小，一双手纤细瘦弱，但还要每天不停地缝制衣服。官府里的一位客人看到了，轻轻地叹了口气说：“**掺掺女手，可以缝裳？**这位女裁缝太可怜了。”

经过毕绣几天几夜的忙碌，贵妇人的新棉衣终于缝制好了。贵妇人高傲地过来试穿衣服，毕绣恭恭敬敬地服侍着。

贵妇人穿上新衣服后，自顾自照起了镜子。毕绣忐忑不安地等待她对这件新衣服的评价。如果贵妇人对新衣服不满意，等待毕绣的将是无情的责骂。

好在贵妇人对这件衣服很满意，在镜子面前转来转去，然后高傲地离开了。贵妇人并没有理会站在一旁的毕绣，就像她根本不存在一样。

贵妇人离开后，毕绣觉得非常委屈与气愤。

诗经讲历史

鞋是怎么来的?

“葛屦”指的是一种用葛绳编织的鞋，可见在先秦时代，鞋就已经出现了。那么，你了解鞋的历史吗?

我们都知道，远古人类刚开始身上不着寸缕，脚上也没有鞋穿。不过，史前时期的地形环境比较糟糕，他们很快就尝到不穿鞋子的“苦头”：因为没有任何防护，人们的脚总是“遍体鳞伤”！为了保护可怜的脚，人们学会用草、麻、葛之类随处可见的植物把脚缠上，这就是鞋的雏形。

后来，随着历史的发展，人类学会用各种材料来做鞋，如草鞋、皮鞋、木屐、布鞋等。

诗经知文化

贵族都有哪些人?

在西周、春秋时期，“贵族”一般指的是周天子、诸侯、卿大夫和士，他们按照“分封制”获得地位，拥有钱财和土地。不过到了春秋末、战国初，贵族中最末等的“士”独立出来，变成了一个特殊的阶级。他们摇摆于“贵族”与“庶民”之间，上可为贵族、为官，下可为民、从商。到了战国时期，“士”阶级掌握了大权，一跃成为统治阶级。

也许你会问：听说古代的商人很有钱，他们是不是贵族呢？答案是否定的。我国古代一向是“重农抑商”的，在“士农工商”四个等级中，商人排在最末尾。可见古代的商人就算富可敌国，也没什么政治地位呀！

诗经学考点

鲜明的对比

在文学创作里，有时会把两个相对的东西放到一起比较，这种写作方法就叫“对比”。灵活运用对比，可以把要表现的事物凸显出来，从而给读者留下深刻的印象。

在《葛屦》里，作者分别描写了两个鲜明的人物：贫寒的缝衣女与贵族女主人。作者把这两个差距明显的人物放到一起，形成了鲜明的对比，让读者更深刻地理解缝衣女的艰苦和贵妇人的丑恶。

园有桃

园有桃，其实之肴[①]。心之忧矣，我歌且谣[②]。不知我者，谓我“士也骄[③]。彼人是哉，子曰何其[④]。”心之忧矣，其谁知之？其谁知之，盖亦勿思[⑤]！

园有棘[⑥]，其实之食。心之忧矣，聊以行国[⑦]。不知我者，谓我“士也罔极。彼人是哉，子曰何其。”心之忧矣，其谁知之？其谁知之，盖亦勿思！

注释

①肴：吃。②歌、谣：动词，歌唱。③士：古代对知识分子或一般官吏的称呼。
④子：你，即作者。何其：为什么。⑤盖（hé）：同“盍”，何不。⑥棘：酸枣树。
⑦行国：离开城邑，周游国中。“国”与“野”相对，指城邑。

译文

园中树上结满桃，果实甜美吃个饱。我心忧伤无处说，只能低声唱歌谣。那些不解我的人，说我“孤傲又清高。那人说的并没错，你所说的不必要。”我心忧伤无处说，天下之人谁知道？没人了解我苦恼，只好不再去思考！

园中树上结满枣，果实甜美吃个饱。我心忧伤无处说，去到田里转一遭。那些不解我的人，说我“木讷违常道。那人说的并没错，你所说的不必要。”我心忧伤无处说，天下之人谁知道？没人了解我苦恼，只好不再去思考！

魏子山的忧伤

西周时期，有一位叫魏子山的小吏，他从小饱读诗书，想通过一番努力，来实现自己的人生抱负。

可是一年年过去了，他还是官府里的小吏，而且处处碰钉子，被上级和同事戏称为“书呆子”，生活过得很不如意。

魏子山的心情越来越差。有一天，他走出家门，来到了田野。

魏子山看到一片桃园，树上结满了又大又红的桃子。可内心充满忧伤的魏子山根本没有心情吃桃子，他边走边低唱着悲伤的歌。两位老农在桃园里劳作，看到魏子山的奇怪举动后，对他指指点点，其中一位对另一位小声说：“这个人举止怪异，一定是个傻子！”

魏子山听后，忧伤地对自己说：“**心之忧矣，其谁知之？**”

夏天很快过去了，秋天来了，魏子山的心情依旧没有好起来。这天早上，他来到了一片枣园，枣树上长满了红彤彤的枣，看上去十分鲜美。可是，魏子山现在没有心情吃枣。

正巧，他迎面遇到几个老朋友。老朋友们看到他愁眉苦脸的样子，走过来问：“你怎么了？是不是有什么心事？”

魏子山很想跟他们诉说自己的忧伤，可是想了想，还是算了吧！没人能真正理解自己的心情，就算说了又能怎样呢？还是自己调整心态，让这些忧伤快快离去吧！

诗经懂博物

遍地开花的桃

你一定吃过桃子，它的品种有很多，有毛的或没毛的、红色的或黄色的、球形的或扁形的、软糯的或脆甜的……不管是哪种类型的桃子，追根溯源，它们的起源都在中国。

考古工作人员在距今大概七八千年前的遗址里，发现了大量野生桃子的桃核，这说明早在史前社会，中国的先民们就已经开始食用桃子了。虽然人工种植桃子的历史目前还没有定论，但从《园有桃》里可以看出，起码在先秦时期，就存在人工种植的桃园了。

汉朝时期，桃子通过丝绸之路传播到了西方，慢慢在世界各地“生根发芽”。

诗经知文化

乐舞是怎么来的?

《园有桃》中，悲伤的主人公“歌且谣”，用歌声表达自己的心情，这可以说是一种最天然的抒情方式了。

在文字还没诞生的远古时代，先民们无法用文章、诗歌来抒发情感，只能跟随天然的感觉，用朴实的歌唱和舞蹈来表达心情。比如，先民们收获了猎物、一起劳动、交流感情时，都会兴高采烈地唱着有规律的歌谣，并且手舞足蹈地蹦跳，这就是乐舞的起源。

原始社会的乐舞最早产生于先民们的生产生活，后来，他们迷信“鬼神”，开始进行有意识地祭祀，并表演乐舞“取悦”鬼神。像《大韶》《六代舞》等乐舞都和祭祀有关。

诗经讲历史

没有存在感的魏国

《园有桃》来自“魏风”。历史上有很多叫“魏”的国家，比如战国时期的七雄之一魏国、东汉末年曹操奠基的魏国、南北朝时期鲜卑族拓跋氏建立的北魏等。早在西周时期，周天子的手下也有一个叫“魏”的诸侯国。

西周早期，周成王把一个亲戚封到了今天山西省的境内，诸侯国“魏国”就这样诞生了。魏国的面积一直很小，没什么存在感。几百年过去了，魏国从西周初期一直顺风顺水“活”到了春秋时期。强大的晋国瞄上了弱小的邻居——魏国，魏国的“好运”就这样终结了！公元前 661 年，晋献公开疆拓土，吞并了魏国。为了奖励功臣，他把原来魏国的土地封给了手下毕万。

陟岵

陟彼岵兮[①]，瞻望父兮。父曰[②]：“嗟！予子行役，夙夜无已。上慎旃哉[③]，犹来无止！”

陟彼屺兮[④]，瞻望母兮。母曰：“嗟！予季行役，夙夜无寐。上慎旃哉，犹来无弃！”

陟彼冈兮，瞻望兄兮。兄曰：“嗟！予弟行役，夙夜必偕[⑤]。上慎旃哉，犹来无死！”

注释

①陟（zhì）：登上。岵（hù）：有草木的山。

②父曰：诗人想象他父亲说的话。下文“母曰”“兄曰”同理。

③上：通“尚”，希望。旃（zhān）：助词。④屺（qǐ）：无草木的山。⑤偕（xié）：俱，在一起。

译文

登临青葱的山冈，远远把我父亲望。我父似乎对我讲：“我的儿子服役忙，早晚不停真紧张。可要保重身体呀，归来莫要留远方！”

登临荒凉的山冈，远远把我母亲望。我母似乎对我讲：“我的小儿服役忙，没日没夜睡不香。可要保重身体呀，归来莫要将我忘！”

登临高高的山冈，远远把我哥哥望。我哥似乎对我讲：“我的兄弟服役忙，白天黑夜一个样。可要保重身体呀，归来莫要死他乡！”

眺望故乡

西周时期，各诸侯国的百姓都要服徭役，魏国也不例外。就在这一年，按照惯例，一位名叫陆原的年轻农夫要和同村的百姓一起去边境服徭役。

虽然家里人百般不舍，可是不敢违抗官府的命令。于是，陆原只好背上简单的行李，和同村人一起出发了。

经过一段日子的行走，陆原来到魏国的边境。他非常想念远方的亲人。这天傍晚放工后，陆原连饭也顾不上吃，就拖着疲惫的身体登上附近一座草木茂盛的高山，站在山顶眺望故乡。

这时，他仿佛听到父亲的声音：“唉！我苦命的儿子在远方服役，从早到晚不停地干活，多辛苦啊！希望他能保重自己的身体，早早回到家乡！”

他仿佛又听到了母亲的声音：“唉！我最疼爱的小儿子在远方服役，日夜操劳，都没有休息的时间！希望他能好好照顾自己的身体，早早回到家乡！”

他仿佛还听到了哥哥的声音：“唉！**予弟行役，夙夜必偕。**希望我的弟弟能好好珍重自己的身体，早日回家，不要累死在他乡！”

“父亲、母亲、哥哥！你们也来这里了吗？”陆原激动不已，四处搜寻。不过四下一片寂静，没有一个人，原来是他出现了幻觉！

虽然是幻觉，但陆原的心得到了一丝慰藉，他收起自己对家乡的思念之情，下山回营地了。

这天晚上，陆原做了一个长长的梦。在梦里，他长出了一对翅膀，飞回了自己的家乡。

诗经懂博物

山是怎么形成的？

在《陟岵》中，“岵”“屺”“冈”都是各种各样的山。中国的名山大川数不胜数，但你有没有想过，这些山是怎么形成的呢？

山的形成其实跟地壳运动有关系。要知道，我们脚下的陆地由六大板块组成，处于一种“支离破碎”的情况。各大板块在地球表面“浮动”，一不小心，相邻的板块撞在一起，相撞的边缘相互挤压，慢慢向上“拱”了起来。这就是山的诞生。

随着板块的挤压，山会变得越来越高。现在你能看到的很多山脉，都是这样形成的。

诗经知文化

什么样的人会去服徭役？

在前面我们说过，徭役包括兵役、劳役、杂役等，那么古代什么样的人会被要求服徭役呢？

事实上，古代王朝对服役人员是有一定要求的。比如，服役的都是平民阶层；服役人员的年龄有明确规定，像汉朝，就要求 20 岁到 56 岁之间的青壮年服役；如果身体有残疾，像眼盲、断手断脚这种情况，有些时候也可以减免徭役。

另外，有钱的家庭可以掏钱雇佣别人代替自己服役，或者直接捐钱给官府而免除徭役。

诗经学考点

悲苦的行役诗

行役诗是一种特殊的诗歌题材。古代徭役制度严苛，导致许多人远离亲人和故乡去服徭役。这些人一方面思念故乡、家人，一方面感怀自身的苦难遭遇，就用诗歌的形式抒发情绪，具有很浓厚的悲剧色彩。

《陟岵》被称为“千古羁旅行役诗之祖”，最主要的创举是把幻想的情境与思想情感相结合，以这种特别的方法抒发了作者的感情，对后世文学创作影响深远。

十亩之间兮，桑者闲闲兮[①]。行与子还兮[②]。

十亩之外兮，桑者泄泄兮[③]。行与子逝兮[④]。

注释

①桑者：采桑的人。闲闲：悠闲、从容的样子。②行：走。
③泄（yì）泄：人多的样子。④逝：返回。

译文

十亩之内的桑园，采桑姑娘多悠闲。唱着歌儿把家还。

十亩之外的桑园，采桑姑娘结成伴。唱着歌儿往家返。

采桑叶的姑娘

西周时期，魏国有很多百姓养蚕，家家户户都有桑园。桑园连成一大片，翠绿翠绿的，远远看去非常壮观。

有位叫赵娥的姑娘，家里养着很多蚕，也有大片桑园。这天下午，赵娥和村里的姑娘们背着背篓到桑园采摘桑叶。

高大的桑树上长满了片片肥厚、碧绿的桑叶，一阵微风吹过，桑叶发出“沙沙”的声音。几只鸟儿在桑园里飞来飞去，发出“啾啾”的叫声，仿佛在呼朋引伴。

有的姑娘在树下采摘桑叶，有的挽起袖子，灵巧地爬上了桑树，采摘高处的桑叶。桑园里传来姑娘们的阵阵说笑声。

太阳慢慢西落，田野里的大路上，小孩儿赶着牛羊往回走，远处村里的炊烟袅袅升起。

天色不早了，姑娘们互相招呼着回家。她们背着桑叶，在暮色中说说笑笑。

这时，赵娥的父亲也从田里劳作归来，他听到了她们的说笑声，顿时感到浑身的疲惫都消失了。赵娥的父亲不禁吟道：“**十亩之外兮，桑者泄泄兮。行与子逝兮。**这样的田园生活，其实挺好的。”

只要有一双发现美好的眼睛，就会看到生活中处处都是美好的事情。

诗经懂博物

为什么蚕宝宝爱吃桑叶?

中国是桑蚕文化的发源地，早在几千年前就开始成规模地种桑养蚕。自古以来，桑和蚕都“紧紧绑定”，你知道这是为什么吗?

所谓“萝卜青菜，各有所爱”，人有人爱吃的东西，昆虫也有昆虫爱吃的东西，像蚕宝宝就对桑叶“情有独钟”。科学家经过研究发现，蚕宝宝喜欢吃桑叶是由它们的基因决定的。在蚕宝宝的基因里，有许多“嗅觉受体”和“味觉受体”，这就使得蚕宝宝的嗅觉与味觉特别敏感，能尝出不同的树叶。而在众多树叶中，蚕宝宝最喜欢桑叶的味道，这也就决定了它们的“食谱”。

诗经知文化

诗篇里的采桑女

中国桑蚕文化源远流长，而关于“采桑女”的形象在古今文学创作里十分常见。《十亩之间》讲述的就是采桑女在田间愉快劳动的情景。此外，比较经典的“采桑女”形象还出现在汉代诗歌《陌上桑》中。

《陌上桑》是汉代的一首乐府诗，作者在诗歌中塑造了一个经典的采桑女形象——秦罗敷。诗歌里的秦罗敷貌美如花，结果被一位官僚觊觎，最后机智的秦罗敷用语言巧妙化解了危机。这首诗辞藻华丽、情感饱满，用比较偏向喜剧风格的艺术手法，描绘了秦罗敷这位智慧、美丽的采桑女，给读者留下了深刻印象。后来，人们常在作品中用“秦罗敷”指代美貌的女子。

诗经讲历史

私有土地何时出现?

自从农业诞生以来，土地成了人类赖以为生的重要资源。在夏、商、周时期，土地是属于统治阶级的，尤其是西周颁布的“井田制”，使得种田的百姓不仅要上缴沉重的赋税，还得帮统治者免费种田。

到了春秋时代,礼崩乐坏,诸侯争霸,周王室没有能力约束天下,“井田制”名存实亡，许多人开始侵吞属于别人的田产，土地私有基本成了事实。渐渐地，铁制农具出现了，生产力突飞猛进，土地兼并的现象更加严重，一些诸侯国甚至开始立法确定土地的私有化，比如晋国的“爰田制”、鲁国的“初税亩”，都确立了土地私有的合法性。

伐檀

伐檀

坎坎伐檀兮[1]，置之河之干兮，河水清且涟猗[2]。不稼不穑[3]，胡取禾三百廛兮[4]？

不狩不猎[5]，胡瞻尔庭有县貆兮[6]？彼君子兮，不素餐兮！

坎坎伐辐兮[7]，置之河之侧兮，河水清且直猗。不稼不穑，胡取禾三百亿兮？

不狩不猎，胡瞻尔庭有县特兮？彼君子兮，不素食兮！

坎坎伐轮兮，置之河之漘兮[8]，河水清且沦猗[9]。不稼不穑，胡取禾三百囷兮[10]？

不狩不猎，胡瞻尔庭有县鹑兮[11]？彼君子兮，不素飧兮[12]！

注释

①坎（kǎn）坎：伐木声。檀（tán）：树名。

②涟（lián）：水面的波纹。猗（yī）：语气助词。

③稼（jià）：播种。穑（sè）：收获。 ④三百廛（chán）：三百户农家所交的税。

⑤狩（shòu）：冬猎。⑥县（xuán）：同“悬”，悬挂。 貆（huán）：猪獾。

⑦辐（fú）：车轮上的辐条。⑧漘（chún）：水边。⑨沦：小波纹。

⑩囷（qūn）：圆形的谷仓。⑪鹑（chún）：鹌鹑。⑫飧（sūn）：这里指吃饭。

译文

砍伐檀树声“坎坎”，砍倒放置在河边，河水清清涟漪泛。不播种来不收割，粮食为何往家搬？不冬狩来不夜猎，为何庭院猪獾悬？富贵老爷贵公子，只会坐等吃闲饭！

砍伐檀树做车辐，砍倒放置河畔处，河水清清平又直。不播种来不收割，谷物为何往家搬？不冬狩来不夜猎，为何庭院猎物悬？富贵老爷贵公子，只会坐等吃闲饭！

砍伐檀树做车轮，砍倒放在河边屯，河水清清泛波纹。不播种来不收割，为何粮食要独吞？不冬狩来不夜猎，为何庭院挂鹌鹑？富贵老爷贵公子，只会坐等吃闲饭！

伐木的仆人

西周时期，魏国境内生长着许多檀树，一些贵族常用这些檀树来做家具和马车。

有一个名叫孙起的人，他是附近有名的木匠，也是一个贵族的仆人。

孙起的主人要制作一辆新马车。天还没亮，孙起和其他仆人就带着锯子和斧子到森林砍伐檀树。斧子砍在树上，发出“砰砰”的声音，树上的鸟儿被惊得飞起来，在他们的头上盘旋着、鸣叫着。

一棵棵高大的檀树被伐倒，堆放在河边，它们将被做成车轮，或做成辐条。

仆人们累得筋疲力竭，而他们的主人则什么活儿也不用干，在家里舒舒服服地坐享其成。

中午了，累得筋疲力竭的仆人们坐在河边，一边吃着干粮，一边看着清澈的水面上荡起的波纹。

疲惫不堪的孙起叹了一口气说：“我们的老爷从不播种也不收割，为什么收获的庄稼都要往他家里搬呀？我们的老爷从来不打猎，为什么他的庭院里挂满了猪和獾这些猎物呀？”

“对呀！这到底是为什么呀？”其他仆人一听孙起这么说，顿时满肚子的怨气。

“**彼君子兮，不素飧兮！**这些贵族老爷们，什么活儿也不干，总是不劳而获！”孙起的一番话，引得仆人纷纷咒骂起了懒惰、作威作福的贵族老爷。

不劳而获的人，是不会得到别人尊重的。

诗经懂博物

“伐”的是什么“檀”？

《伐檀》里多次提到了“檀”，结合语境，我们可以得知“檀”是一种树木，但是它到底是什么树呢？

根据《中国植物志》的考证，《伐檀》中的“檀”指的是“青檀”。檀树明明有那么多种类，为什么只“伐”青檀呢？我们知道，《诗经·国风》是按照先秦时期的各个国别，对各地民歌进行收录的，主要涉及的地域范围是黄河流域和江汉流域。在这个范围内，适合生长的檀树种类只有青檀和黄檀。而《伐檀》出自《魏风》，而魏故地在今山西芮城东北。根据《中国植物志》记录，这一带不产黄檀，那么正确答案也就是青檀了。

诗经知文化

奴隶是怎么出现的？

中国的奴隶制从夏朝建立开始，在公元前476年（春秋时期）结束。在那段时期，奴隶是社会上的主要劳动力。那么，你知道奴隶是怎么来的吗？

奴隶的来源有很多。比如在部落与部落的战争中，如果一方战败，战俘就会被战胜方“缴获”，从而沦为奴隶。国家建立后，统治者会制定法律，如果有人触犯法律，那么就有可能被罚做奴隶；有时平民破产后为了活下去，也会“自卖为奴”，把自己抵押给权贵。在奴隶社会，奴隶是可以被售卖的“商品”，没有丝毫作为人的尊严，生活得非常凄惨。

诗经学考点

意义相反的反义词

反义词并不是现代汉语所独有的，比如对和错、正和反、真和假、亮和暗等，在古代的文言文里，我们也可以看到反义词。

在《伐檀》中有“不稼不穑”的诗句，其中“稼”与“穑”就是一对反义词，“稼”指播种，“穑”指收获。

另外，在文言文中，还有一组很有意思的反义词——“籴”和“粜”。单从字形上就能判断出它们的意思，“籴”由“入、米”组成，意思是买入粮食；“粜”由“出、米”组成，意思是卖出粮食。

硕鼠

硕鼠硕鼠，无食我黍！三岁贯女[①]，莫我肯顾。逝将去女[②]，适彼乐土。乐土乐土，爰得我所[③]。

硕鼠硕鼠，无食我麦！三岁贯女，莫我肯德[④]。逝将去女，适彼乐国。乐国乐国，爰得我直。

硕鼠硕鼠，无食我苗！三岁贯女，莫我肯劳[⑤]。逝将去女，适彼乐郊。乐郊乐郊，谁之永号[⑥]？

注释

①贯：“宦”的假借字，侍奉、养活的意思。②逝：通“誓”，发誓。
③爰：于是，就。④德：感激。⑤劳：慰劳。⑥永号：长叹。

译文

大田鼠呀大田鼠，不要吃我种的黍！这么多年伺候你，你却不曾将我顾。如今发誓摆脱你，去那乐土享幸福。美好快乐的乐土，才是我的好去处。

大田鼠呀大田鼠，不要吃我种的麦！这么多年伺候你，不闻不问不感谢。如今发誓摆脱你，去那乐国享自在。美好快乐的乐国，劳动报酬自己收。

大田鼠呀大田鼠，不要吃我种的苗！这么多年伺候你，你却不管我辛劳。如今发誓摆脱你，去那乐郊欢声笑。美好快乐的乐郊，谁还悲叹长呼号？

可恶的大老鼠

春秋初期，魏国国力衰弱，国库亏空。国君对国内的一些制度进行改革，还特别提出，要增加农民的税收。这让农民的负担更重了，尤其是在有天灾的年份。

有一年，魏国大旱，庄稼的产量下降了不少，可是官府收的税没有丝毫减少，使得百姓一片怨声。有些百姓跑到官府去抗议，却被衙役不分青红皂白地抓走了！

魏国有一个叫公孙羊的书生，听说了这件事非常生气，但他也不敢公开批评官府。于是，公孙羊拍拍脑袋，想了一个办法。他从家里抓了一只大老鼠，将它关在笼子里，带到大街上。

街上的人都围了上来，问公孙羊："你带着一只大老鼠在干什么呀？"

公孙羊大声说："大老鼠呀大老鼠，你吃我种的黍和麦子，让我伺候了你这么多年，到了天灾的年份，你却对我不问不顾，我真是白养活了你呀！"

人们看到公孙羊对着一只大老鼠说话，感到十分不解："老鼠又听不懂我们人类的话，你说了也是白说呀！"

公孙羊摇了摇头，说："你们想一想，身边的哪些人也像这只可恶的大老鼠一样呢？"

人们努力思考着，忽然"啊"的一声，恍然大悟。那些官府里的人全靠农民的税收养活，却根本不顾农民的死活，不是和大老鼠一样吗！公孙羊原来是在借大老鼠讽刺他们呀！

大家忙问公孙羊："身边有这样可恶的大老鼠，我们该怎么办才好呀？"

公孙羊说："**乐国乐国，爰得我直。**我们应该逃离这里，去寻找另一片家园！"

人们听后，都很赞成公孙羊的方案。于是，他们回家收拾物品，准备逃往别国。

不知道体恤百姓的国君，必然会失去民心。

诗经懂博物

为什么老鼠总爱“啃啃啃”？

无论是在《诗经》中，还是在其他文学作品里，老鼠基本都没什么好名声。因为它们喜欢偷吃粮食，还会四处传播病菌。假如你家里有老鼠，晚上一关灯，就会听到它们“咯吱咯吱”啃木头、咬家具的声音。老鼠的嘴怎么总是停不下来，总爱“啃啃啃”呢？

老鼠属于啮齿动物，天生长着大门牙。发达的门牙给老鼠带来了不少便利，但也有一个重大缺点，就是会不停地生长。如果放任门牙不管，它们会越长越长，最终刺穿老鼠的下巴！老鼠世界又没有牙医，因此它们只能靠不断啃东西来磨牙，让门牙始终保持正常的长度。

诗经知文化

古代人怎么种田？

农业起源于原始社会，那时的先民没什么种田经验，只会随便把庄稼种子扔到地上，等待它们慢慢长出粮食。当然，这样简单粗暴的方式，使得庄稼的成活率很低，收获粮食的多少全看天意。后来，先民们学会了“刀耕火种”，就是找一片树林，把树木砍倒再放火焚烧。几天后大火熄灭，温度恢复正常，先民们就开始往铺满灰烬的地上撒种子，种植庄稼。这些灰烬就是大名鼎鼎的“草木灰”，主要成分是碳酸钾，能提高土壤肥力，让人们收获更多的粮食。

渐渐地，聪明的先民发明了许多农具，比如耒、耜、犁等，用农具翻地、种田，粮食产量更高了。就这样，在春秋战国时期，“精耕细作”逐渐代替了“刀耕火种”，中国农业雏形基本形成。

诗经学考点

《诗经》里的“比”体

《诗经》有“赋、比、兴”三种表现手法，其中《硕鼠》运用的就是“比”体。

所谓的“比”，指的是表面在说一种情况，实际上却在暗指另一种情况，和比喻相似。在《硕鼠》中，“比”这种手法就被发挥得淋漓尽致。作者表面在咒骂老鼠，实际上是在用老鼠来比喻那些可恶的统治阶级，指责他们像老鼠一样贪婪，结果养“肥”了自己，却损害底层百姓的利益。相似的诗篇还有我们之后要学的《鸱鸮》，等学过那一篇，记得回来再看一看《硕鼠》哟！

蟋蟀

蟋蟀在堂，岁聿其莫[①]。今我不乐，日月其除。无已大康，职思其居。好乐无荒，良士瞿瞿[②]。

蟋蟀在堂，岁聿其逝。今我不乐，日月其迈。无已大康，职思其外。好乐无荒，良士蹶蹶[③]。

蟋蟀在堂，役车其休[④]。今我不乐，日月其慆[⑤]。无已大康，职思其忧。好乐无荒，良士休休[⑥]。

注释

①聿（yù）：语气助词。②瞿（jù）瞿：警惕的样子。③蹶（guì）蹶：勤奋的样子。
④役车：服役出差的车子。⑤慆（tāo）：逝去。⑥休休：安闲自得的样子。

译文

冬日蟋蟀入厅堂，岁暮时节已到来。如今不快去行乐，日月光阴匆流过。行乐不能太过度，误将本职空耽误。娱乐开怀不废业，良士君子请警戒。

冬日蟋蟀入厅堂，岁暮时节已来到。如今不快去行乐，日月光阴匆流逝。行乐不能太过度，分外之事不耽误。娱乐开怀不废业，良士君子敏事务。

冬日蟋蟀入厅堂，服役车辆也要歇。如今不快去行乐，日月光阴不停留。行乐不能太过度，国家大事让人愁。娱乐开怀不废业，良士君子乐悠悠。

捉蟋蟀的少年

春秋时期，晋国一位官员的儿子名叫唐钟。眼看唐钟到读书识字的年龄了，可他觉得读书太枯燥，总是对父母说："不急不急，反正我的年龄不大，等到明年再慢慢读书也不迟。"说完，唐钟就跑到外面，和一群小伙伴玩游戏去了。

秋天，唐钟家的庭院里成了蟋蟀的"大本营"，它们从早到晚不知疲倦地"唧唧——唧唧——"地叫着。唐钟和小伙伴们可乐坏了，他们每天趴在草丛里、岩缝旁，忙着捉蟋蟀，你捉一只，我捉一只，好不开心！

很快，秋天就要结束了，气温越来越低，庭院的石阶上开始爬上白色的霜花。一天早上，正当唐钟的母亲在家里绣花时，一只蟋蟀跳进了堂屋，钻到了柱子底下的缝隙中。

唐钟的母亲忽然意识到，一年又要结束了，可是自己的儿子依旧每天玩耍嬉闹、游手好闲。她对唐钟说："天气开始变冷，一年又要过去了，时光过得真快啊，怎么也留不住！你每天只顾着和小伙伴们嬉闹，学业完全荒废了，你可以每天早点儿读书，读完再出去玩。"

听了母亲的话后，唐钟感到很惭愧。于是，他开始认认真真地读书识字。

唐钟有一个玩伴，名叫钟南，他是一个家境很好的贵族子弟。钟南不理解唐钟为什么突然开始读书了，他对唐钟说："读书多累呀！还是去玩游戏好！"

唐钟坚决拒绝了钟南，说："我只有读完书后才出去玩！"

几年过去了，唐钟长成了一位英俊的小伙子，而且饱读诗书，被邻居们交口称赞。钟南则只顾着游手好闲，荒废了学业，大字不识一个。他后悔地对唐钟说："**好乐无荒，良士休休。**从现在起，我也要勤勉读书！"

光阴是珍贵的，我们应该珍惜光阴，好好学习。

诗经懂博物

为什么蟋蟀会叫？

蟋蟀是一种典型的昆虫，有三对足、两对翅，身体分为头、胸、腹三部分。蟋蟀没有声带，发出声音不是靠“喊”，而是全靠一双翅膀。当蟋蟀“鸣叫”时，会把翅膀竖起，朝左右分开，然后快速关闭，右翅的“发音锉”与左翅的“刮器”反复迅速摩擦之后，引起镜膜的共振，从而发出声音。不过，并不是所有蟋蟀都能发声，只有雄蟋蟀才会“鸣叫”。

诗经知文化

古老的博戏——“斗蟋蟀”

在中国古代，人们醉心于一种叫“博戏”的活动。博戏是一种特殊的游戏，主要靠赌输赢来决出胜负。博戏的种类繁多，“斗蟋蟀”就是其中很有代表性的一种。

斗蟋蟀也叫斗蛐蛐，是将两只雄性蟋蟀放到容器里，驱使它们互相争斗，以此供人下注。雄蟋蟀的性格暴躁，经常会为了争夺地盘和配偶打得你死我活。古人正是发现了雄蟋蟀这种习性，才发明了这种特殊的博戏。蟋蟀主要在秋季活动，所以通常斗蟋蟀只在秋季举行。

诗经学考点

什么是“述怀”？

所谓“述怀”，就是“陈述情怀，表达志向”的意思。所谓“述怀诗”，就是表达作者情怀、志向的诗歌。从内容上来看，述怀诗可以划分为托物言志、感怀身世、针砭时事等几大方面。

《蟋蟀》就是一首经典的述怀诗，作者在年末的冬天里看到了屋中的蟋蟀，从而联想到时光匆匆、人生易老，产生了要珍惜时间、享受人生的想法。

绸缪

绸缪束薪[1]，三星在天。今夕何夕，见此良人[2]？

子兮子兮，如此良人何？

绸缪束刍[3]，三星在隅[4]。今夕何夕，见此邂逅[5]？

子兮子兮，如此邂逅何？

绸缪束楚，三星在户。今夕何夕，见此粲者[6]？

子兮子兮，如此粲者何？

注释

①绸缪（chóu móu）：紧密缠绕的样子。②良人：丈夫。

③刍（chú）：草料。④隅（yú）：指天的东南角。

⑤邂逅（xiè hòu）：不期而遇。

⑥粲（càn）：漂亮的人，指新娘。

译文

一捆柴火扎得紧，三星高挂亮晶晶。今夜究竟是何夜，能和这样好人见？就让我来问问你，将这好人怎么办？

一捆草料扎得多，东南三星正闪烁。今夜究竟是何夜，能和心上人儿见？就让我来问问你，如此良辰怎么过？

一束荆条紧紧捆，三星光辉照进门。今夜究竟是何夜，能和如此美人见？就让我来问问你，将这美人怎么办？

热闹的婚礼

春秋时期，晋国有一位叫智伯果的年轻商人。

有一天，智伯果收到一封好友的来信，原来是这位好友要结婚了，邀请智伯果参加他的婚礼。

智伯果高兴地接受了邀请，并准备了丰厚的新婚贺礼。到了朋友结婚这天，智伯果来到朋友家里喝喜酒，新人的婚礼非常热闹。

太阳落山，夜幕降临，天黑了下来，夜空中的星星出现了，人们找来干柴草，将它们扎成一捆捆火把。

洞房里挤满了新郎、新娘的亲友，笑声不断。有人开始起哄："新郎新娘，大家要问问你们，今晚的良辰你们打算怎么过呀？"

"对呀！请新郎新娘回答，你们打算怎么过呀？"其他朋友跟着起哄，哈哈大笑了起来。新郎和新娘害羞地低下了头。

智伯果也大声说："**子兮子兮，如此粲者何？**快快回答我们呀！"众人听了哄堂大笑。

接下来，朋友们让新郎给大家表演舞蹈和唱歌。新郎滑稽的舞姿和跑调的歌声，引来哈哈大笑。

不知不觉已经到了深夜，天上的星星不停地闪呀闪。时候不早了，智伯果和朋友们陆续离开。

早已疲惫不堪的新郎和新娘终于"解脱"了，愉快地进入了梦乡。

诗经懂博物

古代是怎么确定方位的？

《绸缪》里有很多代表方位的词汇，比如“在隅”“在户”。在古诗文中，有很多跟方位有关的词语，比如文左武右、山水阴阳之类。有人可能搞不懂，“左右”“阴阳”是什么方位呢？举个例子，“文左武右”就是以面南背北而坐的皇帝为中心，皇帝左手边（东边）是文官，右手边（西边）是武官；而“阴阳”方位则是遵循“山南水北为阳，山北水南为阴”。

诗经知文化

为什么“薪”代表男女婚事？

“薪”的本义是柴火、柴薪，而在《绸缪》中，“绸缪束薪”的“薪”字被认为与男女婚姻有关系，这是为什么呢？根据考古学家的研究，“薪”在汉代跟婚姻有关。在“聘礼三十物”中，就包括石柏、女贞树这类“薪”，这个习俗应该是从先秦时期继承过来的。

同样，在《南山》中，也有“析薪如之何？匪斧不克。取妻如之何？匪媒不得”的诗句，同样证明“薪”与婚事有关。

诗经讲历史

唐国和晋国的关系

在周公旦辅政时期，曾经消灭了在今天山西一带的古唐国。年幼的周成王“桐叶封弟”，将弟弟叔虞分封到古唐国的地盘上。因此，叔虞也被称为“唐叔虞”。后来，唐叔虞去世，他的儿子姬燮继位，把自家封国的名字改成了晋，姬燮也被称为“晋侯燮”。

晋国在先秦时的历史地位非常重要。在西周灭亡后，晋国飞快崛起，成为中原霸主，在春秋诸国中的存在感极强。不过由于晋国后期“不给力”，国君常年倚重卿大夫，结果导致国君大权旁落，最后被韩、赵、魏三家卿大夫瓜分了。

鸨羽

鸨羽

肃肃鸨羽[①]，集于苞栩[②]。王事靡盬[③]，不能蓺稷黍[④]，父母何怙[⑤]？悠悠苍天，曷其有所[⑥]？

肃肃鸨翼，集于苞棘。王事靡盬，不能蓺黍稷，父母何食？悠悠苍天，曷其有极？

肃肃鸨行[⑦]，集于苞桑。王事靡盬，不能蓺稻粱，父母何尝？悠悠苍天，曷其有常？

注释

①鸨（bǎo）：即野雁。②栩（xǔ）：栎树。③靡盬（gǔ）：没有休止。
④蓺（yì）：种植。⑤怙（hù）：依靠。⑥曷（hé）：何时。所：住所。
⑦行（háng）：原意指翅根，引申为鸟翅。

译文

野雁扇动着翅膀，成群落在栎树上。王家徭役无休止，不能回家种黍粮，我的父母怎么养？悠悠荡荡天在上，何时才能返家乡？

野雁扑腾着翅膀，成群落在棘树上。王家徭役无休止，不能回家种稷粮，我的父母吃什么？悠悠荡荡天在上，徭役到底有多长？

野雁振动着翅膀，成群落在桑树上。王家徭役无休止，不能回家种稻粱，岂不饿坏爹和娘？悠悠荡荡天在上，日子何时能正常？

服徭役的役夫

春秋时期，晋国有一段时间经常发生内乱，战火不断，再加上繁重的徭役，百姓苦不堪言。

有位叫潘成叔的农夫，父母年迈，妻子体弱多病，两个孩子尚且年幼，一家人生活的重担全落在了他身上。有一天，潘成叔不幸被官府选中，拉去服徭役了。

潘成叔每天都有干不完的活儿。有一天，他干活儿时，看到一群本来生活在水里的大鸨竟然“扑棱棱”地飞到柞树上，有几只飞到了酸枣树上。

这一场景忽然勾起了潘成叔对家人的思念。公家的徭役没完没了，自己不能回家种地，一家人靠什么生活下去呀？潘成叔抬头望着天空，在心里默默地祈求：“老天爷啊，我什么时候才能返回家里，种地干活儿，养活家人呀？”

正当潘成叔走神儿时，一个监工走了过来，狠狠地在他身上抽了一鞭子，并骂道：“让你偷懒！”

潘成叔赶紧低头继续干活儿。

过了一会儿，监工去树下乘凉了，旁边一位男子问潘成叔：“刚才你怎么了？是不是生病了呀？”

潘成叔叹了口气说：“**悠悠苍天，曷其有常？**家里的农活儿没人干，家里的亲人没人养活。我什么时候才能回到家里呀？”

其他役夫听了，也都伤心了起来。

诗经懂博物

为什么鸟会飞？

在飞机发明前，人类一直都有“飞行梦”。很多人想：要是我也能像鸟儿一样有一对翅膀，那该多好呀！

其实，鸟儿能飞靠的不仅仅是翅膀！鸟类的整个身体都是为飞行“定制”的。鸟类胸部的肌肉非常发达，可以轻松地牵动翅膀高速扇动，产生足够支持飞行的“能量”。鸟体内的骨骼大部分都是中空的，十分轻盈。不仅如此，鸟类没有存储排泄物的器官，因此常常会一边飞行一边排泄，随时随地保持身体的轻巧。

诗经知文化

“天”在古代的意义

在科技不发达的古代，天空对人类来说遥不可及，非常神秘，因此人们对“天”充满敬畏。

远古时代，人认为天能主宰万物，于是把天“人格具象化”，变成一种宗教性的神灵，称为“皇天”“老天爷”。在西周时期，统治者自称“天子”，认为自己是天的儿子，以此拥有“万人之上”的地位。到了春秋战国时期，各种思想碰撞，各个学派“争鸣”。其中，儒家的荀子提出“天行有常，不为尧存，不为桀亡”，认为天只是一种普通的自然事物，有自己的运行规律，并不像人们想象的那么神秘。

诗经学考点

讲究的抑扬顿挫

“抑扬顿挫”是一个成语，指的是声音的大小起伏，以及其中的停顿、转折。“抑扬顿挫”中，每个字都有不同的含义，“抑”是压低声音，“扬”是提高声调，“顿”是语气停顿，“挫”是语调转折。用这个方法朗读古文与古诗，能充分体验其中的韵律之美。

《鸨羽》全篇合辙押韵，用抑扬顿挫的方法朗读，能最大限度地展现它的美感。整篇文字以不急不缓的节奏缓缓道来，在行文间透露出作者的情感。

葛生

葛生蒙楚，蔹蔓于野[1]。予美亡此[2]，谁与？独处。

葛生蒙棘，蔹蔓于域[3]。予美亡此，谁与？独息。

角枕粲兮[4]，锦衾烂兮[5]。予美亡此，谁与？独旦。

夏之日，冬之夜。百岁之后，归于其居。

冬之夜，夏之日。百岁之后，归于其室。

注释

①蔹（liǎn）：俗称野葡萄。②予美：指作者的亡夫。③域：坟地。

④角枕：用牛角做的枕头。死者所用。⑤锦衾：用锦做的被褥。死者所用。

译文

葛藤覆盖黄荆上，野生葡萄蔓延长。亲爱的人长眠此，谁能陪他？独自一人。

葛藤覆盖棘树上，野生葡萄坟地旁。亲爱的人埋葬此，谁能陪他？独自安息。

头下角枕光灿灿，锦被耀眼盖身上。亲爱的人葬在此，谁能陪他？独自到天亮。

夏天白日长，冬季夜荒凉。等我化为一抔土，与你墓中诉衷肠。

冬季黑夜冷，夏天日悠长。等我化为一抔土，从此常伴你身旁。

丈夫坟前的思念

春秋时期，晋国有位叫姬文的女子，与丈夫琴瑟和鸣、恩爱有加。

天有不测风云。姬文的丈夫突然生病去世了。在下葬前，姬文给丈夫枕上了光鲜的角枕，盖上了华丽的锦被，可是他再也醒不过来了。

自从丈夫去世后，姬文的心里空荡荡的，每一天都是那样的漫长，每一个夜晚都是一种煎熬。从前和丈夫在一起的美好日子总是浮现在姬文的脑海里。

有一天晚上，姬文梦到了丈夫，他们还像以前一样，幸福快乐地生活在一起。半夜梦醒后，姬文伤心的泪水打湿了枕头。

第二天早上，姬文来到了丈夫的坟前。坟堆边长满了长长的葛藤，葛藤覆盖着一大片牡荆灌木和酸枣树，几只落在树上的乌鸦“呀——呀——”地叫着。

姬文伤心地哭了起来，她说：“我亲爱的丈夫呀，你埋葬在这里，谁能陪伴你呀？现在你没有了气息与感觉，我却一个人活着，备受煎熬。”

天色不早了，姬文将带来的水果、糕点放在坟前，说：“**百岁之后，归于其室。**终有一天，我们会再次相聚的。”

诗经懂博物

有刺的酸枣

《葛生》有“葛生蒙棘”的句子，你知道这里的“棘”是什么吗？答案是：酸枣。

酸枣是枣树的变种，是中国的传统植物。酸枣最大的特点就是枝条各处长满了刺，这是为什么呢？因为酸枣有着美味的果实，因此被很多食草动物、杂食动物“惦记”，枝叶总是被咬得支离破碎。酸枣为了避免果实被掠食，在演化过程中衍生出自我保护机制——刺。锋利的刺能够刺痛动物的嘴唇和舌头，让它们望而却步，酸枣因此得以繁衍生息。

诗经知文化

为什么古人要放陪葬品？

早在远古社会，人类就有了土葬的习俗。后来，一些人开始将逝者生前喜欢的东西放入墓穴中，比如生活用具、金银财宝、宠物，甚至奴隶。这就是“陪葬”习俗的开始。

古代的一些权贵阶级很富裕，财富直到死也用不完。社会上又流行“事死如事生，事亡如事存”的思想，迷信墓穴是墓主人在另一个世界的居所，因此会往坟墓里放很多陪葬品，希望其死后也能过上同生前一样的生活。通过古人坟墓的规格，陪葬品的多寡与样式，可以基本判断出此人生前的阶级地位。

诗经回忆录

《葛生》是《诗经》中一首悼念已逝的亲人的诗，仔细回忆一下，我们在之前，是不是也学过类似的一首呢？

没错，那就是《绿衣》。不同的是，《葛生》是妻子悼念去世丈夫的诗作，而《绿衣》，则是丈夫怀念死去妻子的诗作。不过其中的情感是相同的，都是表达对于亡者深深的思念。

驷驖

驷驖孔阜[①]，六辔在手[②]。公之媚子，从公于狩。

奉时辰牡，辰牡孔硕。公曰左之，舍拔则获。

游于北园，四马既闲。輶车鸾镳[③]，载猃歇骄[④]。

注释

①驖（tiě）：红黑色的马。阜（fù）：高大、强壮。②六辔（pèi）：六条马缰绳。
③輶（yóu）车：一种轻便的车。镳（biāo）：马嚼子。④猃（xiǎn）：长嘴狗。

译文

四匹好马毛色黑，六根缰绳手里垂。襄公最爱的公子，随公狩猎走一回。

苑官赶出大公兽，壮硕群兽遍地走。襄公吩咐朝左射，放箭直贯兽咽喉。

狩猎归来游北园，四马轻松好悠闲。车铃悠扬“叮当”响，车载猎犬歇息闲。

秦襄公打猎

春秋时期，秦国有一位贤明的国君——秦襄公。在他的治理下，秦国国力强盛，百姓安居乐业。

秦襄公平时喜欢打猎，他的马车上套着四匹红黑色的骏马，每匹骏马都高大强壮。

这天一大早，秦襄公又要去打猎了。四匹红黑色的骏马拉着马车跑在最前面，车夫边拉缰绳边不停地喊着“驾——驾——”。马车上坐着秦襄公和他最宠爱的小儿子，他们这次要去北猎场打猎。

到了目的地后，负责圈养禽兽的苑官连忙放出提前准备好的野兽，受惊的野兽四下逃散。几条猎狗朝野兽逃跑的方向追了上去，一条跑在最前面的猎狗在一只獐子的后腿上咬了一口，獐子痛得大吼一声。

车夫驾着马车紧追不舍，随从从周围包抄野兽，包围圈越来越小。

只听得“嗖——嗖——”几声，几支箭射了出去，野鹿、兔子等应声倒下。猎狗围上去，朝着猎物叫个不停。随从将猎物搭在了马上。

公子对秦襄公说：“**輶车鸾镳，载猃歇骄。**这样游北园，悠闲而有趣。”秦襄公点了点头，说：“你一定要刻苦练习武艺，下次我们就能一起打猎了。”

诗经懂博物

古代的远攻利器——弓箭

在原始社会，人们为了方便捕捉猎物、对抗野兽，发明了一种杀伤力很强的远程武器——弓箭。这样不仅避免近距离与野兽搏斗，还大大提升了狩猎的效率。

最早的弓箭很简单，弓只是一根简易的树棍或者竹竿，弓弦是用动物毛发或者植物的藤做成的，箭就是削尖的木棍或竹竿。后来，人们把石片、骨头打磨成锋利的形状，镶在箭矢一端，作为箭镞。从那以后，弓箭的威力有了大幅度提升。

诗经知文化

不同的季节，打不一样的猎

《驷驖》中描述的是秦国贵族狩猎的盛景。可是你知道吗，狩猎时选择的季节不一样，不光叫法不同，就连打猎的形式、目标也有区别。

《左传》提到："故春蒐夏苗，秋狝冬狩。"意思是把一年四季的狩猎活动分别称为春蒐、夏苗、秋狝、冬狩。其中，"春蒐"指的是在春天狩猎没有生育后代的野兽；"夏苗"指在庄稼生长的夏季，猎杀那些会威胁农作物的野兽；"秋狝"指秋天捕猎伤害家畜的野兽；"冬狩"指冬天围猎遇到的所有野兽，不进行区分。

诗经讲历史

从马夫到诸侯的崛起

相传，秦国的祖先可以追溯到商朝的名将飞廉、恶来父子，他们的后人常年定居在西方，称为"秦人"。周孝王时期，一个叫秦非子的秦人因为很会养马，立了大功。要知道，在冷兵器时代，战马是重要的战争资源，把马养好是很厉害的一门手艺。秦非子很快得到了周天子的赏识，从普通的"马夫"一跃成为周朝的官员序列。

但这时的秦国还不是诸侯国，只是周朝的普通附庸。西周灭亡后，秦襄公千里迢迢护送周平王"搬家"，又一次立功，被正式册封为诸侯。之后的岁月里，秦国一直用心经营封地，与西方的戎狄不断战斗，在血与火的淬炼中慢慢强大起来。

蒹葭

蒹葭

蒹葭苍苍[①]，白露为霜。所谓伊人，在水一方。溯洄从之[②]，道阻且长。溯游从之，宛在水中央。

蒹葭凄凄[③]，白露未晞[④]。所谓伊人，在水之湄[⑤]。溯洄从之，道阻且跻[⑥]。溯游从之，宛在水中坻[⑦]。

蒹葭采采，白露未已。所谓伊人，在水之涘[⑧]。溯洄从之，道阻且右。溯游从之，宛在水中沚[⑨]。

注释

①蒹（jiān）：没长穗的芦苇。葭（jiā）：初生的芦苇。

②溯（sù）：沿岸边向上游。洄（huí）：逆流而上。③凄凄：通“萋萋”，茂盛的样子。

④晞（xī）：干。⑤湄（méi）：岸边。⑥跻（jī）：地势升高。

⑦坻（chí）：水中小岛。⑧涘（sì）：水边。⑨沚（zhǐ）：水中的小陆地。

译文

大片芦苇白苍苍，清晨露水结成霜。日日怀念的人儿，她就站在岸边上。

逆流而上追寻她，道路险阻又漫长。顺流而下去寻觅，她像站在水中央。

大片芦苇繁又密，清晨露水未晒干。魂牵梦萦的人儿，她就站在河对岸。

逆流而上追寻她，道路险阻难攀登。顺流而下去寻觅，她像站在水中洲。

河边芦苇连成片，清晨露水未干完。苦苦追求的人儿，她就站在河岸边。

逆流而上追寻她，道路弯曲又艰险。顺流而下去寻觅，她像站在水中滩。

河边的思念

春秋时期，秦国有一位叫范仪的诗人，他游览了许多地方。后来，范仪回到故乡秦国，住在一条名叫渭水的河边，他经常去河边散步，欣赏水里茂盛的芦苇。

一个深秋的早上，范仪来到了渭水边。渭水缓缓地向东流去，河边的芦苇丛中飞出几只野鸭，“嘎咕——嘎咕——”地叫着。天空有一群大雁，正排成“人”字向南飞去。

只见芦苇的叶子上面有许多露珠，看起来就像一片白霜。范仪长叹了一口气：自己的意中人现在又在哪儿呢？会不会也像自己一样，站在河边，思念着远方？

原来，范仪之前游览郑国时，认识了一位年轻的姑娘，这位姑娘不仅长得漂亮，而且能歌善舞，还能写一手好诗。范仪经常和姑娘一起讨论关于写诗的话题，时间一久，他就对姑娘产生了爱慕之情。

可姑娘不愿离开郑国的亲人，而范仪秦国的家里也有年迈的母亲需要照顾，就这样，范仪告别了他爱慕的姑娘，独自一个人回到了秦国。

辽阔的渭水茫茫一片，范仪想逆流而上去寻找爱慕的姑娘，可这条道路一定非常艰险又漫长；范仪想顺流而下去寻找爱慕的姑娘，他仿佛看到姑娘就站在水中央。

看到范仪一副失魂落魄的样子，一位路过的牧羊人问他：“公子是在想念什么人吗？”

范仪悲伤地说：“**所谓伊人，在水之涘。**她离这儿太远，我再也见不到她了。”

诗经懂博物

露水是怎么形成的？

清晨，植物的叶片上总有许多小水珠，好奇怪呀！明明没有下雨，这些小水珠是怎么来的呢？这些小水珠其实就是露水，它的诞生跟雨没什么关系。一般来说，前一天的傍晚，地面上的空气会因为照射不到阳光，温度慢慢降低。如果地表空气刚好很湿润的话，空气中的水汽会遇冷凝结，落在地面或者植物叶片上，形成我们所见到的露珠。

值得一提的是，古人搞不清楚露珠产生的原因，一直把它当成上天降下的“祥瑞”！

诗经知文化

蒹葭之思

《蒹葭》是一首情诗，讲的是想要追求心上人，结果求而不得。一句“蒹葭苍苍，白露为霜。所谓伊人，在水一方”被传唱了千百年，后来逐渐形成了一个词——蒹葭之思，用来形容爱人间的思恋之情。

值得一提的是，《蒹葭》出自“秦风”，而秦国地处内陆，江河水域较少，同时与戎狄交战多年，该地的诗歌风格更偏向阳刚，像《蒹葭》这样缠绵朦胧的情诗是很少见的。

诗经学考点

“六义”与“六艺”

在《诗经·大序》中，有这样一段话：“故诗有六义焉：一曰风，二曰赋，三曰比，四曰兴，五曰雅，六曰颂。”《诗经》中的“风、雅、颂、赋、比、兴”，被称为“六义”。后世文学家认为，“风、雅、颂”指的是诗歌类别，“赋、比、兴”是诗歌的表现手法。

除了《诗经》中的“六义”，在古代还有与其同音的“六艺”。“六艺”指的是周朝贵族教育里的六种本领：御、书、礼、乐、射、数，即驾车、书法、礼仪、六乐、箭术和数学。

黄鸟

黄鸟

交交黄鸟①，止于棘。谁从穆公？子车奄息。维此奄息，百夫之特。临其穴，惴惴其栗②。

彼苍者天，歼我良人！如可赎兮，人百其身！

交交黄鸟，止于桑。谁从穆公？子车仲行。维此仲行，百夫之防③。临其穴，惴惴其栗。

彼苍者天，歼我良人！如可赎兮，人百其身！

交交黄鸟，止于楚。谁从穆公？子车鍼虎。维此鍼虎，百夫之御。临其穴，惴惴其栗。

彼苍者天，歼我良人！如可赎兮，人百其身！

注释

①交交：鸟鸣声。黄鸟：即黄雀。②惴（zhuì）惴：恐惧的样子。③防：抵，相当。

译文

黄鸟鸣叫声声哀，枣树枝上停下来。谁给穆公去殉葬？子车奄息是他名。子车奄息好儿郎，百人无一比得上。临近穆公的墓穴，胆战心惊实哀伤。苍天请你开开眼，坑杀好人真不该！如若可以代他死，百人甘愿赴泉台！

黄鸟鸣叫声声哀，桑树枝上停下来。谁给穆公去殉葬？子车仲行是他名。子车仲行好儿郎，百人无一能比量。临近穆公的墓穴，胆战心惊实哀伤。苍天请你开开眼，坑杀好人真不该！如若可以代他死，百人甘愿赴泉台！

黄鸟鸣叫声声哀，荆树枝上停下来。谁给穆公去殉葬？子车鍼虎是他名。子车鍼虎好儿郎，百人无一比他强。临近穆公的墓穴，胆战心惊实哀伤。苍天请你开开眼，坑杀好人真不该！如若可以代他死，百人甘愿赴泉台！

“三良”殉葬秦穆公

秦穆公是春秋时期秦国的国君。他是一位非常有作为的人，自从继位后便重用贤臣，发奋图强，开拓疆土，让秦国越来越强大。他也成为“春秋五霸”之一。

秦穆公很爱惜人才，他的手下也有不少贤臣能将，最著名的就是子车奄息、子车仲行和子车鍼虎三兄弟。他们为秦国立下过汗马功劳，人们称他们三兄弟为“三良”。

秦穆公渐渐老了，由于“三良”都很年轻，又很有能力，所以有些官员就在秦穆公耳边“吹风”，欺骗他说：“‘三良’有可能会造反，给秦国带来灾难！”秦穆公对此很担心，于是就想了一个除掉“三良”的主意。

有一天，秦穆公召来奄息、仲行和鍼虎，与他们一起饮酒，有说有笑，其乐融融。酒喝到一半时，秦穆公突然长叹一声说：“我活着时，你们能这样侍奉我，等我死后，你们还愿意陪同我吗？”

“三良”一听国君这样说，马上跪倒在地，表示愿意永远追随秦穆公。

秦穆公问他们：“这是真的吗？”

“三良”纷纷点头：“绝无半点虚假。”

等到秦穆公临死前，真的命令“三良”为他殉葬，同时陪葬的还有一百多名秦国的杰出大臣、人才。失去“三良”和众多优秀的大臣后，百姓十分悲痛。有人作了一首叫作《黄鸟》的诗歌，来哀悼这三人，并痛斥残忍无道的殉葬制度。

百姓边哭边说：“**如可赎兮，人百其身！**如果能代‘三良’去死，我们愿意用一百人的性命来换他们的命！”

诗经懂博物

鸟是靠什么鸣叫?

《黄鸟》中的“交交黄鸟”，描述的是黄雀的叫声，用作起兴。不过，你知道鸟为什么能鸣叫吗？鸟想要发声，离不开“鸣管”的帮助。鸣管位于鸟的“气管”和“支气管”之间，由若干个软骨环及其间的鸣膜组成。当空气流经气管时，就会震动鸣膜，发出动听的声音。除此之外，鸣管里有一块“鸣肌”，能调节鸣叫声音的大小和频率，使鸟叫声更加丰富多样。

诗经知文化

残酷的殉葬制度

在古代，人们把器物、牲畜等同死者一起埋葬，这就是“殉葬”。其中最残忍的就是用活人来殉葬，即“人殉”。

在先秦时期，人殉十分常见，多见于有一定地位的贵族墓葬。被殉葬的人大多是死者的妻妾、侍从、大臣、奴隶等，有的是自愿殉葬，也有被强迫的。孔子曾提出“始作俑者，其无后乎”的主张，旗帜鲜明地反对人殉。后来，人们觉得用人殉葬的方式太残酷，于是改用陶土做成人俑，著名的兵马俑就是秦始皇的殉葬陶俑。

诗经讲历史

秦穆公制霸西方

春秋时期，秦国迎来了一位雄才大略的国君——秦穆公。与其他局限于守城的国君不一样，秦穆公对中原虎视眈眈，想混一个霸主当当。秦国东边的晋国实力强大，又与秦国接壤，秦国想要称霸，就必须打败晋国。秦穆公尝试了许多次，结果屡次碰壁，撞得“满头包”。于是，秦穆公决定挑“软柿子”捏，转头领着军队攻打西方的西戎，结果大获成功，灭国十二，开疆拓土上千里，成为称霸西方的霸主。

晨风

晨风

鴥彼晨风[①]，郁彼北林。未见君子，忧心钦钦[②]。如何如何？忘我实多！

山有苞栎[③]，隰有六驳[④]。未见君子，忧心靡乐。如何如何？忘我实多！

山有苞棣[⑤]，隰有树檖[⑥]。未见君子，忧心如醉。如何如何？忘我实多！

注释

①鴥（yù）：鸟快速飞翔的样子。晨风：鸟名。②钦钦：忧愁难忘的样子。
③栎（lì）：树名。④驳（bó）：树名。⑤棣（dì）：树名。又名常棣、郁李。
⑥檖（suì）：山梨。

译文

鹰鹞如箭展翅飞，飞入北边茂密林。我的夫君未望见，忧心忡忡意难平。
怎么办啊怎么办？他已把我忘干净！
山上栎树丛错落，洼地赤李叶斑驳。我的夫君未望见，忧心忡忡难快乐。
怎么办啊怎么办？他已把我忘掉了！
山坡长满众常棣，洼地挺立着山梨。我的夫君未望见，忧心忡忡似醉迷。
怎么办啊怎么办？他已把我全忘记！

门前的盼望

春秋时期，秦国有一位女子李姜，她的丈夫是一位基层官员。

有一年，李姜的丈夫被调到异地任职。在丈夫离家前，李姜对他一再叮嘱：“记得多回家来看我。”丈夫点了点头，就转身离开了。

时间一天天过去了，刚开始，丈夫还会不时回家探望。后来，丈夫就不再回家。李姜每天站在院门前，盼望着丈夫。

这天的傍晚时分，李姜又在院门前远望村边的大路。一只小鹞鹰从她面前快速飞过，落在了对面山坡的树林里。对面山坡上生长着茂盛的栎树，洼地里生长着成片的赤李。李姜等呀等，不知等了多久，可还是不见丈夫的影子。

李姜忧心忡忡地想：“**如何如何？忘我实多！**你知道我是多么想念你吗？你就不能回家看看吗？”

第二天的傍晚，李姜依旧在院门前眺望。对面的山坡长满了茂盛的常棣树，山坡下的洼地里是成片的山梨树。晚风吹过，树林里发出“簌簌”的声音。

李姜盼呀盼，希望能看到丈夫归来，和自己一起吃晚饭。可是直到天黑了下来，家里的饭菜都凉了，还是不见丈夫的影子。

李姜就这样日日远望，等待丈夫归来。

诗经懂博物

乌类弄丢了自己的牙齿

在《晨风》里，用来起兴的“晨风”是鹞鹰一类的猛禽，它长着尖锐的喙，以肉类为食。你可能会问：它们怎么不用牙齿吃肉呢？其实，包括猛禽在内的现代鸟类都没有牙齿。但在久远的过去，鸟也是有牙的。

鸟类的历史很久远，很多古生物学家推测，鸟类是兽脚类恐龙的后代。目前人们发掘的原始鸟类化石基本都有牙齿，比如上亿年前的黄昏鸟、燕鸟、辽宁鸟等。但随着时间的推移，鸟类的牙齿慢慢退化、消失，无齿鸟成为现代鸟类的主流。

诗经知文化

古代的酿酒技术

酒是由粮食发酵而成的，味道甘甜辛辣。在神话故事里，杜康酿造出最早的酒，因此被后人称为“酒神”。在文学作品中，也常常用“杜康”代指酒，比如“何以解忧，唯有杜康”。

早在夏朝，人们就已经掌握了酿酒技术。当时的酒主要用粮食和果蔬酿造，黍、稻、粱等都是最常用的酿酒原料。人们一般会把发霉长芽的谷物“曲蘖”掺入原料中酿酒。到了周朝，还出现了专门管理酿酒的官吏——酒正，负责给王室供给日常酒饮、器具。

诗经学考点

“败家”的秦康公

秦康公是春秋时期秦国的国君。他的父亲是鼎鼎大名的春秋五霸之一——秦穆公，母亲是从晋国来的穆姬夫人。秦穆公死后，因为秦国野蛮的人殉制度，许多为秦国做出贡献的人才都给秦穆公殉葬了，秦国的国力因此大幅度滑坡。而在这种糟糕的局势下，继位的秦康公并没有励精图治，而是沉湎享受，穷奢极欲，疏于治国理政。明明国内早已贫穷困顿，却多次跟中原霸主晋国交战，硬生生把秦穆公生前奠定的霸主基业弄“崩盘”了。此后的几百年内，秦国一直没能恢复国力。

无衣

岂曰无衣？与子同袍。王于兴师[1]，修我戈矛。与子同仇[2]！

岂曰无衣？与子同泽[3]。王于兴师，修我矛戟。与子偕作！

岂曰无衣？与子同裳[4]。王于兴师，修我甲兵。与子偕行！

注释

①兴师：起兵。②同仇：共同对敌。③泽：内衣。④裳：这里指战裙。

译文

谁说我没有衣裳？和你一同穿战袍。国君马上要起兵，修葺整理戈和矛。和你同仇又敌忾！

谁说我没有衣裳？和你一同穿汗衫。国君马上要起兵，修葺整理矛和戟。和你共同战敌寇！

谁说我没有衣裳？和你一同穿战裙。国君马上要起兵，修整铠甲和兵器。和你共同上前线！

战前动员

从西周时期开始，西边的犬戎就总是“闲不住”，时不时地前来进犯。甚至后来，他们还攻入西周的都城，杀死周幽王，导致了西周的灭亡。

到了春秋战国时期，犬戎依旧不停地骚扰中原的诸侯国。和犬戎接壤的秦国，更是成了“重灾区”，经常受到犬戎的侵扰。

随着秦国日渐强大，秦穆公决定出兵攻打犬戎，一位名叫白能武的秦国老兵跟随大军西征。

秦国大军在一座山脚下驻扎下来，准备第二天与犬戎交战。秦军中有一些新入伍的士兵，明天是他们第一次上战场，他们感到非常紧张。

白能武旁边就坐着一位新兵，他一听说明天要打仗，还没有上战场，就紧张得手心冒汗、浑身发抖，一会儿抱怨自己没有厚实的战袍可穿，一会儿又说自己的武器不够锋利。

看到战友这样，白能武马上鼓励他：“岂曰无衣？与子同袍。国君派我们上前线打仗，现在就好好修理戈与矛，明天一起奋勇杀敌！”

这位新兵受到了战友的鼓舞，马上打磨起自己的兵器来。白能武很热心，将自己多年在战场上的作战经验全告诉了新兵，新兵这才慢慢平静了下来。秦军主帅注意到了白能武的举动，很受启发，于是召开了战前动员大会，极大地鼓舞了士兵们的士气。

在第二天的战场上，两军交战，秦军的新兵与老兵并肩作战。他们勇猛无比，杀得犬戎狼狈而逃，秦军大获全胜。

诗经懂博物

古人穿什么样的甲胄?

甲胄指的是铠甲和头盔。在冷兵器时代，甲胄是重要的防护装备，堪称士兵的“防弹衣”。

据传说，甲胄是夏朝国君杼发明的，他用兽皮缝制了甲。不过，根据考古学家的推断，早在原始社会，先民们就已经穿有防御性质的甲了。后来，为了适应不同的战争环境，甲胄的材质变得丰富多样，有皮革、石、青铜、铁、布、棉等。国君或将领的盔甲上，还往往雕刻有复杂而华丽的装饰，以示威严。

诗经知文化

“秦风”与“唐风”的《无衣》

在《诗经》里有很多篇名相同的诗歌，比如“秦风”有《黄鸟》，“小雅”里也有《黄鸟》；“秦风”里有《无衣》，“唐风”里也有《无衣》。虽然名字相同，但它们的主旨和想要表达的情感却大不一样。

《唐风·无衣》的内容是这样的：“岂曰无衣？七兮。不如子之衣，安且吉兮。岂曰无衣？六兮。不如子之衣，安且燠兮。”《唐风·无衣》是一首答谢他人赠衣的诗歌，内容比较平淡；而《秦风·无衣》是一篇将士同心协力抵御外侮、保家卫国的壮烈战歌，慷慨激昂，具有英雄主义气概。

诗经学考点

“袍泽”的意义

《无衣》里有这样两句话：“岂曰无衣？与子同袍。……岂曰无衣？与子同泽。”其中，“袍”和“泽”分别指的是古代的外衣战袍和内里衬衣。这本来是两件普通的衣服，后人却赋予了它们特殊的意义。“袍”和“泽”被人们结合在一起，合并成“袍泽”一词，引申为“战友、将士”的意思。所以，只要一看到“袍泽之情”“袍泽之谊”“袍泽故旧”之类的词，一定要知道那并不是在说衣服，而是有“战友情谊”的含义。

权舆

权舆

於，我乎[①]！夏屋渠渠[②]，今也每食无余。於嗟乎！不承权舆！

於，我乎？每食四簋[③]，今也每食不饱。於嗟乎！不承权舆！

注释

①於（wū）：叹词。②夏屋：大屋子。渠渠：高大宽敞的样子。

③簋（guǐ）：古代食器。

译文

哎呀，我呀！曾经住着那广厦，如今饭菜供不足。可叹啊！生活远不如当初！

哎呀，我呀！曾经餐餐多菜肴，如今顿顿吃不饱。可怜啊！生活不如从前好！

贵族的叹息

春秋时期，秦国先后涌现出了许多贤明的国君，秦穆公便是其中一位。

秦穆公重视人才，就算是其他诸侯国不受重视的人才，他也会重用，所以吸引了不少有能力的人前来投奔，这些贤士也得到了丰厚的待遇。

这些贤士中有一位叫王松赞的贵族，他极富才华，秦穆公赏赐给他一所豪华的大房子，每天都有精美的食物。不仅如此，秦穆公还派了一些侍女照顾他的起居，王松赞的日子过得别提有多滋润了！

不过，这种奢侈的生活并没能持续多久，秦穆公去世后，他的儿子秦康公继位，从此一切都变了。秦康公根本不在乎父亲招揽的贤士们，因此极大地削减了他们的开支，王松赞的生活待遇一下子变差了很多。

现在他每天吃的都是粗茶淡饭，每顿饭只有一个菜，还见不到一点儿荤腥！厨师的烹调手艺也大打折扣，不是太咸了，就是太淡了，有时甚至连菜都炒不熟！

至于住的房子，更是让王松赞欲哭无泪。他现在被迫搬到了一间低矮的小房子里，这里从早到晚光线昏暗，夏天蚊虫成群，一到冬天更是冷得要命。原来秦穆公派来的几个侍女，也被秦康公召回去了。

王松赞手里端着难以下咽的饭菜，望着低矮破旧的房子，长叹一口气："於嗟乎！不承权舆！为什么待遇差别如此之大呢？饭菜如此难吃，这让我该怎么办才好呀！"

诗经懂博物

先秦人用什么吃饭？

吃饭时间到了！当你用碗盛着香喷喷的米饭，拿筷子夹起美味的菜肴时，有没有想过这样一个问题：古人是怎么吃饭的？

原始人吃饭没什么讲究，直接用双手拿着吃。等到后来，人们觉得用双手吃饭既不方便，也不卫生，于是发明了各种各样的“食器”。先秦时代的食器和现代区别不大，只不过款式与名字更加“古色古香”。筷子在古代叫“梜”或者“箸”，是两根细长的条状物，有竹、木、骨、青铜等多种材质；“簋”和“簠”相当于现在的盘子或者碗；“盂”和现在的罐子差不多，是用来喝水的。

诗经知文化

古人每天吃几顿饭？

现代人习惯了每天早、中、晚三餐的生活，少吃一顿就会觉得肚子空空。可你知道吗？在古代，人们每天只吃两顿饭哟！

要知道，古代的生产力不像现在这么发达，日出而作，日落而息，也就慢慢形成了“一日两餐”的习惯。古人的第一餐名叫“朝食”，一般在早上9点左右吃；第二餐叫“飧食”，一般是下午4点左右吃。如果其间饿了，还可以吃一些小吃。不过，像帝王或贵族这种富裕的人并不满足于两顿饭，一天能吃上三顿甚至四顿饭！

诗经学考点

朗诵时候用“咏叹”

咏叹是古代的一种朗诵方式，具体表现就是拉长声音歌唱、赞叹，用来强调语气、表达感情。在朗读《权舆》的过程中，就可以用上咏叹的方式，例如在读“於嗟乎”这个感叹句时，可以拉长声音，表达诗中贵族对生活今不如昔的感慨。

另外，在国外歌剧中有“咏叹调”，是专门让演唱者表达感情的独唱曲。

宛丘

宛丘

子之汤兮[①]，宛丘之上兮。洵有情兮[②]，而无望兮。

坎其击鼓，宛丘之下。无冬无夏，值其鹭羽。

坎其击缶[③]，宛丘之道。无冬无夏，值其鹭翿[④]。

注释

①汤（dàng）：通“荡”，舞动的样子。②洵：实在是。

③缶（fǒu）：古代的打击乐器。

④鹭翿（dào）：用鹭鸟羽毛制作的舞蹈道具。

译文

你的舞姿荡漾，在那宛丘之上。我对你有恋慕，但却不敢奢望。

鼓儿“咚咚”作响，舞动宛丘地上。无论寒冬炎夏，手中鹭羽飘扬。

瓦缶“当当”作响，舞动宛丘道上。无论寒冬炎夏，鹭羽戴在头上。

跳舞的巫女

春秋时期，在很多诸侯国的民间，每年都会定期举行祭祀神灵的活动。人们祈求得到神灵的保佑，期望风调雨顺、衣食无忧。

这一年，在陈国就举行了一次盛大的民间祭祀活动。人们在一座四周高耸、中间平坦的高山上，用木头搭建了一座舞台，还请了巫女来跳舞。附近的百姓听说了，纷纷跑来观看。

一位名叫田喜代的年轻男子也跟着大家一起来看热闹。只见舞台周围人山人海，大家都踮着脚往舞台上张望着。

一位年轻漂亮的巫女衣着华丽，头上戴着鸟羽做成的装饰物，慢慢走上舞台。旁边的几名男子“咚咚咚”地用力敲响了大鼓，其他几名男子则将瓦缶敲得“当当当”直响。

随着乐器的节奏，巫女开始跳舞。她挥动长袖，舞姿轻曼，在舞台上旋转、跳跃着。田喜代在台下痴痴地看着，激动的心在“怦怦”地跳着。田喜代不记得自己是第几次观看这位巫女表演了，有一次为了看她的表演，他甚至连夜冒雨，步行了十几里路。

田喜代望着巫女，心里默默地想：“洵有情兮，而无望兮。虽然我知道和你不可能成为情侣，可我还是忍不住前来观看你的表演。”

鼓点越来越快，巫女跳舞的节奏也加快了，腾跃、转体……精彩极了。下面观看的百姓纷纷鼓起掌来，不停地叫好。

一支舞跳完，巫女离开了。田喜代望着她离去的身影，心中久久不能平静。

诗经懂博物

古老的乐器

音乐诞生于蒙昧的原始社会，那时，古人开口就唱，双手、双脚以及随处可见的石头、树枝都是他们用来伴奏的乐器。后来，古人的手工水平提升，琢磨出五花八门的乐器，比如用陶土捏出来的陶盆、陶铃、陶埙等。等到了青铜时代，制造乐器的材料“更新换代”，出现了青铜铸造的编钟、磬石等。先秦时期，乐器的发展突飞猛进，种类接近 80 种。后人将西周时期的乐器，根据制造材料的不同划分为 8 种：金、石、土、革、丝、木、匏、竹，即“八音”。

诗经知文化

神秘的巫

在科学不发达的古代，人们大都非常迷信。为了与信仰里的鬼神、天地、祖先沟通，一个特殊的职业应运而生，那就是“巫”。

在原始社会，巫的地位很高，往往是一个聚落的“精神领袖”。巫需要负责的事务有很多，比如祭祀、治病、占卜、祈福等。等到国家建立后，巫的地位崇高，基本只在国君一人之下，甚至能左右国家大事。在商朝，国君不仅是国家的政治首脑，还是宗教领袖，是最大的“巫”。不过，周朝建立明确的礼乐制度后，巫的地位骤降。到了秦汉时期，集权的皇帝多次打压巫，甚至将他们“赶”出了官方。

诗经讲历史

“陈风”在哪里？

《宛丘》是“十五国风”之一的“陈风”，即陈国的民间诗歌。先秦的国家那么多，你了解陈国吗？

陈国的封地位于今天的河南省东部，是西周册封的诸侯国，开国国君是陈胡公妫满。妫满的出身不一般，相传他不光是舜帝的后代，还是周武王姬发的女婿。有了这层关系，陈国的地位水涨船高，甚至位列“十二诸侯”，在众多诸侯国里数一数二。

可惜好景不长，周天子把国家弄“崩”了，天下进入春秋争霸的乱世。陈国地盘小、国力弱，总被人欺负，只能到处给强国做“小弟”，最后被楚国灭亡。值得一提的是，陈国虽然灭亡，但有一支搬到齐国，即妫姓田氏，他们在春秋末期篡夺了齐国的政权，这就是著名的“田氏代齐”。

东门之枌

东门之枌[①]，宛丘之栩[②]。子仲之子，婆娑其下。

縠旦于差[③]，南方之原。不绩其麻，市也婆娑。

縠旦于逝，越以鬷迈[④]。视尔如荍[⑤]，贻我握椒。

注释

①枌（fén）：白榆树。②栩（xǔ）：栎树。③縠（gǔ）：好日子。差（chāi）：选择。④鬷（zōng）：聚集。⑤荍（qiáo）：锦葵。一种草本植物。

译文

东门榆树绿荫密，宛丘栎树枝繁茂。子仲家的小姑娘，树下跳起美舞蹈。

选个好的日子去，城南门外真热闹。姑娘放下手中活，来到集市跳舞蹈。

大好日子在今朝，男男女女排成行。笑脸好像那锦葵，赠我一捧香花椒。

郊外的舞会

春秋时期，每年春天，陈国的年轻男女都要举行一场热闹的舞会。在这场舞会上，大家可以尽情地跳舞、唱歌。

一年一度的舞会日子又到了。今天天气晴朗，暖风轻抚。少男少女们都精心梳妆，纷纷走出家门，结伴去参加舞会。

陈国一位名叫陈用的年轻男子，这天和朋友一起来到了城南门外的广场上，只见这里人头攒动，笑语喧哗，非常热闹。那些平时忙着做家务的姑娘们，今天都放下了手中的针线活，在广场翩翩起舞。陈用在人群里找呀找，没有找到自己心仪的人。

朋友对陈用说："我们一起去郊外的那座土山上吧，说不定你心仪的姑娘就在那儿呢！"于是，他们一起走向郊外。山上生长着许多白榆树和栎树，它们枝繁叶茂。

在一棵又高又大的绿树下面，陈用看到了自己爱慕的人——子仲家的姑娘正跳着优美的舞蹈，周围的姑娘正在轻轻地打着拍子。

子仲家的姑娘也看到了陈用，她朝陈用走了过来，送了他一束香花椒。

陈用高兴地唱起歌来："**视尔如荍，贻我握椒。**让我们一起跳起欢快的舞蹈吧！"于是，陈用和子仲家的姑娘一起跳起了舞。

大家一起舞蹈、歌唱，欢声笑语在树林中回荡。

诗经懂博物

东门之“枌”到底是什么？

《东门之枌》开篇就在吟诵“枌”，这个“枌”到底是什么呢？

事实上，说到“枌”现在的名字，你一定不陌生，它就是榆树。榆树是中国的常见树种，它的树形高大，经常被用作城市行道树。榆树的根非常坚硬，是用来雕刻的好材料，不过由于它长有疙疙瘩瘩的点，所以也被称为“榆木疙瘩”。有时形容一个人的愚笨不开窍，也会说他是“榆木脑袋”。

榆树本身抗风又抗碱，而且“全身是宝”。它的树皮能用来造纸，果实和叶子也能入药，甚至连种子都能榨油。

诗经知文化

先秦的姓和氏

在向陌生人做自我介绍时，我们经常会说：“我的名字叫……”其实，我们的名字由“姓”和“名”两部分组成，其中姓又叫“姓氏”，比如赵、钱、孙、李等。但在先秦时代，姓和氏其实是两种不同的概念。

事情还要从女性当家做主的母系氏族社会讲起。那时的女性掌握部落中的大权，于是同一部落的人就有了同样的“姓”。当时的姓大都是女字旁，比如姬、妫、姒等。而“氏”则是由“姓”派生出来的，种类较多，比如某人出生在赵地，就是赵氏；家里世代从事制陶行业，那就是陶氏。秦始皇的家族世代都姓嬴，祖先又被封在赵地，所以他是“嬴姓赵氏”。

诗经学考点

什么是第一人称写法？

在文学创作中，我们有时会选择以自己的视角写作，有时也可能站在别人的视角看问题。其中，以自己的角度写作，在文中出现“我”这种字样的，被称为“第一人称写法”。

在《东门之枌》中，有“贻我握椒”的诗句，由此可见是典型的第一人称写法。在文言文中，如果看到“余、吾、朕、妾、臣、鄙人”等词，也可以判断它用的是第一人称。

衡门

衡门之下[①]，可以栖迟[②]。泌之洋洋，可以乐饥。

岂其食鱼，必河之鲂[③]？岂其取妻，必齐之姜？

岂其食鱼，必河之鲤？岂其取妻，必宋之子？

注释

①衡门：这里指简陋的屋舍。

②栖迟：栖息，休息。③鲂（fáng）：鱼名。

译文

横木为门城东头，可以栖身长停留。泌水滔滔流淌去，以此充饥不用愁。

难道想要吃鲜鱼，必须鲂鱼才情愿？难道想要娶妻子，必须齐姜才开颜？

难道想要吃鲜鱼，必须鲤鱼才肯理？难道想要娶妻子，必须宋子才欢愉？

城东头的相会

春秋时期，陈国有一个名叫妫极的贵族男子，他身材修长，长相英俊，为人真诚。他们家祖上曾是贵族，不过到了他父亲这代，家道中落，一家人过着拮据的生活。

眼看妫极到了婚配的年龄，父亲对他说："你一定要找一位出身贵族的姑娘做妻子，这样的话，我们家才能翻身，变得像以前一样富贵，过上富有的日子。"没过多久，父亲就为他选好了一位贵族女子，并且拟好了婚期。

可妫极不愿听从父亲的安排，因为他早已有了心上人。不过那位姑娘并不是贵族，而是一位贫苦农夫的女儿。

这天傍晚，夕阳从西边的山头落了下去，月亮爬上柳梢头，妫极和自己爱慕的姑娘约好在城东头的河边见面。

"哗哗"的河水欢快地流动着，两人见面后，妫极向姑娘诉说着相思之苦。

姑娘问妫极："听说你的家里人让你找个富贵人家的姑娘成亲，而我是贫苦人家的姑娘。如果我们成亲后，还要继续过着贫困的日子，你打算怎么办呢？"

妫极回答："**岂其食鱼，必河之鲂？**一个人难道一定要娶了贵族姑娘才能幸福吗？只要两个人感情深厚，就一定能共同度过美好的时光。你是我真心喜欢的人，我希望能和你成亲。"

姑娘非常开心地点了点头，他们决定将这件事情告诉双方的父母，然后约定成婚的日期。

只要两情相悦，就算是清贫的生活，也是幸福美满的。

诗经懂博物

先秦的人吃什么水产品?

人类食用水产品的历史非常悠久。原始人在还不会种地的时候，为了填饱肚子，不是去森林里狩猎，就是到山上摘野果，或者到水里捕食鱼虾等，每天忙得团团转。

水是万物之源，生活在水里的生物多种多样，能被人类食用的有不少品种。先秦时代，被人们列入食谱的水生动物，除了鲂鱼、鲤鱼等“经典”鱼类，还有鼋、鳖、虾、蟹和贝类等。此外，水生植物人们也没放过，像荇菜、莼菜等，都被端上了餐桌，供人们大饱口福。

诗经知文化

强强联合的“联姻”

联姻指的是两个家族势力通过婚姻关系达成某种合作。在古代，联姻一般发生在豪门大户或者国与国之间，它是巩固政治关系的工具。

先秦时期最出名的联姻是“秦晋之好”。春秋时期，晋国和秦国是相邻的两个大国。晋献公在位的时候，把女儿嫁给了秦穆公。等到晋献公死后，晋国发生内乱，秦穆公前后帮助了两位晋国国君，又把女儿和几名宗室女子嫁给了晋国的流亡公子重耳。就这样，秦、晋两国的联姻，成就了“秦晋之好”的千古美谈。

诗经学考点

对《衡门》的多种解读

一直以来，人们对于《衡门》的解读有很大争议。有人把《衡门》当作一首没落贵族自我安慰的诗，认为既然吃不到美味的鲂与鲤，娶不到美丽的齐宋姑娘，干脆不这样做嘛！也有人认为《衡门》表述的是隐居的人安贫乐道、不慕富贵的情境。当然，还有人说这是一首失恋后写的诗。你更倾向哪一种说法呢?

东门之杨

东门之杨，其叶牂牂[①]。昏以为期，明星煌煌[②]。

东门之杨，其叶肺肺[③]。昏以为期，明星晢晢[④]。

注释

①牂（zāng）牂：树木枝叶茂盛的样子。②煌（huáng）煌：（星光）明亮的样子。
③肺（pèi）肺：枝繁叶茂的样子。④晢（zhé）晢：明亮的样子。

译文

东城门外小白杨，浓密叶片映夕阳。约好黄昏来相会，我却等到星闪亮。

东城门外小白杨，晚霞映红密叶片。约好黄昏来见面，我却等到星满天。

白杨树下的等待

春秋时期，陈国的都城里住着一位叫乐蒙的年轻男子，他喜欢上了邻居家的一位姑娘。可是姑娘很少出门，要想见她一面很不容易。

乐蒙将心里话刻在竹片上，可是不知道怎么送到姑娘的手中。直接拿着去她家里？那样太莽撞。从院子里丢进去？又怕掉在角落里她看不见。乐蒙急得团团转。最后，他想了一个办法，让自己的妹妹当“小邮差”，亲手送到姑娘手里。

竹片上写着：“明天下午，我在东城门外的白杨树下等你。”送信回来的妹妹告诉乐蒙，姑娘答应了他的邀请。乐蒙听后，开心极了。

到了第二天下午，乐蒙早早来到了东城门外的白杨树下，怀着激动和紧张的心情等待着姑娘的出现。时间一分一秒过去了，乐蒙等呀等，直到太阳下山了，可还是不见姑娘到来。乐蒙伸长脖子朝来时的小路张望，小路上空荡荡的，根本不见姑娘的影子。乐蒙急得围着那棵白杨树团团转。

乐蒙等呀等，等到天空挂满了星星，可是姑娘的身影依旧没有出现。

乐蒙心里非常难过，长叹了一口气说：“**昏以为期，明星皙皙。**心仪的姑娘啊，我怎样做才能和你见面呀？”

诗经懂博物

“飘毛毛”的杨树

《东门之杨》中提到的“杨”指的是杨树，即便在今天也很常见。对于杨树，人们可是“又爱又恨”。杨树生长迅速，高大挺拔，经常被栽种在街道、荒漠等地，用来绿化，防范风沙。不过到了四五月份，杨树就开始“飘毛毛”，让那些过敏的人非常头疼。这些“毛毛”其实是杨树的花絮，在种子成熟裂开后，就会随风飘得到处都是。

不过科学家已经想出了解决这些令人讨厌的“毛毛”的方法，就是给杨树做“绝育”。他们将一种植物生长调节剂注入杨树的树干中，从而抑制花芽分化，阻止开花。不过这种药剂要在使用之后的第二年才能见效。

诗经知文化

感情圣地——东门

《东门之杨》中的“东门”指的是陈国都城的东门。而在“陈风”系列里，“东门”一词出现的频率非常高。除了《东门之杨》，还有《东门之枌》《东门之池》等。这些诗篇有一个共同之处，那就是都描写了青年男女的感情。由此可见，“东门”在春秋时期的陈国意义非凡，极有可能是官方组织青年男女“相亲”的重要聚集地，又或者是年轻人心中约会的首选地点。

诗经学考点

画龙点睛的“点染”

点染本来是一种中国古代绘画的染色技巧，后来被许多文人墨客借用，作为一种写作方法。所谓的“点”，指的是用简略的文字表达情感，让读者一目了然；“染”则是烘托，即用情景、事物去烘托情感。

在《东门之杨》里，作者用白杨树叶摇动的声响，以及天边出现的“明星”去点染、烘托出内心的焦急和惆怅。诗中明明没有出现任何与情感有关的字眼，读者却能从字里行间感受到作者想要表达的情感。

墓门

墓门有棘，斧以斯之[①]。夫也不良，国人知之。知而不已，谁昔然矣[②]。

墓门有梅，有鸮萃止[③]。夫也不良，歌以讯之。讯予不顾，颠倒思予。

注释

①斯：析，劈开，砍掉。②谁昔：往昔，从前。③鸮（xiāo）：猫头鹰。萃（cuì）：集，栖息。

译文

墓门前有棵枣树，拿起斧头砍掉它。那人不是好东西，国人全都知道他。他坏而且不悔改，从来就是这样子。

墓门前有棵梅树，猫头鹰来住上边。那人不是好东西，作歌规劝他悔改。规劝他也不悔改，真是不分好和歹。

昏君陈佗

春秋时期，陈国的陈文公有两个儿子，大儿子名叫妫鲍，小儿子名叫陈佗。

陈文公去世后，大儿子妫鲍继位，他便是陈桓公。不过小儿子陈佗很不甘心，暗地里准备着造反的事情。

几年后，陈佗终于等到了时机。陈桓公生了重病，奄奄一息，陈佗趁机作乱，杀死了陈桓公的儿子太子免，又害死了陈桓公。在这之后，陈佗当上了陈国的国君。

陈国的百姓们非常气愤，都在背后咒骂陈佗。一位勇敢的老人公开咒骂："陈佗呀！你这个坏了良心的昏君！你靠造反做了国君，这种大逆不道的事情，现在全国百姓都知道了。你如果现在还不肯悬崖勒马，一定会遭报应的！"

另一位陈国的书生听说后，也编了一首歌谣，警告他："**讯予不顾，颠倒思予。**你如果现在不反省，到时候你一定会后悔的！"

后来，陈佗娶了一位蔡国的女子，并认识了这个女子的几个姐妹。一有时间，陈佗就悄悄跑到蔡国，和这几个女子喝酒、玩乐，将朝政完全抛在脑后。

死去的陈桓公还有个儿子，名叫公子跃，他的母亲也是蔡国人。公子跃一直等待机会，准备复仇。

当公子跃得知陈佗经常去蔡国后，就悄悄联合自己在蔡国的亲戚，杀死了陈佗。最终，公子跃当上了陈国的国君，也就是陈厉公。

诗经懂博物

“上夜班”的猫头鹰

《墓门》中的“鸮”指的就是我们常见的猫头鹰。它经常在夜晚出没，瞪着一对圆溜溜的大眼睛。为什么猫头鹰和别的鸟儿不一样，这么爱“上夜班”呢？

那是因为猫头鹰的眼球是管状结构，能感知微弱的光线。而白天时阳光和紫外线都很强烈，容易灼伤猫头鹰的眼睛，所以它们在白天会躲起来闭目养神。到了晚上，睡饱了的猫头鹰就开始出来“上班”，用大眼睛四处搜寻猎物。此外，猫头鹰的耳朵也很敏锐，可以靠听觉来分辨方向。

诗经知文化

古人死后埋在哪儿？

人是自然界的一分子，生老病死是一件很正常的事。现代人在去世后，大多数需要被火化，再由亲属选择埋葬骨灰的方式，比如土葬、海葬等。但是，古人讲究“入土为安”，会将遗体完好无损地进行土葬。

土葬大致有三种方式：第一种是最简单的，将逝者的遗体用草席包裹，直接埋在土坑中；第二种是最普遍的，就是将遗体装入棺材中，埋在地下；第三种主要用于贵族和富人阶层，在遗体外套上几层棺、椁，然后放置于修筑在地下的墓室中。《墓门》中明显说的是第三种。

诗经讲历史

历史疑案——陈桓公之死

《墓门》中讽刺的昏君陈佗有一个哥哥，也就是倒霉的陈桓公。他的死因一直是一个历史悬案。《左传》中记载：“五年春正月，甲戌，己丑，陈侯鲍卒。”也就是说鲁桓公五年正月，甲戌、己丑这两天，陈桓公去世了。

一个人怎么会在相隔大半个月的时间内“反复去世”呢？史学家在史书中查找许久，找到了《公羊传》中的一句话，说陈桓公“卒之忄戊也”，也就是认为陈桓公在去世前一段时间发疯了。由此可以推断，倒霉的陈桓公应该是在甲戌这天失踪了，到了己丑这天，人们才找到他的尸体。

月出

月出皎兮，佼人僚兮[1]。舒窈纠兮[2]，劳心悄兮[3]。

月出皓兮，佼人懰兮[4]。舒忧受兮，劳心慅兮。

月出照兮，佼人燎兮[5]。舒夭绍兮，劳心惨兮。

注释

①佼（jiǎo）人：美人。僚（liǎo）："嫽"的假借字，美丽。
②窈纠（jiǎo）：形容女子的体态窈窕的样子。下两章的"忧（yǒu）受""夭绍"同义。
③悄：忧愁的样子。下两章的"慅（cǎo）""惨"同义。
④懰（liǔ）："媹"的假借字，美好。⑤燎（liǎo）：形容女子光彩照人。

译文

多么皎洁的月光，照着你美丽脸庞。月下美人多苗条，牵动着我的愁肠。
多么清澈的月光，照着你姣好脸庞。月下美人多婀娜，牵动着我的愁肠。
多么明亮的月光，照着你靓丽脸庞。月下美人有光彩，牵动着我的愁肠。

月下的思念

妫用是春秋时期陈国的一名贵族青年，他不但喜欢作诗，还喜欢舞剑。妫用的叔叔是一位武艺高超的剑客，他经常同妫用切磋武艺。

这天傍晚时分，妫用又来到了叔叔家里。他拿出剑正准备在院里舞剑，叔叔却对他说："月亮快要升起来了，我们先喝点儿茶，观赏一段舞蹈，然后再慢慢练习剑术吧！"

于是，妫用放下剑，和叔叔在徐徐的清风中啜饮香茶。这时，一轮明月从东边的山头升了起来，银色的光辉如牛奶一样流下来，淌满了整个院子。

妫用的叔叔招了招手，一群年轻漂亮的舞姬走了出来，在悦耳的音乐声中轻盈地跳起舞来。最前面领舞的是一位个头高挑的舞姬，她年轻漂亮，身姿苗条，舞步优美。在清澈的月光下，妫用觉得这位舞姬如同从天上下凡的仙女，一时间看得走了神儿。

一支舞结束，舞姬们退下了，妫用还呆呆地坐在那儿，直到叔叔推了他一下，这才回过神来。

妫用发现自己在叔叔面前失态了，连忙说："刚才我在想着练剑的招数。"

叔叔听了哈哈大笑，也不拆穿他，拿起剑和妫用练习了起来。

回到家里后，妫用站在院子里，望着天空中皎洁的明月，心里久久不能平静。他的脑海里还装着刚刚看到的景色：在洁白明亮的月光下，一位年轻貌美的女子翩翩起舞，如同月宫中的仙女。

夜深了，妫用怎么也睡不着觉，他自言自语："舒夭绍兮，劳心惨兮。我怎么能忘记这位跳舞的姑娘呢！"

诗经懂博物

千变万化的月亮

古人在很早以前就开始观察月亮的圆缺了，并给它起了个专门的名字——月相。

农历初一，古人称这天为“朔”，这一天月球的黑暗面朝向地球，在地面上无法见到月亮；大约在农历初七、初八，我们就能看到半个月亮了，这就是“上弦月”；农历十五、十六，古人称这两天为“望”和“既望”，这两天月球被太阳照亮的那一面正好对着地球，因此我们看到的是又大又圆的满月；到了农历二十二、二十三，满月已经亏去了一半，这就是“下弦月”；一个月的最后一天，古人称这天为“晦”，这一天与农历初一一样，无法看到月亮。

随着月球和太阳渐渐移动，新一轮的月相又开始了。

诗经知文化

月亮从《月出》里来

在《月出》中，主人公将思念的人与月亮联系在一起，谱写了一首动人的诗篇。这种“望月怀人”的写法对后代诗人产生了极大的启发，李白的“举头望明月，低头思故乡”、张九龄的“海上生明月，天涯共此时”、苏轼的“但愿人长久，千里共婵娟”，这些诗句可都要管《月出》叫一声“前辈”呢！

诗经学考点

“通假字”和“假借字”有什么不同？

《月出》中出现了很多“假借字”，例如“僚”和“悯”。假借字和我们前面讲过的“通假字”有什么不同呢？

通假字是用音同或音近的字代替本字的现象。比如，在《列子·汤问》中，“汝之不惠”的“惠”通“慧”，是通假字，但“惠”和“慧”只是读音相同罢了，在原义上毫不相干。而假借字是指用同音字来代替没有造出的字。比如在《月出》中，“僚”是“嫽”的假借字，它们读音一样，意思相同，只不过在作者写诗的时候，“嫽”字还没有被造出来呢！

隰有苌楚

隰有苌楚[1]，猗傩其枝[2]。天之沃沃，乐子之无知。

隰有苌楚，猗傩其华[3]。天之沃沃，乐子之无家。

隰有苌楚，猗傩其实。天之沃沃，乐子之无室。

注释

①隰（xí）：地势低的地方。苌（cháng）楚：羊桃，也叫猕猴桃。
②猗傩（ē nuó）：同“婀娜”，枝条茂盛而柔软的样子。
③华（huā）：同“花”。

译文

洼地有羊桃，枝叶迎风摇。柔嫩又光润，无知好逍遥。
洼地有羊桃，色艳花枝俏。柔嫩又光润，无家好逍遥。
洼地有羊桃，枝头果实吊。柔嫩又光润，无室好逍遥。

逃难的途中

西周时期，有一个叫郐国的诸侯国。由于交通便利、土地肥沃，在很长一段时间内，郐国都很富庶，百姓过着平静的生活。

公元前 771 年，犬戎入侵西周，攻破西周都城，西周灭亡了。诸侯国郑国的国君郑武公在护送周平王东迁的过程中，带领士兵灭掉了郐国。

郐国灭亡后，不少人带着妻子儿女纷纷逃亡。

就在这天，郐国的贵族朱疾也带着父母、妻儿踏上了逃亡之路。一家人背井离乡、风餐露宿，一向养尊处优的他们，怎么受得了这样的苦呀！当他们来到一片洼地时，实在走不动了，就停下来休息。

干粮早已吃完了，朱疾去洼地里找野果子吃。他走啊走，看到一片野猕猴桃，枝叶繁盛，长势良好，果实也非常鲜嫩。

朱疾看着这些猕猴桃，叹了一口气：“**隰有苌楚，猗傩其枝。**猕猴桃啊猕猴桃，你知道我现在是多么羡慕你们吗？自从郐国灭亡后，我就像没头的苍蝇一样一直在逃跑，还有父母、妻儿需要照顾。在逃亡的路上，家人的双脚磨出了水泡，他们经常被饿得大哭。”

乱世中的百姓，有时活得还不如植物啊！

诗经懂博物

毛茸茸的“苌楚”

在《隰有苌楚》中，作者感慨人不如苌楚，那么“苌楚”到底是什么东西呢?

苌楚指的是一种今天很常见的水果——猕猴桃，它的果实大多是椭圆形，呈黄褐色，表面长着茸毛，因为貌似猕猴而得名。

猕猴桃的原产地是中国湖北省宜昌市夷陵区雾渡河镇。相传在1904年，一位叫伊莎贝尔的新西兰人来到中国宜昌，将猕猴桃的种子带回了新西兰。后来，猕猴桃在新西兰被广泛种植，并逐渐走向了世界。

诗经知文化

人与草木

《隰有苌楚》中，作者在字里行间频繁流露出对猕猴桃的羡慕，这种写法对后世的文学创作有很大的影响。许多文人墨客都学着这首诗，在自己的文章里将人和草木相提并论，以作感慨。比如：唐代诗人崔护在《题都城南庄》中慨叹“去年今日此门中，人面桃花相映红”；宋代诗人郑思肖笔下的《画菊》也有“宁可枝头抱香死，何曾吹落北风中”的叹息；明清时期的《增广贤文》里也讲了“人生一世，草木一春”的哲理。

诗经讲历史

郐国衰亡与郑国崛起

《隰有苌楚》出自“桧风”，照理来说是“桧国”境内的民歌，但是历史上根本没有“桧”这个国家，这是为什么呢?

实际上，“桧”是一个通假字，通“郐”，即郐国。郐国的历史非常悠久，它建国在商朝时期。西周推翻了商朝后，新上台的周天子没有为难郐国，而是把它纳入自己的分封体系下，就这样安安静静过了几百年。西周灭亡后，诸侯争霸，郐国因为挨着实力较强的郑国，就成了郑国崛起的牺牲品，被郑武公大手一挥消灭了。就这样，一个存在几百年的古国退出了历史舞台。

匪风

匪风发兮[1]，匪车偈兮[2]。顾瞻周道，中心怛兮[3]。

匪风飘兮，匪车嘌兮[4]。顾瞻周道，中心吊兮。

谁能亨鱼？溉之釜鬵[5]。谁将西归？怀之好音。

注释

①匪（bǐ）：同“彼”，那。②偈（jié）：疾驰的样子。③怛（dá）：悲伤。④嘌（piāo）：极速。⑤鬵（qín）：大锅。

译文

大风呼啸旗带飘，车儿飞奔“辚辚”响。回顾大道渐行远，心里涌起那忧伤。

大风呼啸左右旋，车儿飞奔轱辘转。回顾大道渐行远，心里悲伤泪凄然。

哪位妙手烹河鲤？我愿为他洗锅底。哪位要回故乡去？为我捎信报平安。

游子的思念

西周时期，郐国有一位叫曾明的商人，经常在他乡奔波。每当曾明想念家乡时，就会站在大路边，朝着家乡的方向眺望。

有一年，曾明在鲁国经商。转眼间，又到了年底，很多身在异乡的人开始准备回家过年，可是曾明忙着做生意，年底不能回家，只能站在大路边望着远方。北风“呼呼”，吹得旁边一家酒楼上的酒旗迎风飘扬。

一辆马车飞奔而来，马车上面的铃铛“叮当”作响。很快，马车经过了他越行越远，渐渐消失在视线中。

大风还在“呼呼”地刮着，又有一辆马车疾驰而来，车轱辘快速转动，发出“吱呀——吱呀——”的响声。这辆马车又跃曾明而过，消失在远方。

一辆又一辆的马车奔跑在大路上，朝着郐国的方向而去。曾明情不自禁地拦下一辆路过的马车，车夫停下车，好奇地问：“你是要乘车吗？”

曾明摇了摇头说：“**谁将西归？怀之好音。**我是郐国人，在鲁国经商，已经好久没有回家了。现在年底了，我却不能回家，可我非常想念家人。”

这时，马车车厢里的一位男子掀开车帘，探出头来说：“我也是郐国人，现在正要回家去，我可以为你捎一封家书回去。”

曾明听了很高兴，马上拿出家书交给男子。马车出发了，一路飞奔着向西驶去。

诗经懂博物

为什么会有风？

《匪风》中以风起兴，可你知道风是怎么形成的吗？

简单来讲，风就是空气的流动，它的出现跟太阳密切相关。温暖的阳光照在地球表面，地面的温度上升，原本笼罩在地表的空气也跟着升温，密度变小，慢慢上升，其他地方的空气发现了这个“空缺”，便会立刻流动过来补充。当这团变热的空气来到寒冷的高空后，温度下降，密度变大，于是开始向下降落，将下方的空气“挤走”。就这样，空气“上上下下”，循环往复，就形成了风。

诗经知文化

古代人怎么通信？

在通信技术不发达的古代，人们想要向远方传达信息，其实是一件很困难的事。

在原始社会，人们通信基本靠吼，赶路基本靠走，至于向远方传信的手段，基本等于没有。到了西周时期，为了及时传递信息，边关各处修建了许多烽火台。如果有外敌入侵，士兵就会白天施烟，夜间点火，台台相连，传递消息。另外，也有骑着快马向远方传信的方式。后来，古人发现鸽子的方向感很强，于是训练鸽子来传递信息。除了上述这些，古人还用风筝、驿站等方式，向远方传递消息。

诗经学考点

烹饪还与治国有关？

《匪风》中有一句“谁能亨鱼？溉之釜鬵”，翻译过来是“谁能烹饪美味的鲜鱼，我愿意为他清洗厨具。”

在古代，讲述烹饪的最经典句子，莫过于老子的“治大国若烹小鲜”了。老子是道家思想的创始人。在著作《道德经》中，他提出“治大国若烹小鲜”，意思是治理国家要像烹饪一样细心，要时刻注意火候，不偏不倚。无独有偶，早在更久远的商朝，贤相伊尹也提出了“烹饪治国”道理。

候人

彼候人兮，何戈与祋[①]。彼其之子，三百赤芾[②]。

维鹈在梁[③]，不濡其翼[④]。彼其之子，不称其服。

维鹈在梁，不濡其咮[⑤]。彼其之子，不遂其媾[⑥]。

荟兮蔚兮[⑦]，南山朝隮[⑧]。婉兮娈兮[⑨]，季女斯饥。

注释

①何（hè）：同“荷”，扛着。祋（duì）：古代的一种兵器。②赤芾（fú）：赤色的蔽膝。③鹈（tí）：即鹈鹕。④濡（rú）：沾湿。⑤咮（zhòu）：鸟的喙。⑥媾（gòu）：宠爱。⑦荟（huì）、蔚：云雾迷漫的样子。⑧朝隮（jì）：彩虹。⑨婉、娈（luán）：美好的样子。

译文

那个站立的候人，扛着长矛和长棍。那些新任的权贵，大红蔽膝三百人。

鹈鹕站在鱼梁上，不曾沾湿双翅膀。那些新任的权贵，他们不配好衣裳。

鹈鹕站在鱼梁上，不曾沾湿它的嘴。那些新任的权贵，高官厚禄他不配。

云渺渺啊雾漫漫，南山早上彩虹升。女儿娇小又可爱，只能忍着饿肚肠。

小官姚宽

西周时期，曹国有一个叫姚宽的小官。他官职低微，常常被那些朝中新贵嘲笑、轻视。

今天是一个重大节日，曹国要举行隆重的祭祀。火红的太阳挂在天上，姚宽扛着长戈和殳棍执勤，站在大路边迎接那些朝中新贵们，汗水很快浸湿了衣服。

朝中新贵足有三百人，身穿祭祀的朝服，高昂着脑袋从姚宽身边走过。

这些人，只因为他们的祖上是达官贵人，就能无功受禄位，成为朝中新贵。这样浅薄而粗俗的人，哪里配得上这身服装呢?

想到这里，姚宽的心里就不是滋味："如果只是单纯地凭能力，我并逊于这些新贵。"

一天的祭祀活动终于结束了。姚宽的一位朋友走过来对他说："让你做小官实在是太大材小用了，以你的才华完全可以做大官。你看那些朝中新贵，整天游手好闲，什么也不干，却身居要职。真是不公平啊！"

姚宽摇了摇头说："**维鹈在梁，不濡其咮。**这些朝中新贵不劳而获，百无一用，是不会永远得宠的。我们只要好好工作，耐心等待，一定有出头之日。"

天色暗了下来，灰蒙蒙一片，姚宽回到家里，看到自己的小女儿正饿着肚子哭泣，原来家里已经没有米可下锅了。姚宽叹了一口气，自己出头的机会什么时候才能到来呀!

诗经懂博物

大嘴巴的鹈鹕

《候人》里有一句“维鹈在梁”，这里的“鹈”说的就是鹈鹕。鹈鹕是一种生活在水边的大型禽类，它的尾部会向外分泌一种油脂，鹈鹕把这种油脂均匀地涂抹全身，这样游泳的时候羽毛就不会被打湿了。

鹈鹕有又长又尖的喙。喙的下端与皮肤相连，构成一个大大的口袋状的“囊”，人们管这个器官叫“喉囊”。喉囊是鹈鹕的捕食利器，一旦发现水里有鱼，它就会把大嘴巴探到水中，像渔网一样将鱼和水“一网打尽”，然后再压缩喉囊，把水排干净。鹈鹕的喉囊最多能装下 14 千克重的鱼呢！

诗经知文化

古人怎么才能做官？

国家出现后，统治者为了方便管理，建立了官僚体制。那么，在古代想要当官，需要怎么做呢？

在西周时期，国家选拔官员的重要标准是看出身。如果你的祖先是官僚，那么你也可以当官，这就是“世卿世禄”制。战国时，经过商鞅变法后的秦国，当官必须要先打仗、立军功。西汉时期，统治者推出“察举制”和“征辟制”两种制度，个人的名气越大，当官的可能性也越大。到了魏晋南北朝时期，采用“九品中正制”，又开始根据出身门第来选官。等到隋唐时期，影响中国一千多年的考试制度——科举制出现，想当官就要参加科举考试。

诗经学考点

写作的由表及里

由表及里指的是从表面现象看到本质。在文学写作方面，也可以运用由表及里的手法，像剥洋葱一样，一层一层展现文章的内涵。

《候人》就是这样，先写贵族人数众多，穿着华贵的衣服，最后再点出他们“不遂其媾”，不配享有这种高官厚禄。由表及里，对无德无才的高官贵族的憎恶表露无遗，尽情揭露了当时黑暗的社会现实，表现了对底层小吏的同情。

七月（节选）

七月流火[①]，九月授衣。一之日觱发[②]，二之日栗烈。无衣无褐[③]，何以卒岁？三之日于耜[④]，四之日举趾。同我妇子，馌彼南亩[⑤]。田畯至喜[⑥]。

七月流火，九月授衣。春日载阳，有鸣仓庚。女执懿筐[⑦]，遵彼微行，爰求柔桑[⑧]。春日迟迟，采蘩祁祁[⑨]。女心伤悲，殆及公子同归[⑩]。

注释

①火：星名。每年夏历六月此星出现在正南方，七月以后偏西，因此称为“流火”。
②觱发（bì bō）：大风声。 ③褐（hè）：粗布短衣。 ④耜（sì）：古代翻土用的农具。
⑤馌（yè）：送饭。⑥田畯（jùn）：农官名。⑦懿（yì）：深。
⑧爰（yuán）：于是。⑨蘩（fán）：白蒿。祁祁：（采蘩者）众多的样子。⑩殆（dài）：害怕。

译文

七月火星向西落，九月妻子缝寒衣。十一月来北风吹，十二月来寒气逼。什么衣服都没有，怎么度过这年底？正月开始修锄犁，二月忙着去种地。妻子儿女一同去，把饭菜送到田里。田官看到心欢喜。

七月火星向西落，九月妻子缝寒衣。春天阳光暖融融，黄鹂争相展歌喉。姑娘提着深竹筐，一路沿着小道走，伸手采摘嫩桑叶。春来白昼渐渐长，人来人往采白蒿。姑娘心中好悲伤，害怕随人嫁他乡。

农夫姬芒

姬芒是西周时期的一位农夫。

正月的天气还冷，农田尚未解冻，姬芒就开始忙碌了起来，修理家里的锄和犁等农具。

二月，天气变暖，树上的黄鹂唱着婉转的歌儿。小姑娘背着竹筐，来到田野里，采摘嫩桑叶和嫩白蒿。姬芒祭祀完祖先，带着农具，去田里耕作。

三月，姬芒修剪桑树枝条，顺便采摘了满满一筐桑叶，回家喂蚕宝宝。

天气一天比一天暖和，田里的杂草开始疯狂生长，姬芒和妻儿每日在田里锄草。忙活了大半个月，终于将田里的杂草锄掉了。

六月，李子和野葡萄渐渐熟了。姬芒又忙着采摘李子和野葡萄。很快，向日葵和豆子也成熟了，姬芒又带着妻儿开始收割向日葵和豆子。

八月，姬芒拿着竹竿在院子里“噼里啪啦”打枣。

九月，姬芒忙着收割芦苇、采摘苦菜，还要砍柴。

妻子看到姬芒这么辛苦，对他说：“我和你一起去砍柴吧！”

姬芒摇了摇头说：“**七月流火，九月授衣。**你现在不缝制衣服，我们到时怎么度过寒冷的冬天呢？”

十月，姬芒将粮食全都收进了粮仓，开始修建房子。第一片雪花落下后，天气开始变得寒冷，姬芒一家人坐在屋子里烤火，屋外寒风呼啸。

冬去春来，又到了姬芒开春播种的季节了。

姬芒揉了揉自己发酸的胳膊说：“一年忙个不停，我什么时候才能好好休息一下呢？”

七月（节选）

诗经读完整

《七月》的后半段如下：

七月流火，八月萑苇。蚕月条桑，取彼斧斨，以伐远扬，猗彼女桑。七月鸣鵙，八月载绩。载玄载黄，我朱孔阳，为公子裳。

四月秀葽，五月鸣蜩。八月其获，十月陨萚。一之日于貉，取彼狐狸，为公子裘。二之日其同，载缵武功，言私其豵，献豜于公。

五月斯螽动股，六月莎鸡振羽，七月在野，八月在宇，九月在户，十月蟋蟀入我床下。穹窒熏鼠，塞向墐户。嗟我妇子，曰为改岁，入此室处。

六月食郁及薁，七月亨葵及菽，八月剥枣，十月获稻，为此春酒，以介眉寿。七月食瓜，八月断壶，九月叔苴，采荼薪樗，食我农夫。

九月筑场圃，十月纳禾稼。黍稷重穋，禾麻菽麦。嗟我农夫，我稼既同，上入执宫功。昼尔于茅，宵尔索绹。亟其乘屋，其始播百谷。

二之日凿冰冲冲，三之日纳于凌阴。四之日其蚤，献羔祭韭。九月肃霜，十月涤场。朋酒斯飨，曰杀羔羊。跻彼公堂，称彼兕觥，万寿无疆。

诗经懂博物

葡萄知多少？

《七月》中有“六月食郁及薁”，其中“薁”指的是野葡萄。野葡萄是我们现在吃的葡萄吗？很遗憾——并不是！我们现在吃的葡萄是欧洲葡萄，这种葡萄是汉武帝时期张骞出使西域“带回来”的，《古从军行》中有“空见蒲桃入汉家”，“蒲桃”指的就是欧洲葡萄。欧洲葡萄果实大而饱满，口味更好，很快占据了古代的“葡萄市场”。此后，就很少有人吃“薁”这种野葡萄了。

诗经学考点

赋的运用

《诗经》里运用的开创性表现手法主要是三种：赋、比、兴。《七月》一诗就是“赋”手法的典范之作。“赋”的意思就是平铺直叙，《七月》通篇，从年初写到年尾，详细记载了西周初年人们的生活实景，没有添加任何华丽的辞藻，没有任何夸张的描述，却让人充分体悟到当时劳动人民的辛苦。

鸱鸮

鸱鸮鸱鸮[①]，既取我子，无毁我室。恩斯勤斯，鬻子之闵斯[②]。

迨天之未阴雨[③]，彻彼桑土，绸缪牖户[④]。今女下民，或敢侮予？

予手拮据[⑤]，予所捋荼[⑥]。予所蓄租，予口卒瘏[⑦]，曰予未有室家。

予羽谯谯[⑧]，予尾翛翛[⑨]。予室翘翘[⑩]，风雨所漂摇，予维音哓哓[⑪]！

注释

①鸱鸮（chī xiāo）：猫头鹰。②鬻（yù）：通“育”，养育。闵（mǐn）：忧心。

③迨（dài）：趁着。④绸缪（chóu móu）：缠绕。牖（yǒu）：窗户。

⑤拮据（jié jū）：指鸟的脚爪劳累而伸展不灵便。

⑥捋（luō）：自上而下地摘取。荼（tú）：茅草花。⑦瘏（tú）：病。

⑧谯（qiáo）谯：羽毛干枯的样子。⑨翛（xiāo）翛：羽毛稀疏的样子。

⑩翘（qiáo）翘：高而危险的样子。⑪哓（xiāo）哓：惊恐的叫声。

译文

猫头鹰啊猫头鹰，已经夺走我的子，不要再毁我的巢。养育辛苦又操劳，为了儿女心头焦。

趁着白天未下雨，啄取桑根和树皮，补好窗户与门扇。看看那些树下人，谁敢再将我欺凌？

我的手爪已佝偻，摘取荼草把窝垫。我要蓄积过冬粮，嘴巴累得都是伤，可是巢还没筑好。

我的翅羽稀落落，我的尾羽色枯槁。我的巢儿危旦夕，正在风雨中飘摇，我在惊恐地哀号！

喜鹊妈妈的哀号

一只喜鹊妈妈在树上安了家，她用嘴巴衔来枯草，将自己的巢收拾得温暖、舒适。

过了些日子，巢里传出了小喜鹊“叽叽喳喳”的叫声。这天早上，喜鹊妈妈像往常一样外出寻找食物，可是等她回来，发现自己的巢歪歪斜斜，几个孩子竟然都不见了。

对面树上的小松鼠告诉喜鹊妈妈，是一只凶猛的猫头鹰抓走了她的孩子。

喜鹊妈妈眼前一黑，差点儿晕过去。

失去孩子的喜鹊妈妈站在树枝上，焦急得跳来跳去，发出一阵阵哀号：“猫头鹰，你这只可恶的坏鸟，我辛辛苦苦养育大的孩子，就这样被你抓走了！”

一阵大风刮来，树枝“哗哗”作响，喜鹊妈妈筑在树枝上的巢也跟着晃动，看样子随时都有可能掉到树下。喜鹊妈妈擦干眼泪，趁天没有下雨，连忙去找一些树枝，将自己的巢重新加固了一下。

喜鹊妈妈又飞到河边的草地上，叼了一些茅草花和干草，可还没到家，雨就“哗啦啦”地下起来了。湿漉漉的喜鹊妈妈飞回了空荡荡的巢里。

善良的小松鼠劝喜鹊妈妈好好休息一下，等恢复体力后再筑巢，并想办法救回孩子。喜鹊妈妈难过地说：“**予羽谯谯，予尾翛翛，予室翘翘。**我的巢在风雨中飘摇，我的孩子在哪儿都不知道，我只能惊恐地哀号！”

诗经懂博物

猫头鹰为什么能"静音飞行"？

我们都知道，鸟儿飞起来的时候，总会发出"扑棱棱"的声音。不过猫头鹰（也就是诗中的"鸱鸮"）飞起来却安安静静，没有声音，这是为什么呢?

科学家推测,这可能和猫头鹰特殊的羽毛结构有关。大多数鸟的翅膀边缘都很齐整，如同飞机的机翼，而猫头鹰的翅膀边缘则呈锯齿形，这种形状可以减少噪声，实现"静音飞行"。猫头鹰的这种羽毛结构，为科学家研制新型隐形飞机提供了思路。

诗经知文化

古代各种鸟的象征意义

在科技不发达的古代，人们没办法翻山过海，因此对会飞的鸟寄予了无限崇拜。商朝时期以玄鸟为图腾，《诗经·商颂》中就有"天命玄鸟，降而生商"的诗句。

在古代的文人作品中，不同的鸟拥有不同的象征意义。大鹏、鸿鹄等被人们寄托了励志的情感，比如"大鹏一日同风起，扶摇直上九万里""燕雀安知鸿鹄之志"等，用来激励他人奋发图强；喜鹊成了吉祥的象征，俗称"抬头见喜"；鹤被当作淡泊名利的代表，"梅妻鹤子"的林逋受人敬仰；而乌鸦则比较倒霉，被当作不祥的预兆。

诗经学考点

什么是寓言诗?

寓言诗是一种文学体裁，指的是那些带有寓言色彩的诗篇。这种诗往往篇幅较短，喜欢用夸张或讽刺的手法来讲故事，并在故事里寄托了一定的哲理，有着很强的说教意味。

《鸱鸮》是先秦文学作品中很有代表性的寓言诗。作者以被鸱鸮欺凌的鸟为主角，以自述的方式塑造了一只经历丧子之痛、巢穴被毁、重建家室等重重苦难却依然不屈不挠的鸟的形象。作者借鸟写人，表现出对压迫者的深深憎恨及对被压迫者的无限同情。

东山（节选）

我徂东山，慆慆不归①。我来自东，零雨其濛。我东曰归，我心西悲。制彼裳衣，勿士行枚。蜎蜎者蠋②，烝在桑野③。敦彼独宿，亦在车下。

我徂东山，慆慆不归。我来自东，零雨其濛。果臝之实④，亦施于宇⑤。伊威在室，蠨蛸⑥在户。町畽鹿场⑦，熠燿宵行⑧。不可畏也，伊可怀也。

注释

①慆（tāo）慆：久久。

②蜎（yuān）蜎：幼虫蠕动的样子。蠋（zhú）：野蚕。

③烝（zhēng）：乃。④果臝（luǒ）：一种葫芦科植物。

⑤施（yì）：蔓延。⑥蠨蛸（xiāo shāo）：一种蜘蛛。

⑦町疃（tǐng tuǎn）：兽类踩出来的空地。

⑧熠燿（yì yào）：光明的样子。宵行：虫名，即萤火虫。

译文

我到东山去远征，归家心愿久成空。如今从东往回返，满天细雨雾蒙蒙。刚刚听说从东归，心已忧伤向西飞。穿上家常旧衣衫，不再衔枚再打仗。野蚕蠕动树上爬，田野桑林是它家。身体蜷缩成一团，露宿野外车底下。

我到东山去远征，归家心愿久成空。如今从东往回返，满天细雨雾蒙蒙。藤上瓜蒌一串串，藤蔓垂到屋檐下。屋内潮湿生地鳖，密密蛛网门窗挂。田舍近旁野鹿跑，萤火荧荧夜晚中。家园荒凉不可怕，仍是心中安乐园。

东征归来的途中

西周初期，周成王的三个叔叔和武庚联合叛乱，周公亲自率领大军东征，最终平定了这场叛乱，还征服了东边的几个小国家，西周大军得胜而归。

有一位名叫管昌的士兵，便是这东征大军中的一员。自从他跟随西周大军远征东山，已经好几年没有回家了。行军打仗的这几年，管昌同其他将士风餐露宿，吃的东西总是冰冷的，晚上就露宿在野外，大家挤成一团取暖。

现在西周大军打了胜仗，开始班师回朝，一路上，蒙蒙小雨下个不停。管昌恨不得马上回到家里，同亲人见面，从此做一个平常百姓，不再行军打仗。

这时，旁边的一位老兵问管昌："马上要回到家里了，你是不是感到很激动呀？"

管昌有些难过地回答："**我徂东山，慆慆不归。**我离开家里已经好多年了，现在不知道家里怎样了。"

管昌一边走，一边想象着家中的情景。现在自家的院子里一定长满了杂草，非常荒凉。瓜蒌藤上结了好几个瓜，并且藤蔓爬到了屋檐下。而且，房子里一定非常潮湿，到处有虱虫在跑。门框上挂着蜘蛛网，到了晚上，还有萤火闪闪发光。家门前的山岗上，栖息在那里的两只白鹤一定生下了小鹤，在生满杂草的山岗上自由自在地飞舞、嬉戏。自己的妻子一定坐在屋里叹着气，盼望着自己早早回家。

管昌又回想起了自己和妻子结婚时的热闹场面，自己骑着皮毛淡黄的骏马去迎亲，婚礼仪式繁多，当时的新娘是多么漂亮啊！现在几年没见面，不知妻子变成什么样子了。

行军几天，踏过了万水千山，眼看离家越来越近，管昌不禁加快了脚步。

诗经读完整

《东山》的后半段如下：

我徂东山，慆慆不归。我来自东，零雨其濛。鹳鸣于垤，妇叹于室。洒扫穹窒，我征聿至。有敦瓜苦，烝在栗薪。自我不见，于今三年。

我徂东山，慆慆不归。我来自东，零雨其濛。仓庚于飞，熠耀其羽。之子于归，皇驳其马。亲结其缡，九十其仪。其新孔嘉，其旧如之何？

诗经懂博物

大有用处的地鳖虫

在《东山》里，提及了一种叫“伊威”的动物，你知道它是什么吗？其实伊威就是地鳖虫，属于蜚蠊目，和蟑螂是亲戚。地鳖虫的雄性有翅，雌性则没有。它们一般生活在阴暗潮湿的户外，比如砖石岩缝、落叶堆积的土地中。白天日照足、环境干燥的时候，它们不会外出，只会缩在阴暗的角落，等到夜里凉爽的时候再出来觅食。

地鳖虫是一种重要的中药材，可以“破瘀血，续筋骨”。

诗经知文化

古代士兵有工资吗？

《东山》的主角是一个随周公东征的士兵，在古代的冷兵器战争中，士兵的数量往往是衡量双方战斗力的重要标准，毕竟人多力量大。那么，古代的这些士兵有工资拿吗？

古代士兵工资的正确叫法是“军饷”。然而在早期，士兵是由朝廷从民间征召的，只能给朝廷白干活儿，拿不到钱不说，有时甚至还得自己准备武器、行李。不过，朝廷会减免被征召士兵家庭的徭役，也算是给这些外出打仗的可怜人一点儿安慰。

唐宋时期，为了加强军队的战斗力，朝廷采取了“募兵制”。所谓的“募兵制”，就是由国家出钱招募士兵，属于职业军人。从那以后，士兵才总算可以领到军饷了。

狼跋

狼跋其胡[1]，载疐其尾[2]。公孙硕肤，赤舄几几[3]。

狼疐其尾，载跋其胡。公孙硕肤，德音不瑕。

注释

①跋（bá）：踩。②疐（zhì）：脚踩。③赤舄（xì）：红色的鞋，一般是贵族所穿。

译文

老狼前行踩颈肉，后退踩到长尾巴。公孙身材高又大，脚踏红鞋步履稳。

老狼后退踩尾巴，前行又踩到颈肉。公孙身材高又大，品德优良无过错。

周公姬旦

周武王姬发是西周的开国君主，周公姬旦是他的弟弟。

周武王病逝后，他的儿子姬诵继位，这便是周成王。周成王继位时年仅十二岁，无法独自管理国家大事，周成王的叔叔周公姬旦摄政，辅佐周成王，替周成王发布政令，西周的政局很快稳定了下来。

但是，这引起了周成王的其他三位叔叔管叔、蔡叔和霍叔的强烈不满。尤其是管叔，他本来想废掉周成王姬诵，自己继承王位，可现在周公姬旦手握大权，成为他的眼中钉。于是，他们到处散布谣言，说周公姬旦要夺取王位。

于是，周朝开始出现内乱，管叔、蔡叔和霍叔趁机勾结殷商纣王的儿子武庚造反。周公姬旦得知后，先是召开大会，给朝中大臣做思想动员工作，然后自己带领大军东征，很快就平定了叛乱。

不仅如此，周公姬旦还带兵征服了附近几个小国家，扩大了西周的影响力。

周公姬旦平定叛乱后，还为西周制定了一些典章制度，让周王朝的统治得到进一步的巩固。就在手握大权的周公姬旦声望越来越高，所有人都以为他要趁机夺取王位时，周公姬旦却做了一个惊人的决定——将政权还给周成王。周公姬旦还告诫周成王，要吸取商朝灭亡的教训，勤政爱民，选拔贤能的人为官。

正是因为周公姬旦有才华、品德高尚，所以深受人们的爱戴，大家都说："公孙硕肤，德音不瑕。周公是世上少有的圣人，有了他天下便能稳定，这是百姓的福分！"

诗经懂博物

讲究团队精神的狼

狼是一种集群生活的动物。通常来说，一个狼群里往往生活着5~10只狼，包括成年公狼、母狼及小狼崽。狼群内的等级森严，头狼是群体内最强壮的成年公狼，它享有最先挑选配偶、进食的权力。

狼是一种很聪明的动物，它们会合作捕猎，甚至有着一定的战术。举个例子，某只强壮的狼会最先出现在猎物面前，震慑猎物，吸引对方的注意力，而其他狼则悄悄藏在一旁，等到猎物分神时，它们便一拥而上，把猎物扑倒，大快朵颐。

诗经知文化

周公和姜子牙

西周实行分封制后，周公被分封在鲁国，姜子牙被分封在齐国。

有一天，周公姬旦跟姜子牙交流治国理念，周公姬旦说："我的治国理念是'尊尊亲亲'，只要以礼治国，尊敬地位高的人，跟家族子弟亲近就可以了。"姜子牙则说："我的治国理念是'举贤尚功'，要笼络、尊重贤才。"不同的理念，带给了国家不同的命运。鲁国一直很稳定，但国力却很弱小；齐国国力十分强大，但出现了篡位的乱象。

诗经讲历史

周公辅成王

周武王死了以后，把王位传给了儿子周成王。不过因为周成王年纪太小，所以周公姬旦被委托辅佐成王治国。

周公姬旦接受任命后，每天工作兢兢业业，不敢有一刻放松。相传有一次，周公姬旦正在洗头发，忽然侍从禀报说有贤人来访，周公姬旦急着见贤人，就用手握着湿漉漉的头发迎接，等到那人离开才继续洗头。可是刚洗到一半，又有一位贤人拜访，他只好再次握着湿漉漉的头发跑出去……就这样重复了好几次，周公姬旦才把头发洗完。这就是著名的"一沐三捉发"。

还有一回，周公姬旦吃饭时有贤人拜访，他觉得吃饭见客不庄重，于是连忙把嘴里的肉吐出来，起身前去迎接，同样重复了好几次。这就是著名的"一饭三吐哺"。

鹿鸣

鹿鸣

呦呦鹿鸣[①]，食野之苹。我有嘉宾，鼓瑟吹笙。吹笙鼓簧，承筐是将。人之好我，示我周行。

呦呦鹿鸣，食野之蒿。我有嘉宾，德音孔昭。视民不恌[②]，君子是则是效。我有旨酒，嘉宾式燕以敖。

呦呦鹿鸣，食野之芩[③]。我有嘉宾，鼓瑟鼓琴。鼓瑟鼓琴，和乐且湛[④]。我有旨酒，以燕乐嘉宾之心。

注释

①呦（yōu）呦：鹿的叫声。②不恌（tiāo）：不轻薄。

③芩（qín）：鹿吃的野草。④湛（dān）：“媅”的假借字。非常快乐。

译文

一群鹿儿“呦呦”叫，在那原野吃艾蒿。我有一批好宾客，弹琴吹笙奏乐调。一吹笙管振簧片，捧筐献礼礼周到。人们待我真友善，指示大道乐遵照。

一群鹿儿“呦呦”叫，在那原野吃蒿草。我有一批好宾客，品德高尚又显耀。示人榜样不轻浮，君子贤人纷仿效。我有美酒香而醇，宴请嘉宾任逍遥。

一群鹿儿“呦呦”叫，在那原野吃芩草。我有一批好宾客，弹瑟弹琴奏乐调。弹瑟弹琴奏乐调，快活尽兴同欢笑。我有美酒香而醇，宴请嘉宾乐陶陶。

田野里的宴会

周朝的君主周平王想发奋图强，让国家变得更加强大。于是，他在城门上张贴出求贤的公告，许多贤士知道消息后，纷纷来到都城求见周平王。

在一个风和日丽的早上，金色的太阳挂在天空，照着都城郊外绿油油的草地。天空中飘着几朵白云，一条清澈的小河“哗啦啦”地流过，风儿“沙沙”地吹着。周平王让手下提前搭好亭子、摆好宴席，他要在这里召见贤士。

不远处的一群小鹿时而“呦呦”地叫着，时而在原野上吃着草。在精美漂亮的小亭子中，“叮叮咚咚”的琴声响了起来。丰厚的礼物摆在了贤士面前。

周平王对大家说：“我想邀请大家协助我治理国家。大家有什么良策，都可以讲出来。”

这些贤士原本紧张得心“扑通扑通”直跳，但见君主平易近人、求贤若渴，他们也都放松了下来，将自己治理国家的见解讲了出来。每当讲到精彩的地方时，周平王就会激动地鼓起掌来，大声说：“高见！高见！”

等到大家都说完后，周平王举起酒杯说：“**我有嘉宾，鼓瑟吹笙。**请大家一边听着美妙的音乐，一边畅饮美酒吧！”

大家都举起酒杯，“咕咚咕咚”喝下美酒，欢快的笑声传出很远。不远处的小鹿仿佛也感受到了欢乐的气氛，叫得更加欢快了。

只有君主谦逊贤明、任人唯贤，臣下通情达理、足智多谋，国家才能长治久安。

诗经懂博物

鹿角断了还能再生

《鹿鸣》描绘小鹿在野地里吃青草，场面静谧而安详。中国是世界上鹿种类最多的国家，有梅花鹿、马鹿、白臀鹿等。雄鹿往往长着角，在鹿角没长硬的时候，上面包裹着绒毛，含有血液，这就是著名的中药——鹿茸。鹿茸有很强的再生能力，就算被割掉，一段时间后仍然能再生，这是怎么一回事呢？

科学家发现，鹿茸干细胞的再生能力非常强，可以加快血管、神经等的生长速度，这也就让鹿茸成为所有哺乳动物里唯一能够完全再生的器官。

诗经知文化

周朝的“两京制”

所谓的“两京制”，指的是中国在某些朝代或特殊时期有两个行政中心，比如明朝就有南京和京师（今称北京）两个都城。而“两京制”最早可以追溯到西周。周武王推翻商朝后，把“镐”作为国家的都城，即镐京。后来，周公旦为了平息商朝遗民与部分周朝宗室的叛乱，率军东征。叛乱平息后，周公旦兴建洛邑（今称洛阳），并把一部分军队留在当地，用来震慑东方。从那以后，洛邑成了周朝的另一个都城，也叫“成周”，原本的都城镐京被称为“宗周”。西周灭亡后，周平王把统治中心搬到了洛邑，建立了东周。

诗经学考点

把别人的话“借”过来

“引用”是一种常见的修辞手法，指在写作过程中，化用或直接“搬运”现成的文字，用以表达作者本身想要表达的意愿。

《鹿鸣》是《诗经》中的经典篇目，百年来一直被人传唱、吟诵。在三国时期，曹操在写《短歌行》时，就直接引用了《鹿鸣》中的原句“呦呦鹿鸣，食野之苹。我有嘉宾，鼓瑟吹笙”，以此表达求贤若渴的心情。

常棣

常棣

常棣之华[1]，鄂不韡韡[2]。凡今之人，莫如兄弟。

死丧之威，兄弟孔怀。原隰裒矣[3]，兄弟求矣。

脊令在原，兄弟急难。每有良朋，况也永叹。

兄弟阋于墙[4]，外御其务。每有良朋，烝也无戎[5]。

丧乱既平，既安且宁。虽有兄弟，不如友生。

傧尔笾豆[6]，饮酒之饫[7]。兄弟既具，和乐且孺。

妻子好合，如鼓瑟琴。兄弟既翕[8]，和乐且湛[9]。

宜尔室家，乐尔妻帑[10]。是究是图，亶其然乎[11]？

注释

①常棣（dì）：又名棠棣，即郁李。②韡（wěi）韡：鲜明茂盛的样子。③裒（póu）：聚集。
④阋（xì）：争吵，争斗。⑤烝（zhēng）：长久。
⑥傧（bìn）：陈列。笾（biān）：盛水果、干肉的竹制器具。⑦饫（yù）：吃饱喝足。
⑧翕（xī）：和好。⑨湛（dān）：喜乐。⑩帑（nú）：通“孥”，儿女。⑪亶（dǎn）：确实。

译文

常棣花开满树，花儿明媚鲜丽。如今天下之人，不如兄弟更亲。

遭遇生老病死，只有兄弟关心。埋葬凄凉荒野，只有兄弟相寻。

鹡鸰被困原野，兄弟前来相救。虽有良朋好友，只有同情长叹。

兄弟家中争吵，外侮同心抗御。虽有良朋好友，长久也难帮助。

丧乱灾祸平定，生活又变安静。相比同胞兄弟，朋友更加亲热。

摆上琳琅佳肴，宴后酒足饭饱。兄弟今日团聚，气氛祥和欢乐。

夫妻情投意合，如同琴瑟和鸣。兄弟今日相聚，气氛喜乐愉快。

全家安定团结，妻儿喜气洋洋。请你深思熟虑，这话是否在理？

兄弟的情谊

西周时期，都城镐京有一个叫子成的男孩，他有一个弟弟叫子焕。

两兄弟的家门口有一株高大的棠棣树，一到春天，棠棣树上就开满了鲜花。子成和子焕常常一起在树下看蚂蚁、捉甲虫，从早到晚形影不离，关系非常融洽。

等兄弟俩长大成人后，他们的父母去世了。父母留下的遗产不多，其中最有价值的是一块良田，两兄弟都想得到它。

子成说："我是哥哥，这块田应该是我的！"

子焕说："我是弟弟，这块田应该是我的！"

他们两人僵持不下，谁也不让谁。从此以后，两兄弟的关系开始恶化，他们不再往来，甚至偶然在路上遇见，也像不认识一样，谁也不理谁。

有一次，子焕去附近的山林里砍柴时，不小心摔下了山。子成听说后，马上赶去相救，并找来最好的郎中为他治疗。子焕十分感动，等他的身体恢复后，就在家里摆了一桌酒菜，请来哥哥一家人。

子焕端起酒杯惭愧地对子成说："哥哥，现在我才知道，只有亲兄弟才会在危难之中互相帮助。以前是我不对，希望你能原谅我。"

子成摆了摆手说："**兄弟既具，和乐且孺。**我们是亲兄弟，是一家人，尽管我们之间曾经发生过不愉快的事情，过去的事情就让它过去吧！现在我们一起吃菜喝酒，大家亲亲热热地聚在一起，多快乐呀！"

两兄弟冰释前嫌，都抢着给对方倒酒，不久就喝醉了。在朦胧的醉意中，他们好像又回到了小时候，一起在棠棣树下看蚂蚁、捉甲虫，一起坐在门前的石头上仰望明艳的棠棣花。

诗经懂博物

棠棣为什么是“兄弟之花”？

在《诗经》诞生的年代，人们主要在田间地头劳动，最常接触的就是各种植物。因此，《诗经》中提到了许多植物，《常棣》就是其中一篇。

“常棣”也被写作“棠棣”，即郁李，它的花朵呈红色或者白色，在我国北方地区很常见。郁李一般在3~4月份开放，总是两三朵花挤在一起，看起来“亲密无间”。于是，古人常把郁李的花看成是兄弟情谊的象征，后来就干脆用“常棣”代指关系和睦的兄弟了。

诗经知文化

古代竟然是“分餐制”

每逢过年过节，我们都会和家人欢聚一堂，围坐在一张大桌子前吃饭。可你知道吗？在几千年前的中国并没有现在的这种“合餐制”，“分餐”才是社会的主流。

事实上，在同一张桌子、同一个盘子里共餐的做法是在唐朝时才出现的，在这之前，人们只能坐在各自的桌子前，使用各自的餐盘、餐具来进餐，这是为什么呢？原来，在唐朝以前，椅子这种家具还没出现，大家都是席地而坐，再加上桌案又矮又窄，大家很难挤在同一张桌子前共餐，只能坐在各自的位置上吃自己的饭。直到唐朝时期，“高桌大椅”的流行，才让“共餐”成为可能。

诗经学考点

“小雅”是什么？

按照音乐的不同，《诗经》全书可以分为“风、雅、颂”三部分。之前我们学的“风”（例如“周南”“豳风”等）都是地方音乐，而“雅”则是周王朝直辖地区的音乐，也被称为“正声雅乐”。

“雅”又分为“大雅”和“小雅”。“小雅”记录了周朝的社会生活以及文化风俗，比如战争、徭役、祭祀、宴会、农务等，是我们今天了解先秦社会生活的一面镜子。

伐木（节选）

伐木（节选）

伐木丁丁，鸟鸣嘤嘤。出自幽谷，迁于乔木。嘤其鸣矣，求其友声。相彼鸟矣，犹求友声。矧伊人矣[①]，不求友生？神之听之，终和且平。

伐木许许[②]，酾酒有藇[③]。既有肥羜[④]，以速诸父。宁适不来，微我弗顾。

注释

①矧（shěn）：况且。伊：你。②许（hǔ）许：砍伐树木的声音。
③酾（shī）酒：滤酒。藇（xù）：形容酒的甘美。④羜（zhù）：小羊羔。

译文

伐木“咚咚”响，群鸟叫“嘤嘤”。鸟儿出深谷，飞来落高树。小鸟叫不停，寻求友与朋。端详那小鸟，仍想与友亲。何况你与我，怎不重友情？神灵听我言，也能降太平。

伐木“呼呼”响，美酒新滤香。端上肥羔羊，请来叔伯尝。即使没能来，非我不周详。

伐木工的宴会

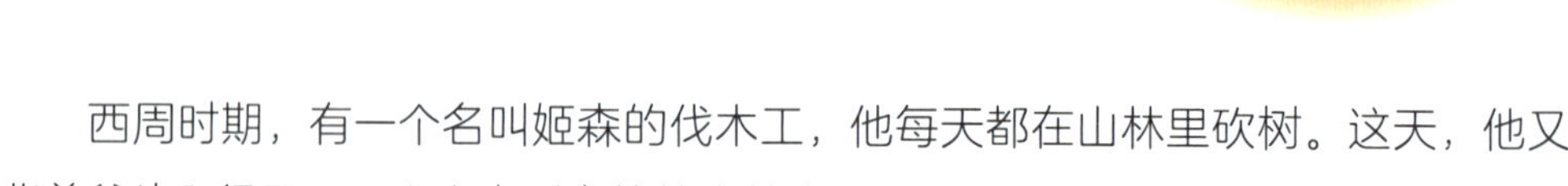

西周时期，有一个名叫姬森的伐木工，他每天都在山林里砍树。这天，他又背着斧头和绳子，一个人来到寂静的山林中。

“咚——咚——”，姬森砍伐树木的声音在树林里回荡。有一只小鸟在林中飞来飞去，发出“嘤嘤”的鸣叫声，似乎在呼朋引伴。

姬森突然感到很孤独，他长年一个人在山里伐木，平时很难见朋友一面，就像这只落单的小鸟一样。想到这里，姬森决定近期办一场热闹的宴会，与阔别许久的朋友们聚聚。

姬森抽时间将院里院外打扫得干干净净，去集市买回几桶美酒，又亲自登门邀请朋友。

相约的日子到了，朋友们准时前来赴宴。美味的饭菜摆满桌，香甜的美酒斟满杯，姬森举起酒杯说：“**既有肥羜，以速诸父。**我一直在深山伐木，很难见大家一面，今天终于聚在一起了，让我们痛痛快快地吃肉喝酒，开开心心地叙旧吧！”

朋友们举杯开怀畅饮。其中一位朋友站起来说：“大家难得一聚，我为大家跳舞助兴吧。”旁边的一位朋友说：“跳舞怎么能没有乐器？让我为他敲鼓吧。”

鼓声“咚、咚、咚”响了起来，跳舞的人踩着节拍，走到了中央。

大家就这样唱啊、跳啊，宴会一直到深夜才散。

友谊是一杯美味的酒，有了它，人生才会更精彩。

伐木（节选）

诗经读完整

《伐木》的后半部分是：

於粲洒扫，陈馈八簋。既有肥牡，以速诸舅。宁适不来，微我有咎。

伐木于阪，酾酒有衍。笾豆有践，兄弟无远。民之失德，干糇以愆。有酒湑我，无酒酤我。坎坎鼓我，蹲蹲舞我。迨我暇矣，饮此湑矣。

诗经懂博物

“酾酒”是什么酒？

在《伐木》里有“酾酒有藇”，意思是过滤的酒清澈没有杂质。“酾”就是过滤的意思。那么，当时周朝的酿酒技术真的能酿造出没有杂质的酒吗？

在先秦时期，酒主要分为两种：清酒和浊酒。像《伐木》中提到的“酾酒”，是经过过滤除掉杂质的清酒，一般是贵族用来祭祀和饮用的。而与其相对的浊酒是平民百姓日常饮用的，比较廉价、易得。

当然，清酒和浊酒还可以靠酿酒原料来区分。清酒选用优质山泉水和品质好的粮食酿造；而浊酒则没那么讲究，普通的糯米、黄米都能用来酿造。

诗经知文化

什么是五伦？

《伐木》中极力宣扬友情，而朋友则是中国古代的人际关系——五伦之一。

五伦指的是中国古代五种人伦关系，即君臣、父子、兄弟、夫妻和朋友。这五种关系囊括了整个古代中国的伦理关系。其中，父子、兄弟、夫妻是家庭伦理关系，君臣、朋友是国家、社会伦理关系。

在古代，五伦关系联系密切、互相交错。比如，朋友关系与兄弟关系有时会相提并论；君臣关系与父子关系也常放在一起比较。在文学作品中也常常用夫妻关系代指君臣关系。

采薇（节选）

采薇采薇，薇亦作止。曰归曰归，岁亦莫止。靡室靡家[①]，猃狁之故[②]。不遑启居[③]，猃狁之故。

采薇采薇，薇亦柔止。曰归曰归，心亦忧止。忧心烈烈，载饥载渴。我戍未定，靡使归聘。

采薇采薇，薇亦刚止。曰归曰归，岁亦阳止。王事靡盬[④]，不遑启处。忧心孔疚，我行不来！

注释

①靡（mǐ）：没有。

②玁狁（xiǎn yǔn）：我国古代北方的少数民族，秦汉时称“匈奴”。

③不遑（huáng）：没有时间。④盬（gǔ）：了结，休止。

译文

采薇呀采薇，薇菜已发芽。回家呀回家，一年又过完。无妻没有家，为把玁狁打。没空闲去休息，为把玁狁杀。

采薇呀采薇，采摘那嫩芽。回家呀回家，心中忧思挂。忧思如火焚，饥渴真难熬。驻地未定下，写信难到家。

采薇呀采薇，薇菜已老化。回家呀回家，转眼半年啦。公家差事忙，无休无闲暇。心中怀痛苦，怕回不去家！

归来的途中

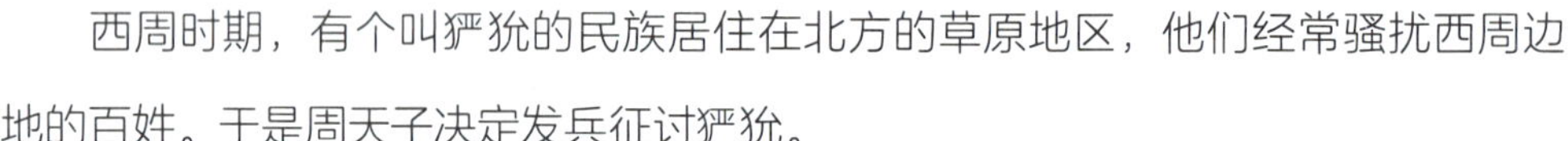

西周时期，有个叫猃狁的民族居住在北方的草原地区，他们经常骚扰西周边地的百姓。于是周天子决定发兵征讨猃狁。

一位名叫嬴伍的士兵随军出征。正好是春天，河边杨柳的柔软枝条随风飘动，似乎在殷殷叮嘱远征将士。

边境战事频繁。主帅立在四匹高大强壮的骏马拉着的战车上指挥。士兵也拿着弓、背着箭囊，时刻保持戒备，根本不敢休息。

猃狁骑着马，来去如风。但凭着主帅沉着的指挥和士兵的英勇御敌，西周军队还是打败了猃狁，获得了暂时性的胜利。

春去秋来，四季变换，营地旁的野豌豆苗被士兵们采摘了一遍又一遍。嬴伍想给家里的母亲捎去一封信，可是战事无休止，信使也无法送出家书。

几年后，猃狁无力对抗，传言要投降，士兵们开心极了，终于可以回家了！可是等呀等，从春天直等到了十月，还是没有猃狁投降的消息。

到了年底，天寒地冻，滴水成冰，士兵们在帐篷里，围坐在小火炉边取暖。终于，一个令人振奋的消息传来，说西周大军已经彻底打败了猃狁，明天就要班师回朝了！

寒风“呼呼”地刮着，满天的雪花纷纷落下，道路上已经结了冰，再加上有一层厚厚的积雪，人行走起来非常困难。在回去的路上，嬴伍回想起他们当初出征的场景：杨柳的柔枝轻抚着他的脸颊。嬴伍心里想：“**昔我往矣，杨柳依依。今我来思，雨雪霏霏。**已经几年没有见到母亲了，不知道她现在怎样了？”

诗经读完整

《采薇》的后半部分是：

彼尔维何？维常之华。彼路斯何？君子之车。戎车既驾，四牡业业。岂敢定居？一月三捷。

驾彼四牡，四牡骙骙。君子所依，小人所腓。四牡翼翼，象弭鱼服。岂不日戒？猃狁孔棘！

昔我往矣，杨柳依依。今我来思，雨雪霏霏。行道迟迟，载渴载饥。我心伤悲，莫知我哀！

诗经知文化

古人怎么“坐”？

《采薇》里有“不遑启居，猃狁之故”，意思是没有空闲时间在家坐下休息，这是因为猃狁的缘故。那么你知道古人一般怎么坐吗？

“椅子”一词出现在唐代，是由汉魏时传入北方的胡床演变而来的。在这之前，古人大多是“席地而坐”，也就是往地上铺一块席子，坐在上面。坐姿也分很多种，正统的坐姿是跪坐，也就是双膝跪在地上，臀部挨着脚后跟和小腿。此外，还有跪在地上挺直身子的跽坐、类似蹲的踞坐、坐在地上双腿叉开的箕坐，其中，箕坐这个姿势被认为非常不雅。

诗经学考点

以乐景写哀，以哀景写乐

在写作中，我们都会用到以景写情的方法，但我们一般都是“正着用”，比如用晴朗的天空衬托快乐的心情，用阴雨的天气来写心中的悲伤。但是在《采薇》中，却偏偏将这个写法“反着用”了！

“昔我往矣，杨柳依依。今我来思，雨雪霏霏”是经典的以景写情，不过它是“以乐景写哀情，以哀景写乐情”。诗人在大雪天征战归来，想到自己离家时是暖融融的春天，怎能不哀伤呢？因此，王夫之在《姜斋诗话》中说“以乐景写哀，以哀景写乐，一倍增其哀乐”。

出车（节选）

我出我车，于彼牧矣。自天子所，谓我来矣。召彼仆夫，谓之载矣。王事多难，维其棘矣。

我出我车，于彼郊矣。设此旐矣[①]，建彼旄矣[②]。彼旟旐斯[③]，胡不旆旆[④]？忧心悄悄，仆夫况瘁[⑤]。

王命南仲，往城于方。出车彭彭，旂旐央央[⑥]。天子命我，城彼朔方。赫赫南仲，猃狁于襄。

注释

①旐（zhào）：画有龟蛇图案的旗。②旄（máo）：装饰牦牛尾的旗。

③旟（yǔ）：画有鹰隼图案的旗。④旆（pèi）旆：旗帜飘扬的样子。

⑤况瘁（cuì）：憔悴的样子。⑥旂（qí）：画有双龙图案的旗帜，并带铃铛。

译文

乘坐我的战车，列队都城郊外。打从天子住处，派我到这里来。唤来仆从驾车，武器载到前线。当今国家有难，必当极速赴前。

乘坐我的战车，列队都城门边。旗上龟蛇图案，牦牛尾旗招展。还有鹰隼大旗，迎风猎猎摇摆。此去我心忧虑，仆人马匹累坏。

周王拜将南仲，北方修筑防城。战车辚辚众多，龙旗漫舞鲜明。天子下达命令，火速赶往北方。威名赫赫南仲，平定猃狁有方。

南仲大将军

西周时期，有位勇猛善战的大将军，名叫南仲。

当时有一个叫猃狁的民族，对西周的边境造成了严重的威胁。大将军南仲经常带兵前去抵御猃狁。

身经百战的南仲乘坐着高大的战车，威风凛凛，大军在都城的郊外列好队伍，画有龟蛇图案的彩色旗帜顶端插着漂亮的羽毛，在大风中招展。

郊外的田里，刚长出来的麦子青青。南仲大将军一声令下，大军拔旗出发。西周大军到达朔方后，在南仲的监督下，日夜修建防御的工事。

仆从劝南仲注意身体，好好休息一下，南仲说道："王事多难，不遑启居。等我们打败了敌人后再好好休息。"

春去秋来，寒暑交替，转眼间几年过去了。南仲打败了猃狁，清剿了他们的老巢。终于，得到了周天子的诏令，可以班师回朝了！

在回来的途中，南仲率大军顺便将西周的另一个敌人西戎也打败了。

南仲带着大军策马奔腾，眼看要到镐京了，士兵们发出了激动的欢呼声。

诗经读完整

《出车》的后半部分是：

昔我往矣，黍稷方华。今我来思，雨雪载涂。王事多难，不遑启居。岂不怀归？畏此简书。

喓喓草虫，趯趯阜螽。未见君子，忧心忡忡。既见君子，我心则降。赫赫南仲，薄伐西戎。

春日迟迟，卉木萋萋。仓庚喈喈，采蘩祁祁。执讯获丑，薄言还归。赫赫南仲，玁狁于夷。

诗经知文化

古人用什么写字？

《出车》里提到的“简书”，是指上级下达的文书。后世有人推测，“简书”的“简”可能是指竹简。那么，除了竹简，古人还在哪里写字呢？

传说在远古时代，黄帝手下的大臣仓颉创造了汉字，那时人们会把文字刻在陶器或石头上。到了商朝，占卜的风气非常流行，人们把文字刻画在龟甲和兽骨上，这就是著名的甲骨文。之后，人们还在铸造的青铜器上铸刻文字，或把文字写在竹简、绢帛上，但这样很不方便。到了东汉时期，蔡伦发明了轻便的纸，极大地改变了书写方式。

诗经讲历史

周朝周边的那些民族

现代的中国是一个统一的多民族国家，地域十分辽阔。但在先秦时期，周王室与诸侯们的势力范围并不大，在四周广袤的土地上，活跃着许多其他部族。

先秦时期，人们把周朝势力范围外的部族，按照各自的方位，分别称为“东夷、南蛮、北狄和西戎”。但这只是一个非常笼统的称呼，实际上，这些部族内部有着更加复杂的分类。按照古书《尔雅》的说法，有“九夷、八狄、七戎、六蛮”。而这些部族中最著名的，有犬戎、玁狁、肃慎、鬼方等。

杕杜

有杕之杜[①]，有睆其实[②]。王事靡盬，继嗣我日。日月阳止，女心伤止，征夫遑止。

有杕之杜，其叶萋萋。王事靡盬，我心伤悲。卉木萋止，女心悲止，征夫归止。

陟彼北山，言采其杞。王事靡盬，忧我父母。檀车幝幝[③]，四牡痯痯[④]，征夫不远！

匪载匪来，忧心孔疚。期逝不至，而多为恤。卜筮偕止，会言近止，征夫迩止！

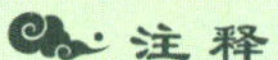

注释

①杕（dì）：只有一棵树的样子。

②有睆（huǎn）：果实众多的样子。

③幝（chǎn）幝：破败的样子。

④痯（guǎn）痯：疲劳的样子。

译文

棠梨孤零零，果实挂枝上。战事无止息，役期又延长。又到十月底，女子心忧伤，征夫不还乡。

棠梨孤零零，叶子正茂密。战事无止息，我心满忧戚。草木色葱绿，女子悲无极，征夫归故里。

登上北山顶，去采那枸杞。战事无止息，父母无人慰。檀车已破损，役马已疲惫，征夫快快归！

车来不见人，心中苦难耐。逾期人不到，心忧苦难捱。求卜又问筮，归期近可待，征夫要归来！

棠梨树下的等待

西周时期，征战不断，不少男子长年在外服役。

有位名叫南姚的女子，其丈夫去西周的边境服役，已经好几年没有回家了。南姚的家门口有一棵高大的棠梨树，她每天都站在这棵棠梨树下，等待着丈夫平安归来。

就这样，她等了一年又一年，由于战争还没有结束，南姚丈夫服役的期限又延长了。转眼间又到了十月底，天气开始慢慢变冷，棠梨树的叶子也逐渐飘落了。不见丈夫回家，南姚的心里非常悲伤。

冬去春来，田野再次铺绿，南姚家门口的那棵棠梨树也长出了绿叶。丈夫归家的日子依然遥遥无期，南姚的心里很悲伤，公公婆婆也同样每天盼望着儿子的归来。

北面的山坡的枸杞已挂果了。采摘的南姚望着远方的山峦，又想起了在远方服役的丈夫。不知丈夫那檀木制作的役车是否破败，拉车的马匹是否疲累?

忧心的南姚来到巫女家，对她说：“**期逝不至，而多为恤。**请帮我占卜一下我的丈夫什么时候回来吧！”

巫女拿出龟壳占卜后，告诉南姚：“你的丈夫快要回来了，请你不要担心。”

从此以后，棠梨树下的南姚更是望眼欲穿。

诗经懂博物

枸杞知多少?

在当今社会，越来越多的现代人开始追求养生，喜欢“保温杯里泡枸杞”。对于小小的枸杞，你了解多少呢?

枸杞是一种原产于中国的植物，对它的记载可以追溯到商朝时期。根据考古学家考证，商朝已经有了“杞”字的甲骨文。但那时的枸杞还是野生的状态，真正被人们“驯服”是在600多年前。枸杞果实刚成熟时饱满红润，人们为了方便运输和储藏，会把它晾干，变成我们在超市中看到的皱巴巴的样子。

诗经知文化

占卜与汉字有什么联系?

汉字的历史非常悠久，不仅是世界上最古老的文字之一，还是目前使用寿命最长的文字。而甲骨文则是到目前为止，中国最早的具有成熟体系的汉字。

在商朝，甲骨指的是龟甲和兽骨，这两种东西都是古人用来占卜的工具。在占卜的时候，古人在龟甲和兽骨上刻划卜辞或记载占卜顺序的数字，这就让汉字不可避免地与占卜产生了联系。后来，随着创造的字越来越多，龟甲和兽骨上的文字也变得复杂起来。

诗经讲历史

中国传说里的“运输业之祖”

《杕杜》里有一句“匪载匪来，忧心孔疚”，其中，“载”的意思是用车运输。在古代，拉车的牲畜一般是牛、马等，但你知道它们是从什么时候开始为古人干活的吗?

传说在夏朝时期，商朝的第十一世祖相土是个头脑很灵活的人，他在看到野马的力气很大后，便琢磨是不是可以让野马来拉车。相土尝试了很久，最后成功驯服了野马，并将它们圈养了起来。后来，相土还琢磨出骑马打仗的方法，训练出了骑兵。

相土的后代王亥也继承了祖先的遗风，盯上了更大的动物——牛，还发明了牛车。这就是历史上“相土作乘马，王亥作服牛”的佳话。

车攻

车攻

我车既攻，我马既同。四牡庞庞，驾言徂东。

田车既好，四牡孔阜。东有甫草，驾言行狩。

之子于苗，选徒嚣嚣。建旐设旄，搏兽于敖。

驾彼四牡，四牡奕奕。赤芾金舄[①]，会同有绎。

决拾既佽[②]，弓矢既调。射夫既同，助我举柴[③]。

四黄既驾，两骖不猗。不失其驰，舍矢如破。

萧萧马鸣，悠悠旆旌。徒御不惊，大庖不盈。

之子于征，有闻无声。允矣君子，展也大成！

注释

①金舄（xì）：用金属装饰的厚底鞋。②佽（cì）：方便，顺手。

③柴（zì）：通“胔”，被射杀的动物的尸体。

译文

狩猎车坚固，马匹已备齐。四马多健壮，奔驰向东地。

狩猎车修好，四马多雄健。田圃草木盛，狩猎好地点。

宣王带头猎，步卒声喧嚣。龟蛇旐尾旗，狩猎在郑敖。

诸侯驾四马，四马快又稳。红蔽配金靴，诸侯来不绝。

护具都戴全，弓箭配停当。射手齐到位，只等把兽扛。

四马毛金黄，两骖不偏倚。驱车皆有法，羽箭不虚发。

马儿鸣萧萧，旌旗猎猎飘。步卒驭手敏，猎物满厨房。

宣王回王都，人马静无声。这位好君王，霸业定成功！

周宣王打猎

西周的周宣王喜欢在都城附近的树林里打猎。

一天，周宣王突发奇想，要去东都洛邑打猎。

很快，随从们就准备好了马车。拉车的马儿高大健壮，车上插满了龟蛇彩旗，随行的步兵个个精神抖擞，英武非常。

周宣王的马车绝尘而去，直奔洛邑。而那些随行的诸侯也都整装出发，从四面八方向洛邑赶。

到达洛邑的打猎地点后，周宣王佩戴好护具和护臂，并配上了强弓和羽箭。诸侯们随后赶到，纷纷拿出打猎的器具，随从、侍卫也都各就各位。数十辆大车严阵以待，就等着装猎物。

打猎活动正式开始了！随从们打起了鼓，惊动了树林里的野兽。野兽们纷纷跑出来，周宣王坐着狩猎马车，追了上去。

“嗖！”周宣王射出了第一支箭，射中了一只小鹿。随后，森林中传来“嗖嗖嗖”的放箭声，猎物纷纷应声倒地。数十辆大车上堆满了野兽的尸体，很快就装不下了。

周宣王赞叹道：“**不失其驰，舍矢如破。**大家的箭法神准，我们一定能打到很多猎物！”

几天后，打猎结束了，周宣王准备返回镐京。他乘上来时的华丽马车，马车上插的旌旗在晚风中轻轻飘动。

在回来的路上，大队人马井然有序，只听见马蹄声和车轮滚动的声响。

诗经知文化

诸侯对天子有什么义务?

在分封制下，天子与诸侯形成比较密切的君臣关系。一般来讲，天子是所有诸侯的“盟主”，诸侯必须听从天子的管理。他们平时为天子镇守一方土地，如果天子需要打仗，诸侯就必须派兵跟随出征。

另外，诸侯虽然在自己的地盘有相对独立的政权、财权和军权，但一定要乖乖听天子的话，按时向王室缴纳贡赋。与此同时，诸侯每隔一段时间都要去朝见天子，这个过程被称为“朝聘”。《礼记》中记载，“比年一小聘，三年一大聘，五年一朝”，意思是诸侯每年派大夫去拜见一次天子，每三年让卿去拜见一次天子，每五年则要亲自去朝见一次天子。

诗经讲历史

宣王中兴

周厉王在位的时候胡作非为，结果引发“国人暴动”，自己也被百姓赶跑。后来他的儿子周宣王继位，励精图治，被后世称为“宣王中兴”。

在内政治理上，周宣王任用能臣，积极整顿国事，给当时衰败的周王室打了一针“强心剂”；在对外御敌上，周宣王采取强硬的手段，派军队南征北伐，打败了对周朝虎视眈眈的外敌，振兴了王室的威严。从那以后，周朝国势蒸蒸日上，天下诸侯纷纷来朝见。不过，令人遗憾的是，周宣王在晚年变得刚愎自用、贪图享乐，把好不容易恢复的国力败得一干二净。

诗经学考点

以动衬静的写法

在文学创作中，有一种特别的写作手法叫以动衬静。它往往选用动态的事物来衬托静态的事物，以表现出整体氛围以及语境上的静谧感。

《车攻》中“萧萧马鸣，悠悠旆旌。徒御不惊，大庖不盈。之子于征，有闻无声……”描写的是贵族狩猎结束后营地安静的景象。作者用“萧萧马鸣，悠悠旆旌”的动态景象衬托出整个营地的寂静。后世的许多诗歌中也有“以动衬静”的表现手法，例如唐代诗人杜甫《后出塞》中的诗句“落日照大旗，马鸣风萧萧”。

鸿雁

鸿雁于飞，肃肃其羽。之子于征，劬劳于野[①]。爰及矜人，哀此鳏寡[②]。

鸿雁于飞，集于中泽。之子于垣[③]，百堵皆作。虽则劬劳，其究安宅。

鸿雁于飞，哀鸣嗷嗷[④]。维此哲人，谓我劬劳。维彼愚人，谓我宣骄。

注释

①劬（qú）劳：勤劳辛苦。②鳏（guān）：老而无妻者。寡：老而无夫者。
③垣：墙。④嗷嗷：鸿雁的哀鸣声。

译文

鸿雁翩翩飞，双翅“沙沙”响。使者离家门，辛苦又奔忙。救济穷苦人，鳏寡最哀伤。

鸿雁翩翩飞，聚在泽中央。使者做监工，众人筑高墙。虽尝苦与累，终归有住房。

鸿雁翩翩飞，哀鸣声凄凉。只有明理人，才知我辛忙。只有糊涂虫，才说我标榜。

筑墙的流民

西周晚期，有几年连续大旱，农作物大量减产，有时甚至全年颗粒无收。没有粮食吃的百姓们为了能活下去，只好离开家乡四处流浪，成为流民。

一位叫田禾的农夫也是流民队伍中的一员，他每天饱一顿饥一顿，有时几天也吃不上一顿饭，尝尽了苦头。有一天，田禾来到一处水塘边，受到惊扰的鸿雁“扑棱棱”飞起，发出阵阵鸣叫声。漫无目的的田禾跟着鸿雁向前走去，看到有一些人在筑墙。

田禾连忙跑过去问监工：“我可以帮你们干活儿吗？只要能给我饭吃就行。”监工答应了。

于是，田禾和其他流民一起筑造高墙，虽说只提供粗茶淡饭，但总算可以果腹。

一天下午，一位周宣王的使者路过这里，使者看到田禾和其他辛苦筑墙的流民一边干活，一边唱着悲凉的歌，便停了下来，对他们说：“我是周天子派遣而来的使者，专门救济流民的。”

田禾擦了擦额头的汗水，说：“**维此哲人，谓我劬劳。**只有那些糊涂虫，才会说我唱歌是在发牢骚！”

使者告诉他们：“天子发布了命令，准备回家乡的流民可以领救济粮食，你们也快去领吧。”

于是，田禾和其他流民跟着使者来到了附近的救济点，领取了干粮，随后踏上了回乡的道路。

诗经懂博物

爱"搬家"的鸿雁

鸿雁是一种候鸟，会随着季节、气候的变化而定期迁徙，经常"集体大搬家"。鸿雁"搬家"往往成群结队，在空中排成不同的队形，如"一"字形、"人"字形。这是为什么呢？

原来，领头的鸿雁在飞行时，身后会形成一个低气压区，其他鸿雁就聪明地在这个低气压区中飞翔，极大地减少了空气阻力。等到领头雁飞累了，就换到队尾去，让其他鸿雁领头……就这样，鸿雁群在互相帮助下，才能飞得更快、更远。

诗经知文化

古代怎么筑墙？

《鸿雁》中提到"之子于垣，百堵皆作"，其中"垣"和"堵"都跟筑墙有关。你知道古人是如何筑墙的吗？

古人往往会修筑城墙保护城市，而筑墙是一项技术活。一般来讲，早期城池的城墙都是由土筑成，这种土城墙通常有两种建筑方法：筑土墙和土坯墙。前者也叫版筑，具体做法是用木头做出两块木板，然后往它们中间填充泥土，再把泥土夯实，土墙就做好了；后者是将一块块掺了柴草的土坯垒好，然后在外表涂满泥。

除了土墙，古人还会用石块垒砌筑墙，甚至用加了料的"夯土"搭配糯米浆、青石砖来筑墙。著名的明长城的不少地段，就是用糯米浆掺拌砂浆"粘"起来的。

诗经学考点

惨烈的"哀鸿遍野"

在《鸿雁》中，无数流民在鸿雁悲切的叫声中流亡与劳作，全篇主旨悲切，感人至深。

到了后来，人们在这篇诗中提炼出"哀鸿遍野"一词。这个词的原义是说到处都有鸿雁的哀鸣，但经过人们的引申后，变成"比喻到处都有凄苦、哀号的流民"之义。在古代，人们往往"靠天吃饭"，因此饥荒经常发生，再加上战乱频繁、朝廷压榨，经常会出现哀鸿遍野的惨象。

庭燎

夜如何其？夜未央，庭燎之光。君子至止，鸾声将将[①]。

夜如何其？夜未艾，庭燎晣晣[②]。君子至止，鸾声哕哕[③]。

夜如何其？夜乡晨，庭燎有辉。君子至止，言观其旂[④]。

注释

①将（qiāng）将：通“锵锵”，铜铃声。②晣（zhé）晣：明亮的样子。
③哕（huì）哕：鸾铃的响声。④旂（qí）：上面画龙、杆顶有铃的旗子。

译文

现在夜里是几时？夜色未尽天未亮，庭中火烛放光芒。诸侯大臣马上到，听到车铃响“叮当”。
现在夜里是几时？夜色未尽无晨光，庭中火烛明又亮。诸侯大臣马上到，听到车铃“叮当”响。
现在夜里是几时？夜色将尽天将亮，庭中火烛暗淡光。诸侯大臣马上到，看到旗帜在飘扬。

周宣王的改变

西周时期的周宣王，是一位很有作为的国君。他继位之初，勤勉国事，经常早早上朝，同大臣们商议内政大事和抵御游牧民族的事。

可是后来，周宣王慢慢变得不思进取，贪图享乐。本该是上朝的时间，他却在后宫睡懒觉，不理朝政。那些朝堂之上的大臣左等右等，就是不见国君的影子。大臣们非常着急，可是一点儿办法都没有。

周宣王的正妻贤惠有德。听说了此事后，她取下头上的簪子和耳环，让人给周宣王带去，说是因为自己的过错才导致周宣王睡懒觉，不理朝政，并让周宣王处罚自己。

周宣王意识到了自己的过错。从此，他一改往日的懒散作为，很早就去上朝。

有一天，周宣王半夜醒来，问道：“现在是什么时间？是不是天亮了？”

报时官回答：“现在时间还早，天还没有放亮，您看到的是庭院中的火烛的光芒。”

周宣王却摇摇头，说：“**君子至止，鸾声将将。**我要早点儿起床上朝，不能让大臣们在朝堂上等我。”说完，他就起床穿好衣服，坐在朝堂上，早早等候着大臣们的到来。

诗经懂博物

古代用什么照明？

天黑了，人们随手打开电灯，但在古代没有电，更没有电灯，人们用什么照明呢？

在原始社会，先民们偶然间发现了能够发光发热的火，于是开始用火把、篝火照亮黑夜，驱赶凶猛的野兽。后来，人们发现动物或者植物的油脂能够燃烧，于是发明了油灯，在灯盏里放上油脂，插一条粗棉绳或灯芯草茎内纤维，就能燃烧照明。不过在古代，油料价格昂贵，因此贫苦的平民用不起油灯。到了汉朝时期，达官贵族用上了昂贵的蜡烛。直到南北朝、唐宋时期，蜡烛的造价变低，才慢慢在民间普及。

诗经知文化

古代的“夜生活”

古代娱乐方式十分贫乏，那时的人们是怎么度过漫漫长夜的呢？事实上，在宋朝之前，人们没有真正意义上的“夜生活”。那时讲究“日出而作，日落而息”，每天除了吃饭、干活儿、睡觉，没有别的娱乐生活。而且宋朝之前的官府认为，夜晚容易滋生祸乱，很不安全，所以严格执行“宵禁”“夜禁”政策，坚决不许人们夜晚外出。

到了北宋，“宵禁”制度被废止，人们纷纷在夜晚走上街头。以北宋首都东京（今河南开封）为例，那里是当时世界上最繁华的城市，整夜灯火通明，许多人家偕老扶幼，在街市上玩乐。

诗经回忆录

《庭燎》与《鸡鸣》

《庭燎》讲的是周天子早朝前与报时官的对话。双方一问一答，是典型的问答体诗歌，主旨是对天子勤于政事的褒奖和赞扬。

《诗经》中还有一篇是对“上早朝”的描写，那就是《鸡鸣》。与《庭燎》一样，《鸡鸣》也是典型的问答体诗歌。但《鸡鸣》的文风偏于轻佻、戏谑，问答的对象是夫妻，讲的是妻子催促丈夫上早朝，而丈夫不断找借口赖床，这一点与《庭燎》正好相反。另外，《鸡鸣》的主旨是讽刺官员沉溺享乐，懈怠工作，跟《庭燎》中勤政的周宣王形成了鲜明的对比。

白驹

皎皎白驹，食我场苗。絷之维之[①]，以永今朝。所谓伊人，于焉逍遥。

皎皎白驹，食我场藿[②]。絷之维之，以永今夕。所谓伊人，于焉嘉客。

皎皎白驹，贲然来思[③]。尔公尔侯，逸豫无期。慎尔优游，勉尔遁思。

皎皎白驹，在彼空谷。生刍一束[④]，其人如玉。毋金玉尔音，而有遐心[⑤]。

注释

①絷（zhí）：绊，即用绳子绊住马足。②藿（huò）：豆叶。

③贲（bēn）然：马匹快速奔跑的样子。“贲”通“奔”。

④生刍（chú）：用来喂牲畜的青草。⑤遐（xiá）心：疏远之心。

译文

洁白小马驹，吃我嫩豆苗。拴绳绊马脚，长久居我家。那位贤德人，在此尽逍遥。

洁白小马驹，吃我嫩豆叶。拴绳绊马脚，在此过今宵。那位贤德人，在此做客好。

洁白小马驹，快快到我家。赐你公与侯，安乐莫还家。适度享悠闲，莫要避世啦。

洁白小马驹，以空谷为家。一束青草料，贤人德无瑕。走后常来信，莫将我疏远。

周武王访箕子

周武王是西周的开国君主，他继位后一心想治理好国家，可是治理好国家必然离不开贤士的辅佐。所以，周武王一直在寻找治国的贤士。

有一天，周武王来到郊外散步。突然，他看见一匹浑身雪白的小白马闯进了农田里啃食嫩绿的豆苗。随从跑过去抓住了小白马的缰绳，将它牵到周武王的面前。

周武王仔细打量了一番小白马后说："这匹小白马的主人一定不是一位普通人。将这匹小白马牵到我的马棚里吧，它的主人一定会前来寻找。"

过了几天，果然有一位男子前来寻找小白马。周武王将小白马还给这位男子，并对他说："我在寻找能帮我治理国家的贤士，你能帮我推荐几位吗？**所谓伊人，于焉嘉客。**贤士来到我这里后，一定能发挥出他们的才华。"

小白马的主人说："我认识一位高人，他叫箕子，隐居在一座高山之中，您如果愿意的话可以去拜访他。"

原来，这个箕子不是寻常人，正是商纣王的叔叔，在商朝时担任太师的职位。商纣王昏庸无道，箕子曾经多次劝谏无果，一气之下，便到一座山里隐居了。

周武王听了，非常高兴。经过一番周折，周武王终于找到了隐居山中的箕子，并说明了来意。箕子将自己的治国之道毫无保留地告诉了周武王。

只有求贤若渴的英明君主，才会得到优良的治国之道，并将国家治理好。

诗经懂博物

马是怎么睡觉的？

当人们感觉身体疲倦时，就会睡觉、休息，动物也是如此。不过跟人类躺着睡觉的习惯不同，动物们的睡姿千奇百怪。

以《白驹》里的马为例，它在大多时候都会选择站着睡觉，这是为什么呢？原来，在马被驯化以前，它们生活在野外。马没有尖牙利爪，逃命的“终极装备”只是四条腿。为了能够在天敌来袭时第一时间做出反应，马练出了站着睡觉的本事。不过在圈养条件下，周围环境安全且熟悉，马有时也会选择半卧着睡、躺着睡或靠着木桩睡等。

诗经知文化

特色的赛马

马是最早被人类驯化的动物之一，被古人列入传统的“六畜”里。人们把马驯服后，开发出了许多“使用方法”，比如骑马打仗、驾马拉货等。后来，因为缺少娱乐活动，古人逐渐琢磨出“赛马”这项运动来。

赛马就是比哪匹马奔跑的速度快。在《史记·孙子吴起列传》里，记载了“田忌赛马”的故事，讲述了赛马中谋略的重要性。到了唐代，从西域各国引进了许多优良品种的马，还诞生了专门用来赛马的赛场。到了现代，赛马运动在世界各地“开花结果”，在奥运会里也有一些优雅的赛马项目，如场地障碍赛和盛装舞步等，主要考验人马协作与马匹的灵活性。

诗经学考点

“焉”的用法

“焉”在文言文里是一个重要的虚词，拥有多种“身份”，可以作语气词，也可以作代词，还能作兼词。

以《白驹》为例，原文中“所谓伊人，于焉逍遥”里的“焉”字作兼词用，意思是“在这里”。此外，成语“不入虎穴，焉得虎子”里的“焉”字作代词用，意思是“哪里、怎么”。文言文《愚公移山》里“寒暑易节，始一反焉”的“焉”字，是作语气词用的。

黄鸟

黄鸟黄鸟，无集于榖[①]，无啄我粟。此邦之人，不我肯榖[②]。言旋言归，复我邦族。

黄鸟黄鸟，无集于桑，无啄我粱。此邦之人，不可与明。言旋言归，复我诸兄。

黄鸟黄鸟，无集于栩[③]，无啄我黍[④]。此邦之人，不可与处。言旋言归，复我诸父。

注释

①榖（gǔ）：即楮树。②榖（gǔ）：友好，善良。③栩（xǔ）：即柞树。
④黍（shǔ）：即黍子，去皮后称黄米。

译文

黄鸟啊黄鸟，莫聚楮树上，别啄我粟米。这个乡的人，对我不善良。还是快回去，回到我故乡。
黄鸟啊黄鸟，莫聚桑树上，别啄我高粱。这个乡的人，信义从不讲。还是快回去，回到兄弟旁。
黄鸟啊黄鸟，莫聚柞树上，别啄我黍粮。这个乡的人，不可常来往。还是快回去，回到叔伯旁。

流民程叔甫

周宣王是西周时期的一位君主，他在位的前期勤政爱民，国家钱粮充足，百姓安居乐业。可到了后期，他却昏庸糊涂起来，带头破坏周礼，在与西北戎狄的战争中多次战败。周宣王强迫百姓充军，还要增加赋税，再加上接连几年的天灾，大量百姓流离失所。

有一位叫程叔甫的农夫就是流民里的一员。他的故乡原来在西周的都城附近，后来一路向东逃亡，来到了鲁国一个偏远的村子边上，搭了几间草房子，开辟了一块荒地。虽然辛苦，但总算可以勉强填饱肚子，也不用被拉去当兵打仗。

可当地人非常排斥程叔甫这个外地人，他们不是暗中使坏，就是当面对他说风凉话，想办法逼着他离开。还有一位当地人声称这块农田是他的，让程叔甫将耕种的农田还给他。

夏末的一天，程叔甫拿着镰刀来到农田，准备收割成熟的作物。这时，一群黄鸟飞来，先是落在了旁边的几棵楮树和桑树上面，然后落在农田里，不停地啄食谷子和高粱。

程叔甫看到后，一边挥舞着手里的长棍驱赶黄鸟，一边生气地大骂："黄鸟黄鸟，无集于榖，无啄我粟。这个地方的人对我不太友好，总是想让我离开这里。我还是快快回去吧，回到我那亲爱的故乡。"

程叔甫决定再也不忍受这些讨厌的当地人了，等收完这季庄稼后，他就回到故乡去。

诗经懂博物

为什么鸟会吃石头?

我们经常会看到城市的小麻雀、农村的鸡在地上啄小石子吃，不过，石头那么硬，它们消化得了吗?

其实，鸟吃石头可不是为了填饱肚子，而是利用石头来帮助消化。人类等哺乳动物在吃东西的时候，会先用牙齿把食物磨碎，然后咽到胃里慢慢消化。但鸟类没有牙齿，进食的时候只能用喙夹住食物，然后囫囵吞咽下去。为了消化肚子里的食物，它们会挑一些小石子吞到肚子里，让小石子跟食物摩擦，慢慢地把食物弄碎，然后食物才能正常消化。

诗经知文化

先秦时有多少个诸侯国?

相传大禹曾“会诸侯于涂山，执玉帛者万国”，意思是大禹在涂山召集天下部落的首领，当时赴会的足有上万个！当然，这只是一个虚构的夸张数字，“国”指的也只是一个个部落。到了商末周初，周武王准备讨伐商朝，于是“至盟津，诸侯叛殷会周者八百”，意思是说周武王在孟津会盟诸侯，响应的诸侯足有800个。

周朝立国后，天子分封诸侯。根据考古学家统计，周朝分封的大大小小的诸侯国加在一起有100多个。在经历了春秋几百年的兼并战争，到战国时期形成了割据一方的“齐、楚、燕、韩、赵、魏、秦”七国，最后由秦朝完成统一。

诗经回忆录

《黄鸟》与《硕鼠》中的“恶”

《黄鸟》描述的是被迫在外流亡的百姓被当地人欺侮，想要回归家乡。全文用“黄鸟”比喻当地人，以“啄粟”暗指当地人欺侮流民。

《诗经》中以动物喻人的诗篇很多，最著名的就是我们之前学过的《硕鼠》。你还记得这首诗吗？如果忘了的话，快翻回去看一看吧！

斯干（节选）

秩秩斯干，幽幽南山。如竹苞矣，如松茂矣。兄及弟矣，式相好矣，无相犹矣。

似续妣祖，筑室百堵，西南其户。爰居爰处，爰笑爰语①。

约之阁阁，椓之橐橐②。风雨攸除，鸟鼠攸去，君子攸芋③。

如跂斯翼④，如矢斯棘，如鸟斯革，如翚斯飞⑤，君子攸跻。

注释

①爰（yuán）：于是。

②椓（zhuó）：用杵捣土，即给土墙打夯。橐（tuó）橐：打夯的声音。

③芋："宇"的假借字，居住。④跂（qǐ）：抬起脚后跟站立。⑤翚（huī）：一种野鸡。

译文

潺潺溪流过，幽幽立南山。翠竹生茂盛，连绵青松墨。宽厚兄与弟，亲密无间隔，无人算计我。

弘扬先祖业，千百间建筑，门户向西南。稳定和睦处，欢笑令人慕。

楼板"咯吱"响，夯土声"咚咚"。风雨岿不动，燕雀老鼠尽，君主的王宫。

宫殿立端正，规制极严整，飞檐如鸟翼，色彩如锦鸡，君主登阶喜。

周成王的宫室

周成王是西周时期的一位君主，有一次他带着随从来到都城附近的终南山打猎。

终南山环境很好，空气新鲜，到了夏天时非常清凉。山前有一条小溪“潺潺”流过，山上有成片的竹子在风中轻轻地摇曳，还有成片茂密的松林。

周成王想：在这儿居住一定非常惬意。于是，他决定在这里修建一座高大宏伟的行宫，暑热时，就带自己的妻妾儿女、兄弟姐妹一起来居住。一家人在一起和睦相处，日子一定快乐而悠闲。

于是，他召集工匠们建造行宫。一群役夫用笨重的石杵将用泥土堆砌的墙夯得“咚咚”直响，有的在砍树做大梁，有的在搬动石头，还有的在烧制青砖和瓦片。

没过多久，一座雄伟的行宫就修建好了，大风刮不进来，大雨也下不进来，尖嘴巴的燕子和贼头贼脑的老鼠也钻不动。行宫的正殿宽敞明亮，偏殿富丽堂皇。

周成王对新建的行宫非常满意，便在夏天和家里人搬进来避暑。他的床上铺着竹凉席，很快进入了甜美的梦乡。

有一天，周成王做了一个奇怪的梦，从梦中惊醒后，他连忙喊来占梦官为他解梦。

周成王说：“维熊维罴，维虺维蛇。我为什么会梦到这两种动物呢？”

占梦官说：“您梦见熊，说明您将要生下儿子；梦见蛇，说明您将要生下女儿。这可是吉祥的梦呀！”

周成王这才放心了，继续回到寝殿中休息，很快又进入了梦乡。

诗经读完整

《斯干》的后半段如下：

殖殖其庭，有觉其楹。哙哙其正，哕哕其冥，君子攸宁。

下莞上簟，乃安斯寝。乃寝乃兴，乃占我梦。吉梦维何？维熊维罴，维虺维蛇。

大人占之：维熊维罴，男子之祥；维虺维蛇，女子之祥。

乃生男子，载寝之床。载衣之裳，载弄之璋。其泣喤喤，朱芾斯皇，室家君王。

乃生女子，载寝之地。载衣之裼，载弄之瓦。无非无仪，唯酒食是议，无父母诒罹。

诗经知文化

"弄璋之喜"和"弄瓦之喜"

在古代，添丁进口是一件大事。如果该户人家的新生儿是男孩，就被称为"弄璋之喜"；如果新生儿是女孩，就可以说是"弄瓦之喜"。这两个常见的词正是出自这首《斯干》。

《斯干》的原文是这样的："乃生男子，载寝之床。载衣之裳，载弄之璋。……乃生女子，载寝之地。载衣之裼，载弄之瓦。"其中，"璋"指的是一种玉器，象征"国之重器"；"瓦"指的是陶制的纺锤，是女子纺织时所用的工具。不论是"璋"还是"瓦"，其实都寄托了古人对子女的殷切期望，以及对未来的美好畅想。

诗经讲历史

古人奇妙的梦

在古代，民间流传着许多关于梦的故事，唐代文学家沈既济也写了一篇名为《枕中记》的传奇。描述的是一个位姓卢的书生在客栈里偶遇一名道士，两人一见如故，相谈甚欢。卢生告诉道士自己生活困苦，想要出人头地。道士拿出一个枕头交给卢生说："睡一觉吧，梦里啥都有。"卢生枕着枕头睡着后，果然做起了美梦。在梦里，他做了一位富翁的乘龙快婿，娶了一名美貌的小姐，科举当官后，官运亨通，飞黄腾达，功成名就，儿孙满堂。可等卢生醒来后，发现自己还是一穷二白，道士坐在旁边，客栈主人正在做黄粱米饭。

后来，出现了"黄粱一梦"这个词语，用来比喻人沉湎于不切实际的梦想中。

无羊

谁谓尔无羊？三百维群。谁谓尔无牛？九十其犉①。尔羊来思，其角濈濈②。尔牛来思，其耳湿湿。

或降于阿，或饮于池，或寝或讹。尔牧来思，何蓑何笠，或负其糇③。三十维物，尔牲则具。

尔牧来思，以薪以蒸，以雌以雄。尔羊来思，矜矜兢兢，不骞不崩④。麾之以肱⑤，毕来既升。

牧人乃梦，众维鱼矣，旐维旟矣。大人占之：众维鱼矣，实维丰年；旐维旟矣，室家溱溱。

注释

①犉（rún）：大牛。②濈（jí）濈：聚集在一起的样子。③糇（hóu）：干粮。
④骞（qiān）：损失，走失。⑤麾（huī）：挥。肱（gōng）：手臂。

译文

是谁说你没有羊？一群就有三百只。是谁说你没有牛？高高大牛有九十。你的羊群下山坡，羊头紧挨角聚集。你的牛群下山坡，牛耳悠悠慢摆动。

有的牛羊跑下山，有的牛羊把水喝，有的牛羊走或卧。牧人此时来放牧，穿着蓑衣戴斗笠，背着干粮沉甸甸。牛羊毛色许多种，足够祭祀神与灵。

牧人此时来放牧，捡了粗枝与细柴，射下雌禽和雄禽。你的羊群下山坡，紧紧挨着小心行，不曾走失不散乱。牧人轻轻一挥手，牛羊乖乖都进圈。

牧人做了一个梦，梦里蝗虫化作鱼，旗中龟蛇变为鹰。特请太卜占此梦：蝗虫化鱼是吉兆，预示将来丰收年；旗中龟蛇变为鹰，预示家中添人丁。

放羊人的梦

西周时期，有个牧羊人叫尹吉喜，他每天都要给贵族放羊。

尹吉喜的家乡有一片很大的草场，草场边上是一片青葱的树林和一条清澈的小溪。每天早上天不亮，尹吉喜就带着干粮出发了，他将羊群赶到草场，让羊儿们吃草，自己则顺便捡一些枯树枝当柴烧。有时，尹吉喜也会在附近打猎，或去小溪抓鱼。直到太阳快落山时，他才赶着羊群回到贵族家里。

某天，尹吉喜在牧羊的时候偶然遇到一位砍柴的樵夫。

樵夫开玩笑地对尹吉喜说：“谁谓尔无羊？三百维群。当你赶着羊群到来时，我看到一只只的羊角聚集在一起，白色的羊群散满了山坡，就像一片白云一样。”

尹吉喜摆了摆手说：“不，这些羊是主人的，我只不过是一个牧羊人。”

但是，樵夫的话让尹吉喜萌生出了美好的梦想。他渴望有一天自己也能拥有一群羊。

中午吃完干粮后，尹吉喜躺在树荫下睡午觉。他做了一个长长的梦，梦到草丛里的一只蝗虫变成一条鱼，旌旗上的龟蛇变成一只雄鹰。

梦醒后，尹吉喜请来人为自己占卜这个梦。占卜人对他说：“蝗虫变鱼，预示来年大丰收；龟蛇变鹰，预示着家里要添人丁。”尹吉喜听后十分欣喜。

诗经懂博物

蝗虫的危害

《无羊》里提到牧民梦到蝗虫变成了鱼，结果请人占卜说是吉兆。可你知道吗，在古代农业社会，人们对蝗虫可是“恨之入骨”。

蝗虫的食谱很杂，其中就包括庄稼。蝗虫在若虫阶段一般是单独出现，食量不大，身体也很脆弱。一旦“长大成虫”，而且遇到干旱、食物匮乏的年份，蝗虫就会聚集在一起，成群结队地迁徙，形成恐怖的“蝗灾”。蝗虫们会啃食视线内一切能吃的植物，吃光一片区域的庄稼后，还会飞到其他地方继续为祸，古代人对它们几乎束手无策。

诗经知文化

牛羊与祭祀

《无羊》里多次提及牛和羊，在中国古代，牛、羊一直都是祭祀时的“主角”。先秦以前，许多跟祭祀有关的礼器造型也都是以牛、羊为主体的。

为什么会用牛、羊祭祀呢？古人祭祀大多是为了请求鬼神消灾解难，既然有求于天地，自然需要拿出诚意来，而牛、羊作为重要的家畜，自然就是最大的诚意。在古代，人们把祭祀用的牲畜规格分为两个等级：太牢和少牢。其中，太牢是帝王祭祀社稷宗庙时用到的牲畜，需要牛、羊、猪三种；而少牢指的是诸侯、卿大夫祭祀宗庙时用到的牲畜，通常只需要羊和猪。

诗经学考点

“或”字的用法

“或”字的今义和古义是不一样的。在今天大多是“或者”的意思，表示选择；而在古文中，“或”有着更丰富的含义。

比如在《陈涉世家》中，“或以为死，或以为亡”中的“或”是“有的人”；在《三峡》中，“或王命急宣，有时朝发白帝，暮到江陵”中的“或”是“如果、假如”；在《梦游天姥吟留别》中，“云霞明灭或可睹”中的“或”是“或许、也许”。

节南山（节选）

节彼南山，维石岩岩。赫赫师尹，民具尔瞻。忧心如惔[①]，不敢戏谈。国既卒斩，何用不监！

节彼南山，有实其猗。赫赫师尹，不平谓何。天方荐瘥[②]，丧乱弘多。民言无嘉，憯莫惩嗟[③]。

尹氏大师，维周之氐[④]。秉国之钧，四方是维。天子是毗[⑤]，俾民不迷[⑥]。不吊昊天，不宜空我师。

注释

①惔（tán）：火烧。②瘥（cuó）：疫病，这里指灾难。

③憯（cǎn）：曾经。④氐（dǐ）：通“柢”，树根，基础。

⑤毗（pí）：辅助。⑥俾（bǐ）：使。

译文

高耸终南山，山石陡又险。显赫尹太师，万众把你看。为国政忧心，敢怒不敢言。国运已衰落，你竟看不见！

高耸终南山，山坡陡又宽。显赫尹太师，竟乏善可言。苍天灾祸降，国乱百姓亡。民怨无人赞，还不多思量。

尹氏大太师，周室的柱石。执掌国大事，天下你维持。天子你辅佐，百姓你指引。苍天不眷顾，百姓常受贫。

昏君周幽王

周幽王是西周的最后一位君主，他是一个不折不扣的昏君，继位后就整天贪图享乐，不理朝政。

几年后，国家发生了地震和旱灾，周幽王不仅没有救济百姓，反而变本加厉地剥削，百姓们苦不堪言。周幽王还任用贪财好利、善于逢迎的虢石父主持朝政，引起了国人的怨愤。

大臣尹吉甫是西周的三朝元老，也是一位非常有名的贤士。早在周宣王时期，尹吉甫就立下了无数功劳。看到周幽王这样一副烂泥扶不上墙的样子，尹吉甫非常痛心，他不希望周朝的功业毁在周幽王手上，就前去劝谏。

见到周幽王后，尹吉甫对他说："**不自为政，卒劳百姓。**您作为天子，应该发奋图强，任用贤良的人主持朝政，不能再这样成天只想着自己享受，百姓现在已经怨气很大了！"

刚开始，周幽王还顾及尹吉甫的面子，他虽然心里不高兴，但表面上假装答应道："好的，我知道了。"

可是过了一段时间，周幽王没有任何改变，还是原来的一副老样子，成天吃喝玩乐，不理朝政。

尹吉甫只好不断地前去劝谏。周幽王见尹吉甫像牛皮糖一样缠着自己，就发了火，让他少管闲事，回家养老去。尹吉甫被迫告老还乡，没过多久，就在抑郁中去世了。

这下没人再劝谏了，周幽王更加放肆，挥霍无度。后来，犬戎攻打都城，灭了西周，周幽王也被杀死了。

不听劝谏的昏君，是没有好下场的。

诗经读完整

《节南山》的后半段如下：

弗躬弗亲，庶民弗信。弗问弗仕，勿罔君子。式夷式已，无小人殆。琐琐姻亚，则无朊仕。

昊天不佣，降此鞠訩。昊天不惠，降此大戾。君子如届，俾民心阕。君子如夷，恶怒是违。

不吊昊天，乱靡有定。式月斯生，俾民不宁。忧心如酲，谁秉国成？不自为政，卒劳百姓。

驾彼四牡，四牡项领。我瞻四方，蹙蹙靡所骋。

方茂尔恶，相尔矛矣。既夷既怿，如相酬矣。

昊天不平，我王不宁。不惩其心，覆怨其正。

家父作诵，以究王訩。式讹尔心，以畜万邦。

诗经知文化

古代的“酒桌游戏”

《节南山》里有一句“如相酬矣”，意思是宾朋把酒言欢，互相敬酒。众所周知，酒在中国已经有几千年的历史了，与酒相伴的还有各种有趣的酒桌游戏。

在早期，酒属于一种“奢侈品”，因此酒桌游戏也大多盛行在达官贵族中。比如投壶，起源于先秦时代的“射礼”，后来演化成一种宾朋宴饮互动的小游戏。具体玩法就是往一个壶里投掷箭矢，谁往壶里扔得多、扔得准，就算获胜，输的人需要喝酒。还有一种叫“流觞曲水”的小游戏，即把酒杯放到水里随波逐流，酒杯在谁面前停下，谁就要喝酒、作诗，这种文雅的游戏在文人墨客间颇为流行。另外，还有歌舞、酒令等酒桌游戏。

诗经学考点

灵活运用排比

排比是一种修辞手法，就是将一连串的词语或者句子排列使用，这些词语和句子需要结构差不多，还得语意相近、语气一致。灵活运用排比会让诗歌、文章更加有气势。

《节南山》一诗就采用了明显的排比手法，例如：“……昊天不佣，降此鞠訩。昊天不惠，降此大戾……”在排比句式的“加成”下，文章整体一气呵成，气势酣畅淋漓，将作者想要抒发的情绪推向高潮，加强了整篇诗歌的艺术效果。

正月（节选）

正月繁霜，我心忧伤。民之讹言，亦孔之将。念我独兮，忧心京京。哀我小心，癙忧以痒[1]。父母生我，胡俾我瘉？不自我先，不自我后。好言自口，莠言自口。忧心愈愈，是以有侮。忧心惸惸[2]，念我无禄。民之无辜，并其臣仆。哀我人斯，于何从禄？瞻乌爰止，于谁之屋？

注释

①癙（shǔ）：幽闷，郁闷。②惸（qióng）惸：忧郁的样子。

译文

正月满地霜，我心中忧伤。谣言已四起，快速传四方。独我一人愁，忧思心惶惶。可惜我胆小，忧思成病伤。

父母既生我，为何令我伤？苦非我生前，难非我死后。好话出人口，坏话也全讲。忧心又郁闷，受辱遭中伤。

忧伤重重来，无福能享受。百姓无罪过，却也变奴仆。可怜我们啊，何处享俸禄？乌鸦要落下，落在谁屋檐？

大夫赵叔带

西周末年，周幽王昏庸无能，整天沉迷于吃喝玩乐，还任用小人主持朝政。发生地震和旱灾后，周幽王不顾百姓死活，依旧忙着寻找美女、珍宝，将整个国家搞得乱七八糟。

有位名叫赵叔带的大夫看不下去了，前去劝谏："现在天灾不断，这是不祥的预兆，希望大王能有所作为，体恤百姓，任用贤士治理国家，否则就会耽误了正事，从而遭到上天的处罚！"

昏庸的周幽王听了这番话后很生气，就直接将赵叔带革职，赶出了王宫。

赵叔带非常忧伤和气愤，想当初周幽王派人请自己为官，可之后一直得不到重用，忠言劝谏却落得这样的下场。

这时正值正月，地面的落叶和枯草上面满是白霜，寒风萧萧，冷冽而寂寥。赵叔带一个人来到田野里，听到一群人在议论朝政，他们说："周幽王胡作非为，这样下去迟早会亡国。我们逃往远方吧！"

正当赵叔带走过去要和大家交流时，其中一个人看到了他，惊讶地说："您不是大夫赵叔带吗？天寒地冻的，您怎么跑到这里来了呀？"

赵叔带苦笑着说："我由于劝谏君主，已经被革职了。"

大伙儿围过来说："你不是忠良之人吗，为什么会被革职呢？"

赵叔带叹气着说："**正月繁霜，我心忧伤。**昏庸无能的君主，往往喜欢奸臣。"

诗经读完整

《正月》的后半段如下：

瞻彼中林，侯薪侯蒸。民今方殆，视天梦梦。既克有定，靡人弗胜。有皇上帝，伊谁云憎？

谓山盖卑？为冈为陵。民之讹言，宁莫之惩？召彼故老，讯之占梦。具曰予圣，谁知乌之雌雄？

谓天盖高？不敢不局；谓地盖厚？不敢不蹐。维号斯言，有伦有脊。哀今之人，胡为虺蜴？

瞻彼阪田，有菀其特。天之扤我，如不我克。彼求我则，如不我得。执我仇仇，亦不我力。

心之忧矣，如或结之。今兹之正，胡然厉矣。燎之方扬，宁或灭之？赫赫宗周，褒姒威之。

终其永怀，又窘阴雨。其车既载，乃弃尔辅。载输尔载："将伯助予。"

无弃尔辅，员于尔辐。屡顾尔仆，不输尔载。终逾绝险，曾是不意。

鱼在于沼，亦匪克乐。潜虽伏矣，亦孔之炤。忧心惨惨，念国之为虐！

彼有旨酒，又有嘉肴。洽比其邻，昏姻孔云。念我独兮，忧心殷殷。

佌佌彼有屋，蔌蔌方有谷。民今之无禄，天夭是椓。哿矣富人，哀此惸独！

诗经懂博物

为什么"水至清则无鱼"？

古人常说"水至清则无鱼"。如果水太过清澈，说明水里缺少营养物质和浮游生物，这些都是鱼赖以生存的食物来源。同时，水里没有足够的水草，氧气含量不足，鱼很难在生活。另外，太清澈的水会将鱼准确无误地暴露在捕食者面前。

诗经讲历史

烽火戏诸侯

周幽王的王后褒姒不爱笑，周幽王为了博她一笑，故意把烽火点燃，将诸侯骗过来。当诸侯们千里迢迢赶到后，周幽王告诉他们无事发生，是天子和王后在取乐。褒姒看到诸侯们狼狈的模样笑了出来。后来，真的有外敌入侵，周幽王慌忙点燃烽火，但诸侯们以为他又在骗人，谁都没派兵过来。结果周幽王被杀死，褒姒也被抢走了。

小弁（节选）

弁彼鸒斯[①]，归飞提提[②]。民莫不穀，我独于罹。何辜于天？我罪伊何？心之忧矣，云如之何！

踧踧周道[③]，鞫为茂草[④]。我心忧伤，惄焉如捣[⑤]。假寐永叹，维忧用老。心之忧矣，疢如疾首[⑥]。

维桑与梓，必恭敬止。靡瞻匪父，靡依匪母。不属于毛，不罹于里。天之生我，我辰安在？

注释

①弁（pán）彼：快乐的样子。鸒（yù）：鸟名，乌鸦的一种。

②提（shí）提：群鸟飞翔的样子。

③踧（dí）踧：平坦的样子。④鞫（jú）：阻塞。

⑤惄（nì）焉：忧伤的样子。

⑥疢（chèn）：热病。这里指内心忧愁烦恼。

译文

寒鸦拍翅膀，成群多安闲。人人都幸福，唯我陷忧患。我哪得罪天？我有何罪过？心中尽忧伤，我该怎么办！

平坦的大道，如今遍荒草。我心暗忧伤，如杵不停捣。和衣卧又叹，岁月催人老。忧伤积心里，刺痛我头脑。

房前桑梓树，恭敬立树前。无人不尊父，无人不依母。今不在父边，也不在母前。上天既生我，何时能运转？

被放逐的太子

周幽王是西周的最后一位君主，他继位后娶了申侯的女儿，将她封为了王后。没过多久，申后生下一个儿子，取名姬宜臼。周幽王便将姬宜臼立为太子。按照惯例，等到周幽王去世后，姬宜臼就可以继承王位了。

有位叫褒珦的大臣，看到周幽王不理政事，便去劝谏。这下可惹火了周幽王，倒霉的褒珦被打入了大牢。家人为了救出褒珦，给周幽王送了一位叫褒姒的美女。周幽王非常高兴，立刻放了褒珦，并将他官复原职。

过了一段时间，褒姒为周幽王生下一个儿子，取名姬伯服。周幽王不顾众臣反对，废了申后，将姬宜臼逐出了王宫。随后，周幽王立褒姒为新王后，她的儿子姬伯服也被立为太子。

这一变故让从小养尊处优的姬宜臼深受打击，无奈之下，他只好逃到了申国，投奔自己的外公。

姬宜臼没有告诉外公自己被废的事情，但他成天苦着脸不停地叹气，外公还是知道了事情的原委。

外公惊讶地问姬宜臼："你本来是太子，为什么会突然被废掉呢？是不是你犯了什么错呀？"

姬宜臼说："君子信谗，如或酬之。有哪个人不对父亲充满敬意，对母亲不深深依恋呢？可我的父亲自从有了褒姒后，就对我不问不闻，对针对我的谗言也不深究根底，就将我贬为了平民，这太令人伤心了！"

由此可见，轻信谗言的人往往是比较昏庸的。

诗经读完整

《小弁》的后半段如下：

菀彼柳斯，鸣蜩嘒嘒。有漼者渊，萑苇淠淠。譬彼舟流，不知所届。心之忧矣，不遑假寐。

鹿斯之奔，维足伎伎。雉之朝雊，尚求其雌。譬彼坏木，疾用无枝。心之忧矣，宁莫之知？

相彼投兔，尚或先之。行有死人，尚或墐之。君子秉心，维其忍之。心之忧矣，涕既陨之。

君子信谗，如或酬之。君子不惠，不舒究之。伐木掎矣，析薪扡矣。舍彼有罪，予之佗矣！

莫高匪山，莫浚匪泉。君子无易由言，耳属于垣。无逝我梁，无发我笱。我躬不阅，遑恤我后！

诗经懂博物

“桑梓”怎么成了家乡的代名词？

《小弁》里有一句“唯桑与梓，必恭敬止”，意思是看到家中父母种植的桑树与梓树，必须要恭敬地对待。后来，人们也常用“桑梓”来指代家乡。这是为什么呢？

事实上，桑树和梓树都有大用处。古人养蚕缫丝，而蚕宝宝正好要以桑树的叶子为食；梓树质地坚韧轻巧，色调高雅，常被用来制作家具、乐器以及雕版，在古代被称为“百木之王”。正因如此，古人才会在自家住宅前种植桑树与梓树，后来“桑梓”就慢慢引申出家乡的意思了。

诗经知文化

古代的蝉文化

《小弁》中“鸣蜩嘒嘒”的“蜩”指的就是蝉。古人认为蝉“居高食洁”，餐风饮露，是德行高洁的象征，于是开始对蝉产生了崇拜的心理。古人把蝉的形象制成玉器，代表人能像蝉的羽化一样重生。据说夏朝的国号也源自蝉，因为蝉是夏天最常见的动物，因此“蝉”与“夏”画上了等号。此外，文人墨客还写了不少咏蝉诗，比如隋唐诗人虞世南的《蝉》：“垂緌饮清露，流响出疏桐。居高声自远，非是藉秋风。”

巷伯（节选）

萋兮斐兮[①]，成是贝锦。彼谮人者[②]，亦已大甚！

哆兮侈兮[③]，成是南箕。彼谮人者，谁适与谋？

缉缉翩翩，谋欲谮人。慎尔言也，谓尔不信。

捷捷幡幡[④]，谋欲谮言，岂不尔受？既其女迁。

注释

①萋（qī）、斐（fēi）：花纹交织的样子。

②谮（zèn）人：诬陷别人的人。

③哆（chǐ）：张着嘴巴的样子。侈：大。

④捷（qiè）捷：花言巧语的样子。

译文

花纹色彩缤纷，织成光彩锦缎。造谣害我的人，实在太过狠心！

传谣大张的嘴，就像天上箕星。造谣害我的人，是谁帮他谋划？

叽叽花言巧语，满是害人谎话。说话要负责任，不然谁还信他。

巧言令色无常，满口害人谎话。一时被你欺骗，终会恨你入骨。

寺人孟子

西周晚期有一位文人，人们称他为孟子，当时在位的君主是昏君周幽王。

有一次，为人正直的孟子写了一首诗给周幽王，劝他不要任用贪财的奸臣主持朝政，而要重用忠臣，整治朝纲，让百姓过上好生活。周幽王看了诗后，没有理他。

当时主持朝政的是虢石父，他便是一个贪图钱财、善于逢迎的奸臣，他以为孟子在打自己的小报告，于是想出一个损招来诬陷孟子。

虢石父对周幽王说："大王，孟子说您任用奸臣，是在骂您有眼无珠、昏庸无能呀！大王您这么英明神武，真不该被一个只会写几首酸诗的人嘲讽呀！"

周幽王被虢石父这么一激，果然生气了，马下下令对孟子处以宫刑！

宫刑给孟子的身体和心理造成了巨大的伤害，让他很长时间处于忧郁和痛苦中。

天上没有不透风的墙，孟子很快知道了自己惨遭宫刑是因为虢石父的诬陷，他非常痛恨虢石父。

有一天，孟子来到大街上，痛骂诬陷自己的奸臣。围观的百姓知道孟子在骂虢石父，担心他再次被诬陷，都劝他不要这样张扬。

孟子则毫不畏惧地大声说："**寺人孟子，作为此诗。**大家仔细听我痛骂这个小人！"

诗经读完整

《巷伯》的后半段如下：

骄人好好，劳人草草。苍天苍天，视彼骄人，矜此劳人。

彼谮人者，谁适与谋？取彼谮人，投畀豺虎。豺虎不食，投畀有北。有北不受，投畀有昊！

杨园之道，猗于亩丘。寺人孟子，作为此诗。凡百君子，敬而听之。

诗经懂博物

古代贝壳的用处

《巷伯》中有“萋兮斐兮，成是贝锦”，其中，“贝锦”指的是绣着贝壳纹的锦缎，而贝壳在中国古代具有很重要的地位。

早在原始社会，货币尚未诞生，古人一般“以物易物”，比如用两只羊换一头牛。后来，人们无意间发现了海中的美丽贝壳。当时的先民们主要在江河流域活动，距离大海很远，很少见到海贝壳。于是，这种罕见的物品就被当成货币，进入商品交换中。

另外，贝壳还被爱美的古人串在一起做成首饰，更被视为“祥瑞”的象征，被绣在衣服上、刻在壁画中。

诗经知文化

“寺人”是什么职业？

常言道“三百六十行，行行出状元”。但在这些行业里，总有那么一些不怎么“体面”的工作，比如《巷伯》里提到的“寺人”。

寺人是古代在天子、皇帝身边服侍的小臣。一般来说，从事这种工作的人都是受宫刑后失去生育能力的男人。寺人在先秦时代的地位不高，大都处于被歧视的状态。宫刑不仅摧残人的身体，也荼毒人的心灵。

大东（节选）

大东（节选）

有饛簋飧[①]，有捄棘匕[②]。周道如砥，其直如矢。君子所履，小人所视。眷言顾之[③]，潸焉出涕[④]。

小东大东，杼柚其空[⑤]。纠纠葛屦，可以履霜。佻佻公子，行彼周行。既往既来，使我心疚。

有冽氿泉[⑥]，无浸获薪。契契寤叹，哀我惮人。薪是获薪，尚可载也。哀我惮人，亦可息也。

注释

①饛（méng）：盛满食物的样子。簋（guǐ）：一种圆形的食器。飧（sūn）：泡饭。

②捄（qiú）：弯曲而纤长的样子。③眷（juàn）言：因眷恋回头看的样子。

④潸（shān）焉：流泪的样子。⑤柚（zhóu）：同“轴”，织机上的大轴。

⑥氿（guǐ）泉：从旁侧流出的泉水。

译文

簋里熟食满满，枣木长勺柄弯。大路如此平坦，笔直如箭一般。路上贵人来往，小民只能远观。转头看那马车，眼泪打湿衣衫。

远近东方各国，也被搜刮干净。冬季穿着草鞋，怎能踏过冰霜。富贵轻佻公子，大路来回往返。去了过后又来，我心痛苦无限。

侧流泉水冷冽，不要浸湿柴火。忧郁难眠长叹，劳苦之人可怜。砍下树枝当柴，还要装车运返。劳苦之人可怜，也该休息一番。

农夫向元

西周晚期，宋国有一位名叫向元的樵夫，他的生活过得十分困苦，虽然整日辛勤劳作，但也只能勉强温饱。

有一天，向元像往常一样在山上砍柴，忽然听到大路上传来一阵喧哗声，他走过去一看，原来是有一队车马经过这里。

这是一条通向西周都城的大道，道路非常笔直，就像磨刀石一样平坦。平民百姓只能站在路边远远观望贵族的马车。

平民在寒冷的冬天只能用葛藤缠住脚。可是这种漏风的葛鞋根本不保暖，他们的脚踩在寒霜上面，被冻得通红。那些贵族公子哥却穿着精致的鞋子和华丽的衣服，大摇大摆地走在宽阔的大路上。他们那副不劳而获却不知羞耻的样子，让向元等人感到痛恨。

砍完柴的向元背着柴经过一口山泉时，不小心一脚踩进泉水中，刺骨的寒意从脚上传来，冻得他直哆嗦。向元只能忍着寒冷，一瘸一拐地走向大路边停着的破旧的小推车。

由于长年的艰辛劳动，向元落了一身的疾病，终于有一天，他病倒了，邻居纷纷前来探望他。

向元对邻居说：“**东人之子，职劳不来。**西部诸侯国的仆人也穿着华贵的衣服，他们的儿子也有当官吏的。可我们这些东方小国的百姓，只能过着穷苦的生活。”

邻居听了后只能不停地叹气。

诗经读完整

《大东》的后半段如下：

东人之子，职劳不来。西人之子，粲粲衣服。舟人之子，熊罴是裘。私人之子，百僚是试。

或以其酒，不以其浆。鞙鞙佩璲，不以其长。维天有汉，监亦有光。跂彼织女，终日七襄。

虽则七襄，不成报章。睆彼牵牛，不以服箱。东有启明，西有长庚。有捄天毕，载施之行。

维南有箕，不可以簸扬。维北有斗，不可以挹酒浆。维南有箕，载翕其舌。维北有斗，西柄之揭。

诗经懂博物

银河是什么"河"？

《大东》中的"维天有汉，监亦有光"，其中"汉"指的是天空中灿烂的银河。你知道银河是什么吗？

银河并不是由水组成的大河，而是由无数恒星构成的乳白色亮带。这些恒星距离地球远近不一，发出的光芒有明有暗，通常从东北向南横跨夜空。一般来讲，银河在一年四季都能观察到，不过往往在夏秋之交的时候看起来最明显、最壮观。

诗经知文化

关于"牛郎织女"的诗词

早在周朝的时候，古人就已经观察到牛郎星和织女星了。《大东》里就有"跂彼织女，终日七襄""睆彼牵牛，不以服箱"的记载。

因为牛郎星和织女星是较早被古人观测到的星辰，所以古人在创作诗歌的时候，如果涉及星空、天文，"牛郎、织女"出现的频率非常高。例如，两汉诗歌《迢迢牵牛星》中的"迢迢牵牛星，皎皎河汉女"，唐代诗人杜牧《秋夕》里的"天阶夜色凉如水，卧看牵牛织女星"，元代词人卢挚《沉醉东风·七夕》中的"卧看牵牛织女星，月转过梧桐树影"。

北山

北山

陟彼北山，言采其杞。偕偕士子，朝夕从事。王事靡盬①，忧我父母。

溥天之下，莫非王土；率土之滨，莫非王臣。大夫不均，我从事独贤。

四牡彭彭，王事傍傍。嘉我未老，鲜我方将。旅力方刚，经营四方。

或燕燕居息，或尽瘁事国。或息偃在床，或不已于行。

或不知叫号，或惨惨劬劳②。或栖迟偃仰，或王事鞅掌③。

或湛乐饮酒④，或惨惨畏咎⑤。或出入风议，或靡事不为。

注释

①靡（mǐ）：没有。盬（gǔ）：休止。②劬（qú）劳：辛劳。

③鞅（yāng）掌：繁忙疲劳的样子。

④湛（dān）：同“耽”，沉湎。⑤畏咎（jiù）：害怕犯错。

译文

爬上高高北山，去采山上枸杞。体格健壮士子，从早到晚办事。王事没有止息，父母无法奉侍。

天下每寸土地，没有不属天子；四海之内民众，都是天子臣民。大夫分派不公，我的差事繁重。

四马拉车奔驰，王事又急又忙。夸我年轻未老，而且身体强壮。体壮气血方刚，理应操劳奔忙。

有人家中安坐，有人尽心为国。有人床上仰躺，有人赶路奔忙。

有人不知民苦，有人苦累非常。有人逍遥自在，有人烦劳难当。

有人肆意饮酒，有人恐惧过失。有人夸夸其谈，有人躬身示范。

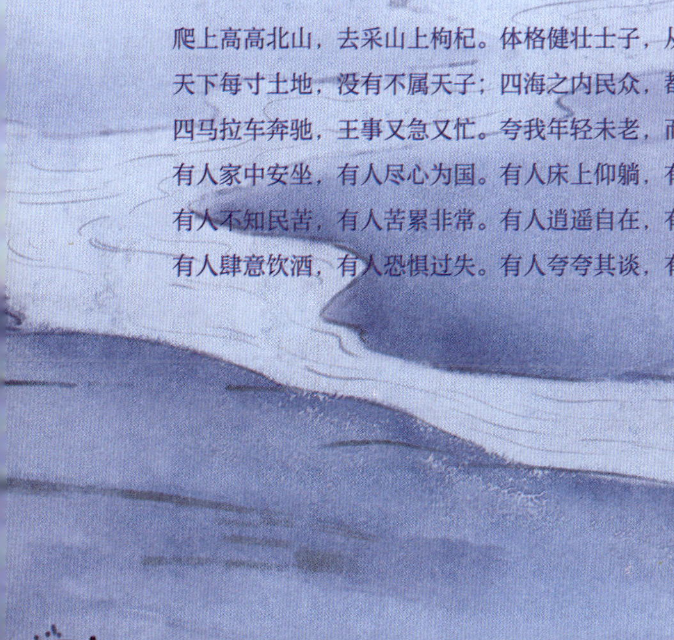

忙碌的小吏

西周时期，有一位名叫姜保的没落贵族，由于身份低微，他只是一个基层小官，成天为了公事忙得团团转。

就在这天傍晚，姜保从衙门回到家，才得知父亲生病了，郎中让他马上上北山采一些枸杞来熬药。姜保连饭都没吃，就提着篮子去北山了。姜保回到家后，天已经黑了下来。

姜保的妻子说："和你一起值班的人有不少，为什么别人看起来很清闲，就你一个人从早忙到晚呢？"

姜保叹了口气说："大夫不均，我从事独贤。你看天下广阔的土地，没有一片不是国君的；你看各封地上的人，没有一个不是国君的奴仆。我成天为公事不停地奔波，国君也赞扬我年富力强，应该多干活儿。我感到自己正值壮年，应该多为百姓做一些实事。所以同样是基层官员，有的人成天什么也不用干，只知道尽享安乐，而我为了公事忙得头焦额烂，为公事忧心烦恼。"

妻子对姜保说："既然别人成天混日子，你也不必如此忙碌。"

姜保无奈地说："我官卑职小，只能服从上级官员的安排。"

妻子不再说什么，只是叹了口气。

诗经懂博物

古人怎么看世界?

《北山》中的“溥天之下，莫非王土;率土之滨，莫非王臣”，这句话不光象征着王权的伟大，还揭示了先秦时期古人朴素的世界观，即整个天下就是一块大的陆地，四周全是海水，这也是“率土之滨”的本意。

古代科技不发达，导致古人对世界的认知非常朴素。早期古人觉得“天圆如张盖，地方如棋局”，意思是天空是圆盖的形状，大地是棋局一样的方形平面，即“天圆地方”。后来，另一种“浑天说”出现了，认为天空把大地笼罩，像蛋壳包裹着蛋黄。显然，与“天圆地方”比起来，“浑天说”要更接近现代天文学。

诗经知文化

古代会放假吗?

在《北山》中，作者在最后三段表达了对上级的抱怨。那么，古代没有假期吗?像《北山》作者这样的“打工人”难道不能休假吗?

事实上，中国古代也是有假期的。不过，先秦时代还没有形成明确的放假制度，往往表现得很随意，有时官吏只需跟上级说一声就好了，即“告归”。到汉朝时，官员休假才变得正规化，被批准每五天放一次假，回家沐浴休息，即“休沐”。除了这种固定的公假，汉朝还有不少“节假日”，比如冬至、元旦、春节等。此后的朝代的放假制度基本都是在汉朝的基础上进行“创新”，比如唐朝有让人回家收割庄稼的“田假”、天气变冷允许回家取衣服的“授衣假”，皇帝过生日时也会放假。

诗经学考点

文言文里的“将”

“将”字的本义指将领、将军，最早出现在甲骨文中。“将”字在文言文中的使用很常见，而且根据语境不同，用法、意义也存在区别。

在《北山》里，“鲜我方将”的“将”是强壮的意思;《三国志》中“将荆州之军”的“将”是率领的意思，作动词用;《左传》里有“君将若之何?”，这里的“将”作副词，意思是就要、将要。

大田

大田多稼，既种既戒，既备乃事。以我覃耜[①]，俶载南亩[②]。播厥百谷，既庭且硕。曾孙是若。既方既皂，既坚既好，不稂不莠[③]。去其螟螣[④]，及其蟊贼[⑤]，无害我田稚。田祖有神，秉畀炎火[⑥]。

有渰萋萋[⑦]，兴雨祈祈。雨我公田，遂及我私。彼有不获稚，此有不敛穧[⑧]。彼有遗秉，此有滞穗，伊寡妇之利。

曾孙来止，以其妇子，馌彼南亩，田畯至喜。来方禋祀[⑨]，以其骍黑[⑩]，与其黍稷。以享以祀，以介景福。

注释

①覃耜（sì）：锋利的犁。②俶（chù）：开始。

③稂（láng）：有穗但不结粮食的谷子。莠（yǒu）：即狗尾巴草。

④螟（míng）：害虫。螣（tè）：即蝗虫。⑤蟊（máo）贼：即蝼蛄。⑥畀（bì）：这里指投入火中。

⑦有渰（yǎn）：阴云密布的样子。⑧穧（jì）：将禾苗拢成一把。⑨禋（yīn）祀：泛指祭祀。

⑩骍（xīn）黑：指赤色和黑色的猪、牛、羊。

译文

田中多庄稼，选种修农具，准备已就绪。快犁始锄地，从南亩开始。播种下五谷，庄稼壮又直，周王心欢喜。

禾苗灌浆期，籽粒变坚硬，无稂苗杂草。灭螟蛉蝗虫，除掉坏蝼蛄，莫伤害幼苗。农神请显灵，害虫烈火烧。

阴云满天飘，淅沥小雨落。灌溉好公田，再把私田浇。青禾没收完，稻谷没敛好。这里落禾束，那里掉禾穗，老妇来捡拾。

周王到田间，农夫妻子来，送饭到田边，田官笑开颜。开始来祭祀，摆上猪与牛，另附黍和稷。众神享祭祀，祈求福无边。

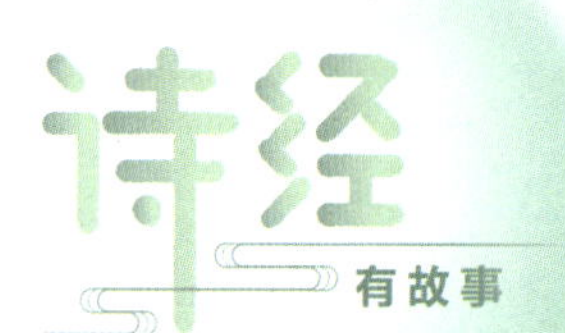

大片的农田

西周时期，有一位名叫程季益的农夫。他平时除了种着自己的那一小片私人农田外，还要为贵族们种地干活儿。

春天来了，农夫们忙着整修农具，为春耕播种忙活，扶犁助田，开始播种五谷杂粮。

过了些日子，农田里的庄稼发芽了，并很快抽叶、长高，一棵棵的庄稼长得挺直又健壮，农夫和贵族看了都非常高兴。

禾苗进入了灌浆期，很快结出了籽粒，田里的杂草也冒出来了，农夫赶紧锄草净苗。可就在几天后，农田里的禾苗上出现了害虫，农夫又整日捉害虫保庄稼。

一天，山头那边飘来了乌云，不一会儿，大雨就“哗啦啦”地下起来了。程季益赶紧躲到了附近的小屋里，在心里默默地祷告：“**雨我公田，遂及我私。**这样我们的庄稼就能有一个好收成了。”

等啊等，盼啊盼，庄稼终于成熟了，但程季益和其他农夫必须先给贵族们收粮食，之后才能收获自己家的。

收割时，程季益对其他农夫说：“大家在收割庄稼时，不要将所有庄稼收割得干干净净，掉落一些谷粒、麦穗，这样那些孤寡的老人就可以捡回去吃了。”大家纷纷赞同。

这天在田里，他们遇到了一个从来没有见过的衣着华丽的人，原来是周康王！周康王听说今年的庄稼大丰收，亲自到农田视察，还在附近的宗庙祭祀，祈求上苍保佑年年庄稼都能丰收。

诗经懂博物

古代农具有什么？

《大田》是一篇讲述农业生产的诗歌。古代以农业为主，为了方便种田，聪明的古人发明了不少实用的工具。

耒、耜是中国早期的农具，相传是神农氏发明的，都是用来翻土的。耒是一根有短横梁的尖头木棍，使用时把尖头插入土中，再用脚一踩横梁就可以了；耜与耒相仿，但将尖头改成了扁头，类似于今天的锹。后来，耒、耜演化成犁，起初由人拖拽着犁耕田，之后才用牛、马等牲畜替代人力。

此外，铲、锄、镰等也是古代重要的耕种农具，还有像翻车、水车之类的灌溉农具。

诗经知文化

《诗经》怎么防治虫害？

在农药化肥没有出现的古代，防治害虫可是一门大学问。《大田》是对西周时期劳动生产的忠实记录，里面就有关于防治虫害的办法。

周人把对农业有害的虫子分为“螟、螣、蟊、贼”四类。其中螟是专吃禾苗芯的，螣是专吃禾苗叶的，蟊是专吃禾苗根的，贼是专吃禾苗杆的。为了对付这些害虫，古代人运用了无穷的智慧，在《大田》中就记载“田祖有神，秉畀炎火”，意思是把害虫丢到火里烧死。

诗经讲历史

西周的井田制

周天子确立天下共主的权威后，确立了一种特别的土地制度——井田制。《大田》描述的就是在井田制背景下，古人辛勤劳作的场景。

天子规定“溥天之下，莫非王土”，将土地按照正南北与正东西的方向，用纵横交错的道路和沟渠划分成规整、方正的田地。井田制一般规定每块田的面积是100亩，每9块纵横连接的田算“一井”。因为外表看上去就像“井”字一样，所以被称为“井田”。周围的8块田称“私田”，由8户人家耕种，收成归耕户所有；中间的田称“公田”，由8户共耕，收入归封邑贵族所有。到了春秋时期，井田制因为铁犁牛耕的出现而逐步瓦解。

采绿

终朝采绿，不盈一匊[①]。予发曲局，薄言归沐。

终朝采蓝，不盈一襜[②]。五日为期，六日不詹。

之子于狩，言韔其弓[③]。之子于钓，言纶之绳。

其钓维何？维鲂及鱮[④]。维鲂及鱮，薄言观者。

注释

①匊（jū）：一捧。②襜（chān）：围裙，可用来兜住采集的植物。

③韔（chàng）：弓袋，这里作动词，将弓装入弓袋。

④鲂（fáng）：海鲂。鱮（xù）：鲢鱼。

译文

整个早晨采荩草，采了一捧还不到。我的头发乱糟糟，回家沐浴梳洗好。整个早晨采蓼蓝，采了一兜还没满。本来归期是五天，六天已过仍不还。要是丈夫去狩猎，我就为他备弓箭。要是丈夫去垂钓，我就为他理钓线。他能钓上来什么？鲂鱼鲢鱼就不错。鲂鱼鲢鱼真不错，竟然钓到这么多。

采荩草的女子

西周时期，有一位叫任祁的女子，她嫁给了一个商人。但刚新婚不久，丈夫就要离家几天，将一群牛羊赶到外地去贩卖。

任祁一再叮嘱丈夫："你可要早点儿回家呀！"

丈夫对任祁说："你就放心吧！这次我去的地方不远，只用五天时间就能回来。"

一天，任祁一个人来到田野里采摘荩草，一早晨只采了不到一捧。她发现自己的头发乱蓬蓬的，还满脸灰尘，就赶快回到家里洗了个澡。

又一天，任祁又来到野外采摘蓼蓝，采了整整一天。可是，今天她的心里一直惦记着丈夫，蓼蓝采得少得可怜，连一衣兜也没装满。

五天时间已过去了，可丈夫还没有回来。任祁不安地想："**五日为期，六日不詹。**这到底是怎么回事呀？难道丈夫有事耽误了行程吗？"

任祁想着想着，思绪就飘到了美好的未来。她暗暗决定，等丈夫这次回来后，如果他去森林打猎，她就为他装弓箭；如果他去河边钓鱼，她就为他理好渔线。

到时丈夫能钓上什么鱼呢？鲂鱼、鲢鱼都是不错的鱼，用它们做菜，味道非常香。丈夫一定会钓一大堆鲂鱼、鲢鱼，够家里吃上好多天了。

太阳快落山了，鸟儿也归巢了，任祁从遐想回到现实中来。丈夫还是没有回来，任祁只好一个人落寞地回到了家里。

诗经懂博物

鱼为什么能在水里游泳？

《采绿》中有一句“维鲂及鲔”，其中提到的“鲂”和“鲔”是鲂鱼和鲢鱼。鱼生活在水里，那你知道它们是怎么游泳的吗？

鱼有着特殊的“游泳装备”——鱼鳍和鱼鳔。鱼鳍长在鱼的身体表面，一般分为胸鳍、腹鳍、尾鳍等。鱼鳍下连接着肌肉，当肌肉收缩时，鱼鳍就会摆动，掌控鱼的游泳方向，并保持身体平衡。鱼鳔如同一只只小气球，其中充满了空气，不仅可以辅助鱼呼吸，还能通过鳔内气体控制鱼在水中上浮、下潜。

诗经知文化

古人爱沐浴

现代人因为忙碌或锻炼出汗后，喜欢好好洗个澡。古代没有发达的科技，洗澡没有现代这么方便，那是不是意味着古人不怎么洗澡啊？大错特错，古人对“沐浴”的执着超乎你的想象。

“沐”和“浴”在古代分别指的是洗头发与洗身体。在周朝时，沐浴不光是为了个人卫生，也是一种礼仪。周礼规定，人们朝见天子或者祭祀时，一定要提前沐浴斋戒，否则就是不礼貌，甚至是违法的。《采绿》里的主人公在察觉自己头发乱糟糟时，也会第一时间沐浴。后来，沐浴甚至成为一种制度，许多人“三日一沐，五日一浴”。汉代时，法律规定官员五天一“休沐”，意思是每过五天给官员放假洗澡，由此可见古人对沐浴的重视程度了。

诗经学考点

文言文里的那些自称

文章中一旦出现自称，说明作者是用“第一人称”写作的，站在自己的角度来描述事件、表达思想。“我”“俺”都属于自称，在各类现代文学作品里很常见。那么古人在写作时会用哪些自称呢？事实上，古人的自称花样很多，像“予”“余”“寡人”“朕”“孤”“在下”“鄙人”“洒家”等，比如《采绿》里，主人公就在“予发曲局”里用了“予”的自称。

隰桑

隰桑

隰桑有阿[①]，其叶有难[②]。既见君子，其乐如何。

隰桑有阿，其叶有沃。既见君子，云何不乐。

隰桑有阿，其叶有幽[③]。既见君子，德音孔胶。

心乎爱矣，遐不谓矣？中心藏之，何日忘之！

注释

①隰（xí）：低而湿的地方。

②难（nuó）：通“娜”，茂盛的样子。

③幽：青黑色。这里指叶子深绿。

译文

桑树枝条美，枝叶嫩又盛。见到君子来，心中欢乐多。

桑树枝条美，枝叶嫩又润。见到君子来，怎么不快乐。

桑树枝条美，枝叶绿油油。见到君子来，情话有许多。

心里爱着他，为何不直说？思念藏心底，何时忘记过！

桑树下的相遇

西周时期，有一位名叫曹玉的姑娘，她家就在城郊的一个小村子里。

曹玉的家附近有一片洼地，洼地里长有十几棵桑树。曹玉经常去洼地采摘桑叶。

一天早上，曹玉提着篮子来到洼地。在枝叶茂盛的桑树下，她看到了一位高大英俊的小伙子正在和他母亲一起采摘桑叶。清晨的阳光正好照在小伙子俊朗的脸上，曹玉看到后，内心涌起莫名的欢愉。

风儿轻轻地吹过，桑树的嫩叶在微风中摇摆。曹玉在不远处的桑树下偷偷看着那位小伙子，一时间忘记了自己来的目的。

小伙子和母亲采了满满一筐桑叶后，抬头看到了曹玉。他走了过来，对曹玉说："这位姑娘，你也来这儿采桑叶吗？让我来帮你吧！"

说完后，不等曹玉答应，小伙子就主动帮她采起了桑叶。他一边采，一边和曹玉拉起了家常。他性格开朗，谈吐亲切得体，曹玉对他越来越有好感了。

不知不觉中，小伙子已经帮曹玉采满了一篮子桑叶。太阳越升越高了，小伙子这才向曹玉道别。

此时，曹玉已经深深地爱恋上了这位小伙子，可她实在不好意思表达出来，只能看着他消失在桑树浓密的枝叶后面。

心情有些失落的曹玉在想："**中心藏之，何日忘之！**我什么时候才能再次见到这位英俊的小伙子呢？"

诗经懂博物

蚕宝宝是怎么长大的？

《隰桑》是用桑树起兴。在中国古代，桑与蚕脱不开干系，那你知道蚕宝宝是怎样成长的吗？

一般来说，蚕宝宝想要长大必须要经历四个阶段，即卵、幼虫、蛹和成虫。蚕宝宝是从一粒芝麻大小的卵中出生的。最初的卵是白色的，会随着时间推移慢慢变黑，最后黑色的蚕宝宝从卵里钻出，看起来很像小蚂蚁，因此也叫“蚁蚕”。当蚕宝宝吃了桑叶以后，身体会逐渐变白、长大。当它的身体长到外壳无法容纳的时候，蚕宝宝就会蜕皮，换上“大号外套”。经历四次蜕皮后，蚕宝宝就会吐丝结茧，并在茧里慢慢变成蛹。一段时间后，蚕宝宝的成年体——蚕蛾就会破茧而出。

诗经知文化

古代青年男女相会都做什么？

一些学者分析认为《隰桑》是一篇爱情诗，是主人公幻想与情人相会的场面。那么你知道在古代青年男女相会时，都会做些什么吗？

一般来说，在封建礼教森严的古代，除了个别节日，青年男女很少有机会相会。但在先秦时期，社会风气还没那么严格。《诗经》里面就记载了不少青年男女相会的诗篇，像《溱洧》里，青年男女在上巳节见面后，会相约一起散步；《东门之池》直白地描述了男女相会后会唱歌明志，然后唠家常；还有《有女同车》中说男女相会后在一起坐车“兜风”。

诗经学考点

《诗经》里那些等待丈夫的妻子们

《诗经》中收录了大量反映社会生活的诗歌，其中有不少从女性视角出发，描述妻子苦苦等待丈夫归来的诗歌，后世学者一般把这种诗歌称为“思妇诗”。比如，《采绿》通过描写妻子无心劳作、不想梳妆打扮的生活细节，塑造了一位思念出门在外的丈夫的妻子形象；《杕杜》用赋、兴的写作手法，描述了妻子思念外出服役丈夫的真挚感情；《君子于役》也用重章叠句的形式，讲述妻子怀念远征服役的丈夫。

苕之华

苕之华

苕之华[1]，芸其黄矣。心之忧矣，维其伤矣！

苕之华，其叶青青。知我如此，不如无生！

牂羊坟首[2]，三星在罶[3]。人可以食，鲜可以饱！

注释

①苕（tiáo）：即凌霄。

②牂（zāng）羊：母羊。坟首：头显得很大的样子。

③罶（liǔ）：捕鱼的竹篓。

译文

凌霄花开放，萧瑟一片黄。心中正忧愁，痛苦又悲伤！

凌霄花开放，叶子绿莹莹。若知生活苦，不如不降生！

母羊头硕大，星光照鱼篓。仅有东西吃，饱腹是奢望！

饥民费伯丰

西周末年，周幽王昏庸残暴。当时西周发生了严重的饥荒，百姓们在饥饿中挣扎，有人剥树皮吃，有人吃起了观音土。

一位叫费伯丰的人，家里已经断粮好几个月了，同村已有不少人饿死了。这天早上，饥肠辘辘的费伯丰又被饿醒了。

浑身无力的费伯丰拄着一根棍子，出门寻找吃的。路边的树皮早被剥光了，就连路边的杂草也被拔得零零落落，甚至田里的虫子和田鼠也被抓去填肚子了。

费伯丰背着鱼篓，来到了一条小溪边，希望能在这里找到一点儿可以吃的东西。小溪边的一片凌霄，正盛开着朵朵金黄色的花儿，在微风中散发出阵阵香气。

可是饿得肚子“咕咕”叫的费伯丰，哪还有心情欣赏面前的花儿呢？他的内心充满了忧愁和悲伤，满脑子都是面黄肌瘦的妻子、儿女。

费伯丰挽起裤腿，在小溪里摸了好一阵子，也没有发现一条小鱼。他又在草丛里寻找了半天，可能吃的植物早被别人挖走了。费伯丰没有灰心，沿着小溪一直寻找，终于抓到了一条巴掌大的小鱼，采到了一点儿可以熬粥的野菜。

费伯丰累坏了，坐在一块石头旁休息。他抬头望着天空，心里想：“**知我如此，不如无生！**这样的生活，什么时候才能到头呀！”

乱世中的百姓，能填饱肚子都是一件非常困难的事情。

诗经懂博物

人不吃饭会怎么样？

《苕之华》讲述的是在灾荒年代，饥民食不果腹的悲惨命运。那么，当人停止吃饭，身体会有怎样的变化呢？

在一开始的几个小时里，我们的身体会正常消化胃里残余的食物，给人体提供足够的能量。当食物消化干净后，人们就会感觉饿了，这种饥饿感会随着时间的推移变得越来越强烈。如果这时还不进食，人体为了“自救”，就会开始分解脂肪获取能量。但这样做治标不治本，只能最低限度地保证生存，没办法满足身体需要。如果太长时间不进食，人体就会开始破坏身体组织来保命，从而使器官、神经系统受到不同程度的损害，直到人死亡。

诗经知文化

饥荒引发的民变

在生产力不发达的古代，人们想要填饱肚子，大部分时候都要看“天意”。如果气候不好，导致粮食减产，那么就会发生可怕的饥荒，甚至发生“人吃人”的惨剧。人们因为饥荒和朝廷的压迫活不下去时，往往就会爆发起义。因为饥荒发生的农民起义数不胜数，例如在王莽的新朝末年，天灾频发，荆州爆发了严重的饥荒，许多人被饿死。人们为了活下去，纷纷跑到沼泽去挖野菜。因为人多菜少，经常发生纠纷，直到两个有威望的人——王匡和王凤站出来主持公道。最后，大家推举王匡、王凤做首领，公开起义，史称“绿林军起义”。

诗经学考点

什么是变风变雅？

“变风变雅”是专门针对《诗经》的一种文学名词，出自《诗大序》(《毛诗序》)：“至于王道衰，礼义废，政教失，国异政，家殊俗，而变风变雅作矣。”意思是在周朝衰败、礼崩乐坏时出现的《诗经》作品都属于“变风变雅”。我们都知道，“风”和“雅”指的是周朝各诸侯国的民风歌谣与周朝的正声雅乐，它们大多诞生于周王室兴盛时期，也被称为“正风正雅”，与“变风变雅”相对。而《苕之华》就属于典型的“变雅之诗”，表现了周朝衰败之时作者忧国忧民的心态。

何草不黄

何草不黄

何草不黄？何日不行？何人不将，经营四方？

何草不玄？何人不矜[1]？哀我征夫，独为匪民。

匪兕匪虎[2]，率彼旷野。哀我征夫，朝夕不暇。

有芃者狐[3]，率彼幽草。有栈之车[4]，行彼周道。

注释

①矜（guān）：通“鳏”，老而无妻的人。 ②兕（sì）：野牛。

③有芃（péng）：野兽毛发蓬松的样子。④有栈：役车高高的样子。

译文

哪种草木不枯黄？哪天行军不匆忙？什么人能不出征，东西南北走四方？

哪种草木不腐烂？哪个人能有妻管？我们征夫可怜人，偏偏不被当人看。

不是野牛不是虎，我们常在旷野走。我们征夫可怜人，早晚没有闲时候。

狐狸尾巴多蓬松，钻进深深草丛中。役车高高草中行，走在栈道无尽头。

征战的士兵

周宣王继位时，西周面临着严峻的形势。北方的猃狁不断出兵骚扰西周百姓、抢夺财产；西北的西戎也经常前来挑衅，甚至进犯西周的都城。

为了赶跑这些敌人，周宣王常年派兵征战，大量男子被征服兵役。一位名叫冯远注的男子，在边境征战多年，一直没有回过家。

连年征战，冯远注没有一天不是在奔忙中度过的，不是打仗，便是在去打仗的路上。又是一年秋来到，冯远注看着青青的草儿变得枯黄，明白一年又要结束了，但归家无期。

触景生情，冯远注无限伤感："**哀我征夫，独为匪民。**我们不停地行军打仗，有家不能回，就像光棍汉一样。我们不是野牛和老虎，却常年穿行在旷野里！"

跋涉了很久，他们来到一片树林里，终于可以停下来休息休息，吃顿饭了。

人困马乏的将士们在一片树林边卸下行囊，拴好马匹，埋灶做饭。士兵们有的靠着树干，有的靠着马鞍，望着远方呆呆出神。

第二天一大早，天刚蒙蒙亮，冯远注他们就被军官叫醒，大军继续前行。又是一整天的行军，冯远注朝着家乡的方向望了望，心中悲凉地想："这样辛苦的兵役生涯什么时候才能结束呢？"

诗经懂博物

草为什么会变黄?

你一定见过这样的怪事：明明在春夏时节充满活力、新鲜翠绿的草，到了秋冬季节却变得枯黄萎缩。《何草不黄》的作者也描述了这样的景象，但你知道这是为什么吗?

原来，草中含有一种特别的物质——叶绿素，它是影响草颜色变化的关键。在春夏时节，天气温暖，光照充足，草中叶绿素的含量充足，因此呈现出翠绿的颜色。到了秋天，气候变冷，光照时间变短，草中的叶绿素不再产生。等到原有的叶绿素被消耗光，叶黄素、胡萝卜素的颜色显露出来，草的颜色就会向枯黄转变。

诗经知文化

古代的社会救济

在《何草不黄》中，作者感慨“何人不矜”，其中，“矜”是通假字，通“鳏”字，指的是老而无妻的人。在古代，“鳏寡孤独”被放在一起，泛指弱势群体。对于他们，历朝历代都是怎么做的呢?

早在夏商时期，就出现了养老机构的雏形——“序”和“学”。西周乃至春秋战国时期，都有各项社会保障政策，比如慈幼、恤孤、养疾、问病等。秦汉时期，由于法家思想的影响，救助帮扶弱势群体成了法律义务。不过福利最好的要数宋代，那时不仅对“鳏寡孤独”有季节性的金钱补助，每年三月份还会固定更新补助名册，还设立了“福田院”——也就是当时的养老院。

诗经学考点

文言文里“何”字的用法

“何”字最早出现在商代甲骨文中，本义是担负。在古文中，“何”字已经衍生出不少用法和含义。像《何草不黄》中“何草不黄？何日不行？”，这里的“何”字作疑问代词，意思是“什么”；《史记》中“陈列兵而谁何”的“何”就成了动词，意思是“盘问”；另外，“何”还可以用作程度副词，比如曹操《观沧海》里“水何澹澹”的“何”是“多么”之意。

绵（节选）

绵绵瓜瓞[①]，民之初生，自土沮漆。古公亶父[②]，陶复陶穴，未有家室。
古公亶父，来朝走马。率西水浒[③]，至于岐下。爰及姜女，聿来胥宇。
周原膴膴[④]，堇荼如饴[⑤]。爰始爰谋，爰契我龟：曰止曰时，筑室于兹。
乃慰乃止，乃左乃右，乃疆乃理，乃宣乃亩。自西徂东，周爰执事。

注释

①瓞（dié）：小瓜。②古公亶（dǎn）父：周文王的祖父。③水浒（hǔ）：河岸边。④膴（wǔ）膴：土地肥沃的样子。⑤堇（jǐn）荼：都是野菜名。

译文

藤上瓜连瓜，周人得发祥，本在漆水旁。古公亶父来，挖窑又开窑，尚未筑新房。
古公亶父来，清早急行马。沿渭水西奔，来到岐山下。携妻姜氏女，将住地观察。
周原真肥沃，苦菜如饴糖。开始共谋划，再看卜卦象：卦象好定居，在此造住房。
在此安心住，左右都建房，划定田疆界，打陇又垦荒。从东垦到西，各人工作忙。

周太王姬亶

周太王姬亶是上古时期周人的部落首领，也是大名鼎鼎的周文王的祖父。

周人部落原本生活在豳地，可是经常受到戎狄的侵犯，不是粮食、财物被抢去，就是妻儿、壮丁被掳走，每天活得胆战心惊。

有一天，周人部落再一次遭受了戎狄的突袭，他们拼命抵抗，终于逃了出来，但却死伤了不少人。首领姬亶知道他们打不过戎狄，于是做出了一个伟大的决定：带上所有人“搬家”！

在姬亶的带领下，周人部落一路浩浩荡荡，沿着西边的水畔来到了岐山脚下。姬亶和妻子姜女骑着马走在前面，看到这里地形平坦、风景优美，他高兴地对妻子说：“**周原膴膴，堇荼如饴。**这是一片肥沃的土地，真是适合我们生活的理想地方呀！”

不过要在哪里建房，还得祖先和神灵说了算。姬亶命人在龟甲上刻上符号，丢到火中，用它来占卜适合修建房屋的地方。地址确定后，部落里的人拿出农具开始开荒、耕种。大家先铲掉了杂草和树木，再将地面上的坑洼用土填平，将高出的地面挖平，再用石头夯实地面。

人们有的砍树，有的打地基，一座座房屋很快建造完成。除此之外，他们还修建了祭祀的宗庙、巨大的粮仓，还有防御敌人入侵的高大城墙。

在这块肥沃的土地上，周人部落勤劳耕种、休养生息，慢慢变得强大了起来。

诗经读完整

《绵》的后半段如下：

乃召司空，乃召司徒，俾立室家。其绳则直，缩版以载，作庙翼翼。

捄之陾陾，度之薨薨。筑之登登，削屡冯冯。百堵皆兴，鼛鼓弗胜。

乃立皋门，皋门有伉。乃立应门，应门将将。乃立冢土，戎丑攸行。

肆不殄厥愠，亦不陨厥问。柞棫拔矣，行道兑矣。混夷駾矣，维其喙矣！

虞芮质厥成，文王蹶厥生。予曰有疏附，予曰有先后，予曰有奔奏，予曰有御侮！

诗经懂博物

黄土高原上的窑洞

《绵》讲述的是周人祖先披荆斩棘，带领族人奠定基业的往事。据考证，周人早期生活在陕甘晋一带。在这片地区有着大量土质疏松的黄土，于是周人因地制宜，发明了冬暖夏凉的窑洞。

窑洞主要利用了黄土土层厚、直立性强的特点，有很多种类，最“经典”的当属靠崖式窑洞和下沉式窑洞。靠崖式窑洞是沿着笔直的土崖挖出来的土洞，这种窑洞往往会沿着土崖挖凿许多孔洞，窑洞之间可以相连。下沉式窑洞是在平地挖出一大块方形的大坑，修出一个下沉的院子，然后再沿着坑穴的边缘挖窑洞。不管是哪种窑洞，都因为屋顶、墙壁厚实，冬暖夏凉，适宜居住。

诗经学考点

“朝”字的不同意义

“朝”是一个多音字，分别有“zhāo”和“cháo”两个读音，读不同的音时，意思也不同。像《绵》中“古公亶父，来朝走马”的“朝”读音是“zhāo”，意思是早上；同样的读音还有天亮、日、召回的意思。读音为“cháo”时的意思就更多了，有朝见、参拜、朝向、朝代、政务等。

生民（节选）

厥初生民？时维姜嫄[①]。生民如何？克禋克祀[②]，以弗无子。

履帝武敏歆，攸介攸止。载震载夙，载生载育，时维后稷。

诞弥厥月，先生如达。不坼不副[③]，无菑无害[④]，以赫厥灵。

上帝不宁，不康禋祀，居然生子。

注释

①姜嫄（yuán）：后稷的母亲，周人的女始祖。②禋（yīn）：祭祀。
③坼（chè）：裂开。副（pì）：破裂。④菑（zāi）：同“灾”。

译文

周祖是谁生，她名为姜嫄。如何生下来？祷告祭天帝，祈求生一子。踩天帝足印，从此怀了孕。怀胎十个月，一朝生下子，其名为后稷。

怀胎足月时，分娩很顺当。产门不破裂，身体安无恙，已显出灵异。向天帝告慰，全心来祭祀，生儿不敢养。

周民始祖后稷

上古时期，有一个名叫姜嫄的女子。有一天，姜嫄外出郊游，发现大路上有一只巨人的脚印。

姜嫄感到非常震惊，她走上前来，踩在巨人的脚印里仔细观察。忽然，姜嫄感到一股暖流刹那间流遍全身，吓得她赶紧退了出去，跑回家里。没过多久，姜嫄竟然怀孕了！十个月后，她生下了一个男孩，这个男孩便是后稷。

姜嫄对这个孩子感到十分不解，她在心里想：“上帝不宁，不康禋祀，居然生子。这个孩子也许是一个妖怪！”

于是，姜嫄将后稷丢在了小巷里，谁知道往来的牛羊都自觉避开，不踩踏他。姜嫄又将后稷丢在了树林里，恰好被一位樵夫看到，救出了小后稷。最后，姜嫄将后稷丢在了寒冰上，一只大鸟飞落下来，用翅膀为他保暖。

看到了这些神奇的现象后，姜嫄大吃一惊，她认为这是神明的启示，便立刻将后稷从冰上抱了回来，带到家里悉心养育。

后稷一天天长大了，他聪明又懂事，还会无师自通地在田野里寻找食物。等到后稷再长大一点，就能种植大豆、禾苗和瓜果。令人惊讶的是，他种出的农作物比大人种的还好，郁郁葱葱，非常茂盛。

等到后稷成年后，他开始钻研什么样的土地适合种什么样的庄稼，还教周围的人如何耕田、种地、锄草，这一年的庄稼获得了大丰收，粮食多得连粮仓都装不下了。

就这样，后稷的名气越来越大。当时的部落领袖尧知道这件事后，就让后稷担任负责农耕的官职，教百姓怎样种好庄稼。后来，尧还赏赐了后稷一块封地，后稷带领族人在封地繁衍生息，这就是周人部落的起源。

诗经读完整

《生民》的后半段如下：

诞寘之隘巷，牛羊腓字之。诞寘之平林，会伐平林。诞寘之寒冰，鸟覆翼之。鸟乃去矣，后稷呱矣。实覃实訏，厥声载路。

诞实匍匐，克岐克嶷，以就口食。蓺之荏菽，荏菽旆旆。禾役穟穟，麻麦幪幪，瓜瓞唪唪。

诞后稷之穑，有相之道。茀厥丰草，种之黄茂。实方实苞，实种实褎。实发实秀，实坚实好。实颖实栗，即有邰家室。

诞降嘉种，维秬维秠，维穈维芑。恒之秬秠，是获是亩。恒之穈芑，是任是负，以归肇祀。

诞我祀如何？或舂或揄，或簸或蹂。释之叟叟，烝之浮浮。载谋载惟，取萧祭脂。取羝以軷，载燔载烈，以兴嗣岁。

卬盛于豆，于豆于登，其香始升。上帝居歆，胡臭亶时。后稷肇祀，庶无罪悔，以迄于今。

诗经懂博物

古老的陶器

《生民》中“卬盛于豆，于豆于登”里提到的“豆”和“登”都是一种容器。根据诗歌的背景年代来看，这些容器应该是用陶土制造的陶器。陶器的历史可以追溯到几万年前的原始社会。

人们先选取合适的泥土，加入适量水，揉捏出想要的外形，再将粗坯晾晒。等水分蒸发一些后，再给陶坯加上简单的花纹，最后放在火中加热，这样就能烧出简单的陶器了。

诗经知文化

后稷知多少？

《生民》讲的是周人先祖后稷的故事。“后稷”其实是一个官名，他姓姬，名弃（因为刚出生时被母亲姜嫄多次抛弃），是黄帝的玄孙，帝喾的嫡长子，他的母亲姜嫄是帝喾的元妃。后稷成为尧的农官后，不仅教百姓种粮，而且采取了很多不让百姓饿肚子的措施，比如建立第一个粮食储备库、创立畎亩法、赐给百姓优良的种子、灾年放粮救济等。后来，尧将后稷提携为相，并封于邰（今陕西省武功县西南）。

公刘（节选）

公刘（节选）

笃公刘，匪居匪康。乃埸乃疆[①]，乃积乃仓。乃裹糇粮[②]，于橐于囊[③]。思辑用光，弓矢斯张，干戈戚扬，爰方启行。

笃公刘，于胥斯原。既庶既繁，既顺乃宣，而无永叹。陟则在巘[④]，复降在原。何以舟之？维玉及瑶，鞞琫容刀[⑤]。

注释

①埸（yì）：田中的分界线。②糇（hóu）粮：干粮。③橐（tuó）：没底的口袋。囊：有底的口袋。④陟（zhì）：攀登。巘（yǎn）：小山。⑤鞞（bǐng）：刀鞘。琫（běng）：刀鞘上的玉饰。

译文

忠厚的公刘，不图安与乐。划分疆与界，粮食堆进仓。包裹起干粮，大袋和小囊。和睦是光荣，弓箭齐武装。负盾拿刀斧，动身向远方。

忠厚的公刘，豳地忙考察。百姓许多人，民心都归顺，欢乐不烦忧。登山向远望，又来到平原。身上带什么？美玉和宝石，刀鞘闪亮光。

公刘迁都

夏朝时期，有一个名叫公刘的人，他的曾祖父后稷曾是尧的农官，深受百姓爱戴，后稷的后人也都很重视农业生产。

不过到了公刘的爷爷不窋这一代，情况开始有所不同。当时，夏朝的君主太康不重视农业，废了农官一职，不窋的部族在邰地逐渐衰落。

公刘长大后，继承了曾祖父后稷的事业，教部落里的人种地。他还四处寻找适合耕种的地方，最后发现有三条河的豳地。于是，公刘便带着部落的人从邰地迁居到那里，修建宫殿和房屋，并开垦荒地，勤劳种植。

在公刘的带领下，百姓积极劳作，一年下来，粮仓里堆满了粮食，部落很快发展壮大、人丁兴旺。

为了庆祝粮食丰收，部落里的人们进行了一次热闹的聚会，大家坐在一起喝着美酒、吃着美食。突然，一位头发、胡子花白的老者站起来，举杯说："**食之饮之，君之宗之。**公刘年轻有为，让他做我们部落的首领，一定能让我们部落不断发展壮大！"大家感到这个主意好，纷纷赞同。于是，公刘成为豳地部落的首领。

有一次，公刘带人去打猎，他们将一头野猪困在了一个土洞里，还定期给它喂食物。过了一段时间，野猪被驯化了，公刘受到启发，开始带领部落的人养猪。

公刘还根据豳地的土质特点，教人们挖窑洞、建宗庙。后来，人们为了纪念这位忠厚而伟大的首领，创作了很多诗歌，《公刘》就是其中最著名的一首。

公刘（节选）

诗经读完整

《公刘》的后半段如下：

笃公刘，逝彼百泉，瞻彼溥原。乃陟南冈，乃觏于京。京师之野，于时处处，于时庐旅。于时言言，于时语语。

笃公刘，于京斯依。跄跄济济，俾筵俾几。既登乃依，乃造其曹。执豕于牢，酌之用匏。食之饮之，君之宗之。

笃公刘，既溥既长，既景乃冈。相其阴阳，观其流泉。其军三单，度其隰原，彻田为粮。度其夕阳，豳居允荒。

笃公刘，于豳斯馆。涉渭为乱，取厉取锻。止基乃理，爰众爰有。夹其皇涧，溯其过涧。止旅乃密，芮鞫之即。

诗经懂博物

黄土高原是怎么形成的？

《公刘》歌颂的是周人祖先公刘“搬家创业”的事迹。据考古学家考证，早期周人活动的区域在今天的陕西、甘肃、山西一带，而这片地域正处于特殊地形的黄土高原上。黄土高原是中国四大高原之一，你知道它是怎么形成的吗？

地理学家们推测，黄土高原应该是被风“吹”出来的。强大的季风从内陆地区裹挟着大量沙尘而来，结果被太行山、秦岭等高大山脉“拦截”下来，海量的沙尘在山岭西部不断堆积，慢慢形成黄土高原。在历史的发展中，黄土高原的植被被大量破坏，再加上此地夏季降水集中，不断冲刷地表，因此形成如今我们看到的千沟万壑的地貌。而那些被冲刷走的黄土进入黄河中，导致黄河水变成黄色。

诗经知文化

周人对祖先的崇拜

《公刘》全篇都在赞颂祖先的功绩，可见当时周人对祖先的重视与推崇。“祖先崇拜”是周人宗教观念的核心。他们建设供奉祖先的宗庙，时常以盛大而庄重的礼仪来祭祀祖先。周人还把祖先的功绩编成诗歌来传唱，让祖先的荣光护佑社稷。而且周天子推行“封邦建国”，重视嫡长子继承制度，共同的“祖先崇拜”及血缘关系是维系天子与同姓诸侯国之间的重要纽带，有利于周王室的统治。

载芟

载芟

载芟载柞[①]，其耕泽泽[②]。千耦其耘，徂隰徂畛[③]。侯主侯伯，侯亚侯旅，侯彊侯以。有嗿其馌[④]，思媚其妇，有依其士。有略其耜，俶载南亩。播厥百谷，实函斯活。驿驿其达，有厌有杰。厌厌其苗，绵绵其麃[⑤]。载获济济，有实其积，万亿及秭。为酒为醴，烝畀祖妣，以洽百礼。有飶其香[⑥]，邦家之光。有椒其馨，胡考之宁。匪且有且，匪今斯今，振古如兹。

注释

①芟（shān）：割除杂草。柞（zé）：砍除树木。②泽（shì）泽：土地松散而湿润。
③畛（zhěn）：田间的小路。④嗿（tǎn）：人们饮食的声音。馌（yè）：送给田间耕作者的饭菜。
⑤麃（biāo）：谷物的穗。⑥飶（bì）：食物的香味。

译文

除草又砍树，田头耕土壤。千人齐耕地，新田到旧田。家长带着长子，晚辈也到场，壮汉与雇工。地头吃饭响，丈夫赞妻子，妻子依丈夫。犁头多锋利，南面先耕上。播撒百谷种，饱满生机旺。幼苗拱出土，青苗好茁壮。禾苗真茂盛，谷穗密又长。收获谷物多，谷物堆满地，粮食数万计。酿造清甜酒，献给先祖尝，完成百种礼。佳肴喷喷香，家邦有荣光。椒酒香满屋，老人身安康。此事不独有，非今年景象，万古都这样。

周成王祭祀社稷

周成王是西周初期的一位有作为的君主，在他的精心治理下，国家到处是一片繁荣的景象。他非常重视农业，经常到田间去视察，有时还同农夫一起劳动。

春天来了，又到了耕地的季节。农夫们来到田里，除去田里的杂草、砍去田里的杂树，开始翻耕土壤。不论是在山坡上，还是在洼地里，都是农夫忙碌的景象。

孩子们也学着大人的样子除草耕田，有模有样。午饭时候，农夫的妻子将做好的饭菜送到了田里，饭菜热腾腾的，他们吃得津津有味。

农夫们耕好地后，开始往松软的土地里撒播种子，每粒种子都很饱满。

过了些日子，种子发芽、抽叶，长出一株株嫩绿的小苗。禾苗越长越茂盛，一片片绿油油的，远远看去，如同遥远天边涌来的绿色潮水。

到了秋天丰收的季节，禾苗挂满了饱满的谷穗。农夫穿梭于田里与谷场，谷场的穗子堆成了一座座的小山。

周成王看着这一堆堆的粮食，非常高兴，决定选择一个吉日举行祭祀，并命令主管祭祀的官员准备好贡品和美酒。

祭祀仪式正式开始了，周成王举起一杯美酒说：“**为酒为醴，烝畀祖妣，以洽百礼。**多亏有你们的保佑，才让我们今年的庄稼大丰收。希望我的国家年年都能粮食满仓、人民富足！”

祭祀活动结束后，周成王在大臣们的陪同下，参加了庆祝活动。百姓们跳着舞蹈唱着歌，欢快的歌声传出很远。

诗经懂博物

“百谷”是怎么生长的？

《载芟》是一篇农事诗，主要讲述了古时候农民一年四季的劳作情形。全诗从播种开始讲起，记录了“百谷”发芽、成长、收割的过程。所谓“百谷”，指的是当时的主要农作物，比如稻、黍、稷、麦、菽等。那么，“百谷”是怎么生长的呢？

以旱田为例，春天万物复苏的时候，古人会用农具给田地翻土，然后计算好间隔距离，把准备好的种子埋入土中，浇些水。随着庄稼慢慢长大，还需要拔掉一些长得过密的庄稼，以免倒伏或缺少光照。在庄稼生长的过程中，还需要定期除草、灭虫、灌溉，每时每刻都要关注这些“绿色宝贝”的需求。经过几个月的生长，到了秋天，百谷成熟，就可以收割啦！

诗经知文化

古代祭祀什么神？

《载芟》篇末的一段是对冬天祭祀的场景描写。根据学者的考证，这种“冬祭”行为应该就是当时的古人在庆祝丰收、祭告先祖与神灵。

事实上，在古代中国，庆祝丰收的传统由来已久，甚至可以追溯到原始社会。那时的先民在丰收后，会用肉食、粮食祭祀天地、神灵，祈祷来年风调雨顺。后来，人们祭祀的对象开始具象化，变成了土地神和谷神，土地神称“社”，谷神称“稷”，因此后来常用“社稷”一词指代国家或朝廷。除了“社”“稷”外，古人还会祭祀其他的神灵。

诗经回忆录

“载……载……”的句式

“载……载……”是一种固定句式，表示两种状态同时发生或者交替进行，是“又……又……”“一边……一边……”的意思。比如载歌载舞，指的就是一边唱歌一边跳舞。

“载……载……”的句式在《诗经》中并不少见。除了《载芟》中的“载芟载柞”外，《七月》里有“载玄载黄”，《氓》里有“载笑载言”，《采薇》里还有“载饥载渴”等。

良耜

良耜

畟畟良耜[①]，俶载南亩。播厥百谷，实函斯活。或来瞻女，载筐及莒[②]，其饟伊黍。其笠伊纠，其镈斯赵[③]，以薅荼蓼[④]。荼蓼朽止，黍稷茂止。获之挃挃，积之栗栗。其崇如墉，其比如栉，以开百室。百室盈止，妇子宁止。杀时犉牡，有捄其角。以似以续，续古之人。

注释

①畟（cè）畟：形容用犁耕田的样子。②莒（jǔ）：圆形的竹筐。
③镈（bó）：类似锄头的农具，用来除草。
④薅（hāo）：除掉田中杂草。荼蓼（tú liǎo）：两种野草名。

译文

犁头插入土，南面去耕田。播种百种谷，粒粒孕生机。有人来送饭，挑筐背圆篓，内装黍米饭。头戴草斗笠，锄头来翻土，杂草全除掉。腐草作肥料，庄稼生长好。挥镰割禾苗，谷子堆得高。谷堆似城墙，鳞次又栉比，各户开粮仓。粮仓满当当，妇子心安详。杀头大公牛，双角弯又长。祭祀年年有，传承须久长。

祭祀丰收

周康王是西周初期的一位君主，他在位时大力发展农业，鼓励耕种，百姓每年收获的粮食都吃不完，满满地堆在粮仓中。

春暖花开，耕种的季节到了，温暖的太阳照着大地。农夫们赶着牛来到田里，用锋利的犁头划开坚硬的土地，先从南面开始，一路向北边耕去。

农夫开始播种了，他们将饱满的种子撒进松软的农田里，并小心地将土埋好。快到中午时，农夫家里的妻子和孩子挑着方筐、背着圆篓，装着沉甸甸的黍米，给田里干活儿的农夫们送饭吃。

禾苗发芽、抽叶，越长越茁壮，田里也长出了许多杂草，一场雨水过后，杂草竟然比禾苗长得还欢。农夫们赶紧戴上斗笠，用锄头将田里的杂草一棵棵锄掉。他们还将腐烂的野草运到田里来当肥料，庄稼吸收了这些养分，就可以长得更茂盛。

火热的夏天过去了，收获的秋天来了，农夫们拿着镰刀来到田里收割庄稼。收割来的谷子堆成了小山，从远处望去就像一面面城墙。家家户户的粮仓敞开着，粮仓里装满了粮食。妇女和儿童的脸上露出了明媚的笑容。今年的收成这么好！

为了庆祝丰收，周康王前来田里进行祭祀仪式，他要祭祀土神和谷神，让他们保佑来年同样有好收成。他对着主管祭祀的大臣说：“**杀时犉牡，有捄其角。**快将水果、美食和美酒端上来，我们要隆重地祭祀土神和谷神。”

不过，秋天的丰收不是靠神灵的保佑，而是靠农民辛勤的汗水换来的。

诗经懂博物

腐草才能当肥料

《良耜》中有“荼蓼朽止，黍稷茂止”，意思是用腐烂的野草当肥料，会让庄稼长得更好。为什么野草非要腐烂之后才能当肥料呢？

动植物腐烂的过程其实是微生物分解的过程，在分解过程中会产生一些可以被植物吸收的有机元素，这就是腐烂的动植物可以当肥料的原因。不过在腐烂的过程中，也会产生高温和刺激性的氨气、硫化氢等，植物的根系一旦碰到它们就会萎缩、死亡，产生“烧苗”的现象。因此只能用完全腐烂、发酵好的植物当肥料，不能直接把它们埋入地下等待腐烂。

诗经知文化

古代农具是用什么制造的？

《良耜》是记叙周人从事农业和祭祀的诗篇。原文提到的“耜”是当时非常流行的古老农具，外形与作用都很像现在的铲子。那么你知道古代的农具是用什么材料做的吗？

原始社会的农业生产简单粗暴，“刀耕火种”是当时采用的主要耕作方式。其中，“刀耕”中的“刀”指的是用石头打磨成的简陋农具，当时人们还会用骨骼、木材等制造农具。进入奴隶时代后，金属冶炼技术出现了，人们有了青铜器制造的农具，生产力向前迈了一大步。等到春秋战国时期，随着冶铁技术的进步、普及，铁制农具慢慢成为主流。

诗经讲历史

成康之治

据学者考证，《良耜》的创造时代应该是西周周成王与周康王统治的时期。周成王与周康王是父子，他们在位时励精图治，使西周国力强盛了起来。他们两人都对内主张节俭，强调统治者德行的重要性，注重刑罚的度量，缓和国内的阶级矛盾。在对外战争方面，周成王和周康王也非常“争气”，不断讨伐作乱的敌人，打服了不少桀骜不驯的部族，统治的地盘一增再增。后人把这段成王与康王统治的盛世称作“成康之治”，很多人把它当成中国历史上第一个治世。

传唱千年的诗经美句

关关雎鸠，在河之洲。窈窕淑女，君子好逑。——《关雎》

桃之夭夭，灼灼其华。之子于归，宜其室家。——《桃夭》

我心匪石，不可转也。我心匪席，不可卷也。——《柏舟》

燕燕于飞，差池其羽。——《燕燕》

“死生契阔”，与子成说。执子之手，与子偕老。——《击鼓》

式微，式微，胡不归？——《式微》

匪女之为美，美人之贻。——《静女》

相鼠有皮，人而无仪。人而无仪，不死何为？——《相鼠》

大夫君子，无我有尤。百尔所思，不如我所之。——《载驰》

有匪君子，如切如磋，如琢如磨。——《淇奥》

手如柔荑，肤如凝脂，领如蝤蛴，齿如瓠犀，螓首蛾眉。巧笑倩兮，美目盼兮。——《硕人》

士之耽兮，犹可说也。女之耽兮，不可说也。——《氓》

自伯之东，首如飞蓬。岂无膏沐？谁适为容？——《伯兮》

投我以木瓜，报之以琼瑶。匪报也，永以为好也！——《木瓜》

知我者，谓我心忧；不知我者，谓我何求。——《黍离》

一日不见，如三月兮！——《采葛》

仲可怀也，人之多言，亦可畏也。——《将仲子》

青青子衿，悠悠我心。纵我不往，子宁不嗣音？——《子衿》

出其东门，有女如云。虽则如云，匪我思存。——《出其东门》

野有蔓草，零露瀼瀼。有美一人，婉如清扬。邂逅相遇，与子偕臧。

——《野有蔓草》

坎坎伐檀兮，置之河之干兮，河水清且涟猗。——《伐檀》

硕鼠硕鼠，无食我黍！三岁贯女，莫我肯顾。——《硕鼠》

今夕何夕，见此良人？——《绸缪》

蒹葭苍苍，白露为霜。所谓伊人，在水一方。——《蒹葭》

未见君子，忧心如醉。如何如何？忘我实多！——《晨风》

岂曰无衣？与子同袍。——《无衣》

岂其食鱼，必河之鲤？岂其取妻，必宋之子？——《衡门》

月出皎兮，佼人僚兮。舒窈纠兮，劳心悄兮。——《月出》

隰有苌楚，猗傩其枝。夭之沃沃，乐子之无知。——《隰有苌楚》

七月流火，九月授衣。——《七月》

鸱鸮鸱鸮，既取我子，无毁我室。——《鸱鸮》

我徂东山，慆慆不归。我来自东，零雨其濛。——《东山》

呦呦鹿鸣，食野之苹。我有嘉宾，鼓瑟吹笙。——《鹿鸣》

常棣之华，鄂不韡韡。凡今之人，莫如兄弟。——《常棣》

昔我往矣，杨柳依依。今我来思，雨雪霏霏。——《采薇》

夜如何其？夜未央，庭燎之光。——《庭燎》

溥天之下，莫非王土；率土之滨，莫非王臣。——《北山》

既见君子，德音孔胶。——《隰桑》

苕之华，其叶青青。知我如此，不如无生！——《苕之华》

千耦其耘，徂隰徂畛。——《载芟》